Nora Roberts est le plus grand auteur de littérature féminine contemporaine. Ses romans ont reçu de nombreuses récompenses et sont régulièrement classés parmi les meilleures ventes du *New York Times*. Des personnages forts, des intrigues originales, une plume vive et légère... Nora Roberts explore à merveille le champ des passions humaines et ravit le cœur de plus de quatre cents millions de lectrices à travers le monde. Du thriller psychologique à la romance, en passant par le roman fantastique, ses livres renouvellent chaque fois des histoires où, toujours, se mêlent suspense et émotions.

La rivale

NORA
ROBERTS

La rivale

Traduit de l'anglais (États-Unis)
par Béatrice Pierre

J'AI LU

Titre original
ENDINGS AND BEGINNINGS

Éditeur original
Jove Books, The Berkley Publishing Group, New York

1

« Une source autorisée de la Maison-Blanche nous confirme la démission imminente du secrétaire d'État George Larkin pour raison de santé. Le secrétaire d'État Larkin a subi la semaine dernière une grave opération à cœur ouvert, dont il se remet actuellement à l'hôpital naval de Bethesda. Sur place, Stan Richardson. »

Liv attendit qu'apparaisse sur l'écran la façade de l'hôpital pour se tourner vers son collègue.

— Brian, voilà qui pourrait bien faire le plus gros coup depuis le scandale Malloy d'octobre dernier. Il y a au moins cinq remplaçants possibles pour Larkin. La bagarre va commencer.

Brian Jones relisait son texte tout en le comparant au temps d'antenne dont il disposait. Ce jeune Noir de trente-cinq ans, toujours très soucieux de sa tenue vestimentaire, travaillait depuis dix ans comme présentateur des informations télévisées. Bien qu'il eût grandi à New York, il considérait Washington comme sa vraie patrie.

— Et il n'y a rien que tu aimes tant qu'une bonne bagarre.

— Rien, confirma Olivia.

Lorsque le signal s'alluma sur le panneau de contrôle, elle se tourna vers la caméra.

« Le Président n'a fait aucun commentaire sur le remplacement du secrétaire d'État Larkin. Parmi les successeurs possibles, les noms qui reviennent le plus souvent sont ceux de Beaumont Dell, ancien ambassadeur à Paris, et du général Robert J. Fitzhugh. Aucun des deux n'a pu être joint. »

« Cet après-midi, un homme de vingt-cinq ans a été découvert assassiné dans son appartement, au nord-est de Washington. »

Brian enchaîna.

Tout en l'écoutant d'une oreille, Olivia réfléchissait. Beaumont Dell lui semblait être le candidat le mieux placé. Ses collaborateurs avaient beau avoir tenté dans l'après-midi de brouiller les pistes, ce qui était prévisible, elle avait décidé de camper devant sa porte dès le lendemain matin. Son expérience de reporter l'avait habituée aux rebuffades et aux longues attentes devant des portes qu'on lui claquait au nez. Rien, absolument rien, ne l'empêcherait d'interviewer Beaumont Dell.

Son tour venu, Olivia se tourna vers la caméra 3. Les téléspectateurs voyaient la tête et les épaules d'une élégante jeune femme brune qui s'exprimait d'une voix grave et posée. Ne se doutant aucunement du soin avec lequel cette minute et ces quinze secondes d'antenne avaient été programmées, ils n'étaient sensibles qu'à son ton sincère et à sa beauté. Pour un présentateur d'informations à la télévision, séduire est aussi important que le reste.

Les cheveux courts et bien coiffés d'Olivia encadraient un visage à l'ossature fine. Son regard bleu, à la fois sérieux et franc, faisait croire à chaque téléspectateur qu'elle s'adressait à lui en particulier.

Son public la trouvait distinguée, un peu distante peut-être, mais très convaincante. Son succès en tant que coprésentatrice des nouvelles du soir la satisfaisait mais, comme reporter, elle avait de plus hautes ambitions.

Un collègue avait un jour parlé d'un ton légèrement railleur de son « allure d'héritière du Connecticut ». Il était vrai qu'elle venait d'une famille fortunée de la Nouvelle-Angleterre et qu'elle avait obtenu son diplôme de journaliste à Harvard. Néanmoins, c'était un par un qu'elle avait gravi les échelons du journalisme télévisé.

Elle avait commencé au salaire minimum, en lisant la météo et de brefs messages publicitaires dans une toute petite chaîne indépendante du New Jersey. Ensuite, elle avait pratiqué le sport classique qui consiste à passer de chaîne en chaîne, de ville en ville, en obtenant chaque fois un peu plus d'argent et un peu plus de temps d'antenne. Ce qui lui avait permis de décrocher un poste dans une filiale de CNC à Austin et, au bout de deux ans, elle était devenue présentatrice attitrée. Lorsqu'on lui avait proposé de partager la présentation des informations régionales à WWBW, la filiale de CNC à Washington D.C., Olivia avait sauté sur l'occasion. Depuis des années, aucune attache sérieuse ne la retenait à Austin ni ailleurs.

Elle avait toujours voulu se faire un nom dans le journalisme télévisé. Pour cela, rien ne valait un poste à Washington. Bien que ses mains fines eussent l'air de n'avoir connu que les soies et les satins de la vie, le sale boulot ne lui faisait pas peur. Sa peau blanche et ses traits distingués dissimulaient un cerveau vif et tenace. Le rythme rapide de ce métier l'enchantait malgré son allure réservée. Image que durant ces cinq dernières années elle s'était efforcée de croire authentique.

À vingt-huit ans, elle estimait n'avoir plus besoin de bouleversements dans sa vie privée. Les seules montagnes russes qu'elle s'autorisait désormais à franchir concernaient sa vie professionnelle. Les amis qu'elle s'était faits depuis son arrivée à Washington, seize mois plus tôt, n'avaient eu droit qu'à de très brefs aperçus de son passé.

— C'était Olivia Carmichael, conclut-elle, face à la caméra.

— Et Brian Jones, compléta son collègue avant de conseiller aux téléspectateurs : Restez sur CNC pour les informations internationales.

Le thème musical du générique prit la suite et la lumière rouge de la caméra s'éteignit. Olivia détacha son micro et repoussa sa chaise du bureau semicirculaire qu'elle partageait avec son collègue.

— Bien ficelé, fit le cameraman sur son passage.

Au-dessus d'eux, les spots lumineux s'éteignirent. Écartant ses préoccupations, Liv regarda le technicien et lui adressa un sourire qui transforma complètement sa beauté froide. Sourire qu'elle n'utilisait qu'en de rares occasions et toujours à dessein.

— Merci, Ed. Comment va ta fille ?

— Elle potasse ses examens, fit-il en ôtant son casque. Ça ne lui laisse pas beaucoup de temps pour moi.

— Tu seras fier d'elle quand elle aura obtenu son diplôme.

— Oui… À propos, Liv ? Elle voulait que je te demande quelque chose…

L'air embarrassé, il hésita.

— Oui ?

— Qui est ton coiffeur ? lâcha-t-il.

Puis, gêné par sa question, il secoua la tête et tripota nerveusement sa caméra.

— Ah, les femmes… grommela-t-il, comme pour s'excuser.

Olivia lui tapota le bras en riant.

— Armond's, sur Wisconsin. Dis-lui qu'elle peut se recommander de moi.

Elle quitta le studio, monta un escalier et suivit le couloir tortueux qui menait à la salle de rédaction où régnait, en raison du changement d'équipes, un niveau sonore très élevé.

Assis sur les bureaux, des journalistes buvaient du café tandis que d'autres tapaient frénétiquement sur le clavier de leur ordinateur afin d'être prêts pour l'émission de onze heures. Une odeur de tabac, de sueur et de café froid flottait dans l'air. Alignés sur l'un des murs, des écrans de télévision transmettaient, son coupé, ce que diffusait chaque chaîne de la métropole. Sur l'écran numéro un s'affichait déjà le générique des informations internationales CNC. Olivia fendit la foule jusqu'au bureau vitré du chef de rédaction.

— Carl ? fit-elle en passant la tête par la porte. Tu as une minute ?

Vautré sur sa table, mains croisées, Carl Pearson fixait un écran dans l'angle de la pièce. Les lunettes qu'il aurait dû porter gisaient sous une pile de papiers. En équilibre précaire sur une autre pile oscillait une tasse de café, tandis qu'une cigarette se consumait entre ses doigts. Il grommela, ce qui pouvait passer pour un acquiescement, et Olivia entra.

— Bon travail, ce soir, jeta-t-il sans quitter l'écran des yeux.

Olivia s'assit et attendit. La voix ferme de Harris McDowell, le présentateur vedette de la station de New York, s'éleva. Il était inutile de parler à Carl lorsqu'un gros bonnet était à l'antenne. Et Harris McDowell était un gros bonnet.

Personne n'ignorait que Carl et lui avaient démarré ensemble dans une chaîne de Kansas City, Missouri. Mais ce fut à Harris McDowell que l'on demanda de couvrir le cortège présidentiel qui devait traverser Dallas en 1963. L'assassinat d'un président et le reportage en direct qu'il en avait fait l'avaient propulsé d'une relative obscurité à un rôle national. Carl Pearson était resté un gros poisson dans une mer de petits poissons. D'abord dans le Missouri, puis dans quelques autres États, jusqu'à se voir attribuer un bureau directorial à Washington.

C'était un bon chef de rédaction, exigeant et sensible. Si l'évolution de sa carrière lui inspirait quelque amertume, il prenait soin de le cacher. Olivia l'avait respecté dès les premiers jours et, au fil des mois, elle en était venue à éprouver pour lui une certaine affection. Elle aussi avait eu sa part de déceptions. La pause publicitaire interrompit les informations.

— Oui ? fit Carl.

— Je voudrais continuer sur Beaumont Dell. J'ai déjà pas mal enquêté sur le sujet et, lorsqu'il sera nommé secrétaire d'État, j'aimerais bien être la première à l'annoncer à l'antenne.

Carl se renversa sur son dossier et croisa les mains sur sa bedaine. Huit ou dix kilos superflus qu'il imputait aux trop longues heures passées assis derrière un bureau. Le regard qu'il dirigea sur Olivia était aussi direct et inflexible que celui avec lequel il scrutait l'écran une demi-minute plus tôt.

— Ça me paraît prématuré.

Des années de tabagisme avaient rendu sa voix rocailleuse. Bien qu'un mégot continuât à se consumer dans le cendrier plein, il alluma une nouvelle cigarette.

— Et Fitzhugh ? Et Davis et Albertson ? Ils pourraient s'agacer que tu désignes déjà Dell. Officiellement, Larkin n'a toujours pas remis sa démission.

— C'est une question de jours. D'heures sans doute. Tu as entendu la déclaration du médecin. Boswell, le suppléant de Larkin, n'aura pas le poste. Il ne fait pas partie des chouchous du Président. Ça sera Dell. Je le sais.

Carl se frotta le nez d'un air songeur. L'intuition de Carmichael ne lui avait pas échappé. Malgré son air bon chic bon genre, elle possédait un esprit aiguisé et perspicace. Et c'était une fille consciencieuse. Mais il manquait de personnel et le budget était serré. Il ne pouvait se permettre de lâcher l'un de ses meilleurs reporters sur une simple hypothèse. Pourtant… Il hésita un instant puis se pencha à nouveau sur son bureau.

— Ça vaudrait peut-être le coup, marmonna-t-il. Voyons ce que Thorpe va dire. Ça va être à lui.

Que sa mission dépendît de ce qu'allait dire Thorpe agaça profondément la jeune femme. L'amour-propre d'un collaborateur ne pesant d'aucun poids dans les décisions de Carl, elle se retint de protester.

Les informations nationales étaient émises d'un studio situé au-dessus de leurs têtes, au décor beaucoup plus raffiné que celui du local qu'elle venait de quitter. Toute la différence entre les nouvelles régionales et les nouvelles nationales était là. Enfin, pas tout à fait. Elle résidait aussi dans l'ampleur des budgets.

Après un court générique, l'écran montra T. C. Thorpe sur le terrain. Les sourcils froncés, Liv l'observa attentivement.

Il avait beau faire zéro degré et souffler un vent glacial, le journaliste se pavanait manteau ouvert et tête nue. Typique.

Il avait les traits rudes et la peau burinée qu'Olivia associait aux alpinistes, et le corps élancé d'un coureur de fond. Sports qui exigeaient de l'endurance, tout comme le journalisme. Or T. C. Thorpe était avant tout un journaliste. Ses yeux sombres fixaient et retenaient captifs les téléspectateurs, tandis que ses cheveux noirs, voletant au vent, donnaient à son reportage une impression d'urgence. Mais sa voix restait nette et posée. Ce contraste lui était plus bénéfique que les astuces de certains collègues.

Son charme était indéniable. Athlétique, il était juste assez beau pour plaire à la fois aux hommes et aux femmes. Ses yeux intelligents inspiraient confiance, ainsi que sa voix grave et bien timbrée. Il paraissait accessible. Olivia connaissait les catégories dans lesquelles le public classait les journalistes : il y avait les distants, les mystiques, les tout-puissants et les accessibles. Thorpe était un homme de chair et de sang, que les téléspectateurs pouvaient accueillir sans gêne dans leur salon et croire sur parole. À cela, s'ajoutait l'impression que, si le monde s'écroulait, T. C. Thorpe serait là pour raconter l'événement sans en rater une étape.

Correspondant principal à Washington pendant cinq ans, il s'était bâti une réputation enviable. Il possédait les deux caractéristiques essentielles du bon journaliste : la crédibilité et de bonnes sources d'information. Si T. C. Thorpe disait une chose, c'est qu'elle était vraie. Si T. C. Thorpe avait besoin d'un renseignement, il savait qui appeler.

La rancœur qu'éprouvait Olivia à son égard était instinctive. S'étant spécialisée dans les scoops politiques, elle ne cessait de se heurter à Thorpe qui protégeait son territoire avec la férocité d'un chien de garde. Il était bien enraciné à Washington ; elle n'était qu'une nouvelle venue. Et il n'avait manifestement pas l'intention de lui faire un peu de place. Il paraissait inévitable que, dès qu'elle serait sur une piste sérieuse, il la devancerait.

Olivia avait passé des mois à chercher ce qu'elle pourrait bien lui reprocher de plausible. Ses vêtements n'avaient rien de voyant. Il s'habillait sobrement afin de ne pas distraire l'attention de son public. Il s'exprimait sans détour. Ses reportages avaient de la profondeur et du mordant, tout en restant objectifs. Sa façon de travailler était quasiment parfaite. La seule chose qu'Olivia pouvait critiquer était son arrogance.

Debout devant la Maison-Blanche, Thorpe était en train de récapituler l'histoire Larkin. Olivia comprit vite qu'il connaissait personnellement le secrétaire d'État alors qu'elle-même, en dépit de toutes ses tentatives, n'était jamais parvenue à le rencontrer. Cela suffit à l'irriter. Thorpe énuméra ensuite les candidats possibles et Dell vint en premier.

Carl hocha la tête. L'hypothèse d'Olivia devenait moins hasardeuse.

— C'était T. C. Thorpe, de la Maison-Blanche.

— Va dire au secrétariat que tu as une mission, fit Carl avant de tirer sur son mégot.

Olivia se tourna vers lui. Il fixait toujours l'écran.

— Prends l'équipe deux.

— Parfait.

Que l'influence de Thorpe et non sa propre perspicacité lui eût obtenu ce qu'elle désirait lui gâchait la moitié de son plaisir. Elle se garda bien de le montrer. Carl avait trop à faire pour apprécier les états d'âme de ses collaborateurs.

— Je vais prendre les dispositions nécessaires.

— Rapporte-moi quelque chose pour les informations de midi, dit-il tout en louchant sur le reportage suivant.

— Promis, assura-t-elle en ouvrant la porte.

Il était huit heures du matin lorsque, par un froid glacial, Olivia et deux techniciens arrivèrent à Alexandria, en Virginie, devant le portail de la demeure de Beaumont Dell. Olivia s'était levée à cinq heures pour préparer ses questions. Il lui avait fallu passer une demi-douzaine de coups de téléphone la veille au soir pour obtenir d'un des collaborateurs de Dell la promesse d'une interview de dix minutes. Ce qui était suffisant pour un bon journaliste. Elle sauta de la camionnette et s'approcha du gardien.

— Olivia Carmichael, de WWBW, dit-elle en montrant sa carte de presse. M. Dell m'attend.

L'homme examina la carte puis son propre panneau d'affichage, et hocha la tête. Sans mot dire, il appuya sur un bouton et les grilles s'écartèrent.

Le genre amical, songea-t-elle en remontant dans la camionnette.

— Bon, préparez-vous rapidement. Nous n'aurons pas beaucoup de temps.

La camionnette s'engagea dans l'allée pendant qu'Olivia relisait une dernière fois ses notes.

— Bob, j'aimerais un panorama de la maison et un autre du portail quand nous repartirons.

— J'ai déjà pris le portail… Ainsi que tes jambes, ajouta-t-il avec un sourire. Tu as de sacrées belles jambes, Liv.

— Tu trouves ?

Elle les croisa tout en leur jetant un regard critique.

— Tu as peut-être raison.

Elle appréciait ce flirt bon enfant. Avec Bob, cela ne présentait aucun risque. Il était heureusement marié et père de deux enfants. Une cour plus assidue l'eût glacée. Elle classait les hommes en deux catégories : les inoffensifs et les dangereux. Bob était inoffensif. Avec lui, elle se sentait à l'aise.

— Bien, dit-elle comme la camionnette s'arrêtait devant la maison en brique de deux étages. Tâchez de ressembler à deux membres respectables de la presse laborieuse.

Bob marmonna un bref juron et sauta de la camionnette.

Une fois devant la porte d'entrée, Olivia reprit son air distant de professionnelle et plus personne n'aurait osé émettre de commentaires sur ses jambes. Laissant son équipe décharger le matériel, elle frappa.

— Je suis Olivia Carmichael, de WWBW, annonça-t-elle à la domestique qui ouvrit la porte. J'ai rendez-vous avec M. Dell.

— Oui, fit la femme en jetant un regard dédaigneux sur les deux jeunes hommes en blue-jean qui montaient les marches, les bras chargés d'instruments divers. Par ici, mademoiselle Carmichael. M. Dell va vous recevoir tout de suite.

Son expression désapprobatrice ne surprit pas Olivia. Sa propre famille et beaucoup de ses amis d'enfance tenaient sa profession en piètre estime.

Le vestibule somptueux ne la surprit pas non plus. Elle en avait vu des dizaines de semblables lorsqu'elle était enfant. Sa jeunesse avait été saturée de goûters insipides, de petites sauteries guindées et de sorties soigneusement organisées qui l'avaient toutes ennuyée à périr. Elle ne jeta même pas un coup d'œil au Matisse suspendu au mur de gauche. Bob, en revanche, émit un sifflement étouffé.

— Sacrée baraque !

Olivia acquiesça d'un grognement indistinct. Elle avait grandi dans une maison bien peu différente de celle-ci. Sa mère préférait le Chippendale au Louis XIV mais cela revenait au même. L'odeur aussi était identique : encaustique au citron et fleurs fraîchement coupées. De vieux souvenirs s'éveillaient.

Liv n'avait pas fait deux pas à la suite de la domestique qu'un rire masculin se fit entendre.

— Vraiment, T. C., vous en connaissez de bonnes ! Il faudra que je fasse attention à ne pas raconter cette histoire-là à proximité de la femme du Président.

La soixantaine élégante, Dell descendait alertement l'escalier en compagnie de Thorpe.

Liv sentit ses abdominaux se crisper. Toujours un pas devant moi, se dit-elle dans un brusque accès de colère. Merde !

Sans faiblir, elle croisa le regard de Thorpe. Il lui adressa un sourire qui ne ressemblait pas du tout à celui dont il avait gratifié son hôte en haut des marches.

— Ah, mademoiselle Carmichael, s'écria Dell en traversant le vestibule, la main tendue.

Sa voix était aussi lisse que sa paume mais ses yeux étaient vifs et rusés.

— Vous êtes très ponctuelle. J'espère que je ne vous ai pas fait attendre.

— Non, monsieur Dell. J'aime l'exactitude... Bonjour, monsieur Thorpe, ajouta-t-elle tandis que ses yeux se déportaient à contrecœur sur le journaliste.

— Bonjour, mademoiselle Carmichael.

— Je sais que vous êtes un homme très occupé, monsieur l'ambassadeur, reprit-elle en lui souriant. Aussi je ne vous retiendrai pas longtemps.

D'un geste discret, le technicien lui mit le micro dans la main.

— Préférez-vous que nous parlions ici ? demanda-t-elle tandis que son équipier réglait le son.

— Ce sera parfait, fit Dell, le visage illuminé d'un sourire généreux.

Affabilité dans laquelle on reconnaissait l'ancien diplomate. Olivia vit Thorpe sortir du champ de la caméra et se poster près de la porte. Ses yeux fixés sur sa nuque la mirent mal à l'aise. Elle se tourna vers Dell et commença l'interview.

L'ambassadeur conserva une attitude ouverte, coopérative, sympathique, mais qui ne menait pas à grand-chose. Olivia eut l'impression d'être un dentiste essayant d'arracher une dent à un patient souriant mais la bouche hermétiquement close.

Bien entendu, il savait qu'on parlait de lui comme d'un successeur possible de Larkin. Naturellement, il était très flatté d'être ainsi cité... par la presse. Olivia remarqua qu'il n'avait pas parlé du Président. De phrases creuses en propos urbains, il la faisait tourner en rond. Tout aussi aimablement, elle faisait machine arrière et repartait à l'assaut sous un angle différent. Et elle finit par obtenir le ton qu'elle désirait entendre, sinon les mots précis.

— Monsieur Dell, le Président vous a-t-il parlé directement de la nomination du nouveau secrétaire d'État ?

Elle savait fort bien qu'il ne fallait pas compter sur un oui ou un non.

— Le Président et moi n'avons pas discuté de cela.

— Mais vous l'avez rencontré ?

— J'ai l'occasion de rencontrer le Président assez régulièrement.

Sur un léger signe, la domestique s'approcha, apportant son manteau et son chapeau.

— Je regrette mais je ne peux vous accorder plus de temps, mademoiselle Carmichael, dit-il en enfilant son manteau.

Olivia comprit qu'il ne lui restait plus que quelques secondes. Elle l'accompagna jusqu'à la porte.

— Devez-vous voir le Président ce matin, monsieur Dell ?

La question était brutale mais Olivia guettait moins les mots que la réaction dans le regard de l'homme. Elle la vit... une brève lueur, une très courte hésitation.

— Ce n'est pas impossible, fit-il en lui tendant la main. J'ai été enchanté de parler avec vous, mademoiselle Carmichael. Malheureusement, je dois me hâter. La circulation est tellement difficile à cette heure de la matinée.

Olivia fit signe à Bob d'arrêter de filmer.

— Merci de m'avoir reçue, monsieur Dell.

Elle rendit le micro au technicien du son et suivit Thorpe et Dell sur le perron.

— Ce sera toujours avec plaisir, répondit l'ambassadeur avec un sourire charmeur.

Il lui tapota la main avant d'envoyer une claque amicale sur l'épaule de Thorpe.

— N'oubliez pas d'appeler Anna, T. C. Elle tient à avoir de vos nouvelles.

— Promis.

Dell se dirigea vers la limousine noire dont le chauffeur tenait la portière ouverte.

— Pas mal, Carmichael, fit Thorpe comme la voiture s'éloignait. Tu as fait une bonne interview... Bien sûr, ajouta-t-il avec un petit sourire, cela fait des années que Dell a appris à se dépatouiller de bonnes interviews.

Liv lui jeta un regard froid.

— Qu'est-ce que tu faisais là ?

— Je prenais le petit déjeuner. Je suis un vieil ami de la famille.

C'est avec joie qu'elle aurait écrasé son sourire d'un coup de poing. Au lieu de quoi, elle enfila ses gants avec soin.

— Dell va obtenir le poste.

Thorpe haussa les sourcils.

— C'est une affirmation ou une question ?

— Je ne te demanderais même pas l'heure qu'il est, Thorpe. Et si je le faisais, tu ne me répondrais pas.

— J'ai toujours pensé que tu étais une femme maligne.

Grands dieux, qu'elle est belle ! se disait-il. Lorsqu'il la voyait à l'antenne, il était facile d'attribuer cette beauté hors du commun à l'éclairage, au maquillage, à l'angle de la caméra. Mais, là, dans la lumière crue du matin, elle était tout simplement la plus belle femme qu'il eût jamais vue. Cette ossature incroyablement fine, cette peau parfaitement lisse... Seul son regard brûlant trahissait une fureur qu'elle contrôlait à grand-peine. Thorpe sourit de nouveau. Il aimait voir la glace se fissurer.

— Est-ce cela le problème, Thorpe ? demanda-t-elle en s'écartant pour laisser le passage à son équipe. Tu n'aimes pas les reporters féminins ?

Il secoua la tête en éclatant de rire.

— Voyons, Liv, tu le sais bien, le mot « reporter » n'a pas de genre.

Son regard avait perdu en intensité mais brillait d'humour. Ce qu'Olivia n'appréciait pas davantage. Plus exactement, elle refusait de l'apprécier.

— Pourquoi ne coopérerais-tu pas avec moi ? insista-t-elle.

Le vent soulevait les cheveux de Thorpe, tout comme la veille lors de son reportage. Il semblait ne pas sentir le froid alors qu'elle frissonnait malgré son manteau.

— Nous faisons le même boulot, et pour les mêmes gens.

— C'est mon territoire, répondit-il sans s'émouvoir. Si tu veux ta part, il faudra te battre pour l'obtenir. M'établir ici m'a pris des années. N'espère pas y arriver en quelques mois… Tu ferais mieux de rentrer dans la camionnette, ajouta-t-il en la voyant trembler.

— J'aurai ma part, Thorpe, affirma-t-elle d'un ton qui tenait autant de la menace que de l'avertissement. Et la bagarre, tu l'auras.

Il inclina la tête en signe de compréhension.

— J'y compte bien.

Il comprit qu'elle ne partirait pas avant lui. Elle était capable de trembler de froid durant une heure ou plus par pure obstination. Sans un mot d'adieu, il descendit les marches et rejoignit sa voiture.

Liv attendit qu'il eût franchi les grilles. Elle se rendit compte, et cela l'agaça souverainement, qu'elle respirait beaucoup mieux hors de sa présence. Ce type avait une personnalité à laquelle on ne pouvait rester indifférent. Et les émotions qu'il suscitait chez Olivia n'étaient pas en sa faveur.

Il ne lui barrerait pas la route. Elle ne se laisserait pas faire, décida-t-elle en descendant lentement le perron.

Anna. Le prénom que Dell avait rappelé à Thorpe lui traversa la tête. Anna Dell Monroe, la fille de Dell et l'hôtesse des réceptions officielles de l'ambassadeur depuis la mort de sa femme. Anna Dell Monroe. Elle serait forcément au courant de tout ce qui concernait son père. Accélérant l'allure, Liv monta dans la camionnette.

— Nous allons déposer la cassette au bureau et puis nous filerons à Georgetown.

2

Olivia tapait sur son ordinateur avec frénésie. Elle avait donné à Carl l'interview de Dell pour les informations de la mi-journée mais elle avait plus, beaucoup plus, à lui fournir pour celles de la soirée. Son idée d'interroger Anna Monroe s'était avérée très fructueuse. Anna connaissait parfaitement la vie de son père. Et, bien qu'elle se fût montrée très prudente, il lui manquait l'expérience de la diplomatie. En une demi-heure de conversation dans le salon des Monroe, Olivia avait rassemblé la matière d'un bon article avec ce qu'il fallait de prestige et de suspense.

La cassette était bonne. Olivia avait pu y jeter un coup d'œil pendant qu'on la montait. Bob avait saisi l'élégance raffinée de la pièce et l'allure distinguée et ouverte de la femme. Le contraste avec la ruse impénétrable de l'ambassadeur serait excellent. Le respect qu'Anna éprouvait envers son père était évident, de même que son goût pour les belles choses. Olivia s'était arrangée pour que ces deux traits fussent sensibles aux téléspectateurs.

C'était un bon reportage et il donnait au public un aperçu du monde dans lequel évoluaient les hommes politiques et leurs familles.

Liv recopiait ses notes à toute allure.

— Liv, on a besoin de toi pour la voix hors champ sur la pub.

Elle leva les yeux et chercha Brian. Le regard suppliant qu'elle lui lança le fit soupirer.

— Bon, d'accord, dit-il en s'étirant. Je vais le faire. Mais à charge de revanche.

— Tu es un chef, Brian, dit-elle en se remettant à taper.

Dix minutes plus tard, elle ôtait la dernière feuille de l'imprimante.

— Carl ! cria-t-elle au chef de rédaction qui traversait la salle. Le texte du sujet principal est prêt.

— Apporte-le-moi.

La télévision était allumée, volume baissé, lorsqu'elle entra dans le bureau de Carl. Il vérifiait les textes et les temps impartis des prochaines informations.

— Vous avez vu la cassette ? demanda Olivia en lui tendant ses feuilles.

— Elle est bonne.

Il alluma une cigarette au mégot de la précédente et émit une petite toux sèche.

— Nous passerons une partie de l'interview de Dell et nous enchaînerons avec celui de sa fille.

Il parcourut avec attention le texte de Liv. C'était un bon article, bien mené, qui commençait par une rapide biographie de tous les principaux candidats avant de converger sur Beaumont Dell. Il offrait au public une vue panoramique de la situation puis l'amenait sur le seuil de la demeure de Dell.

Olivia attendait, les yeux fixés sur les ronds de fumée qui s'élevaient vers le plafond.

— Je voudrais qu'on passe des photos des autres candidats pendant que tu lis leurs biographies, dit-il en griffonnant dans la marge. Tu devrais les trouver dans nos archives. Sinon, on les demandera là-haut.

« Là-haut » désignait le bureau de Washington de CNC.

— Tu as environ trois minutes.

— Il me faut trois minutes et demie.

Elle attendit que Carl lève les yeux pour poursuivre :

— Ce n'est pas tous les jours qu'on remplace un secrétaire d'État au milieu de son mandat. Notre autre grand sujet, c'est l'éventuelle fermeture de la station d'épuration du Potomac. La succession de Larkin mérite bien trois minutes et demie.

— Va discuter avec le chef d'édition, suggéra-t-il en levant la main pour la faire taire.

Elle vit tout de suite ce qui avait distrait son attention. Le logo annonçant un flash spécial se dessinait sur l'écran. Obéissant à un signe de Carl, elle augmenta le volume. Au même instant, T. C. Thorpe la regarda dans les yeux avec une intensité qui la prit au dépourvu.

Un brusque accès de désir, tout à fait inattendu, l'envahit pour se retirer aussitôt, la laissant pantelante. Elle recula, les jambes molles, et dut prendre appui sur le bureau de Carl. Cela faisait plus de cinq ans qu'elle n'avait rien éprouvé de tel. Les yeux écarquillés, elle n'entendit pas les premiers mots du journaliste.

— ... a accepté, comme prévu, la démission du secrétaire d'État Larkin, due à son état de santé. Le secrétaire d'État Larkin se remet d'une grave opération du cœur, subie la semaine dernière à l'hôpital naval de Bethesda. Le Président a ensuite désigné l'ambassadeur Beaumont Dell pour remplir le poste vacant. M. Dell a accepté ces nouvelles fonctions il y a une heure, lors d'un entretien dans le bureau ovale. Le secrétaire d'État chargé de la Communication, M. Donaldson, donnera une conférence de presse demain matin à neuf heures.

Olivia sentit ses jambes se dérober. Elle respira à fond tandis que Thorpe récapitulait les derniers événements. Carl égrenait déjà une série de jurons.

L'article d'Olivia était mort avant d'être né. On venait de lui arracher les tripes. Et Thorpe le savait, se dit-elle en se redressant, tandis que le programme normal revenait sur l'écran. À huit heures ce matin, il le savait déjà.

— Tu réécris tout, dit Carl en décrochant le téléphone qui s'était mis à sonner. Et envoie quelqu'un chercher le texte de Thorpe. On va en avoir besoin. L'interview de la fille est foutue.

Olivia reprit ses papiers et quitta la pièce.

— On a besoin de toi au maquillage, Liv.

Sans s'arrêter, elle traversa la salle de rédaction et, devant l'ascenseur, se mit à piaffer d'impatience.

Il ne va pas s'en tirer comme ça, fulminait-elle. Il ne va pas s'en tirer impunément.

Elle continua à tourner en rond dans l'ascenseur qui l'emmenait au troisième étage. Cela faisait des années, elle aurait pu les compter, qu'elle n'avait éprouvé une telle fureur. Elle était au bord de l'explosion. Et un seul homme méritait d'en recevoir toute la puissance en pleine figure.

— Thorpe ? demanda-t-elle sèchement à la cantonade dans la salle de rédaction du troisième étage.

— Dans son bureau, répondit une journaliste en couvrant de la main l'écouteur de son téléphone.

Cette fois-ci, Olivia dédaigna l'ascenseur et, oubliant sa pondération habituelle, grimpa l'escalier à toute allure.

— Mademoiselle Carmichael ? fit la réceptionniste du quatrième étage tandis que Liv traversait la pièce sans s'arrêter. Mademoiselle Carmichael ! Qui voulez-vous voir ? Mademoiselle Carmichael !

Olivia poussa la porte de Thorpe sans se donner le mal de frapper.

— Espèce de salaud !

S'arrêtant d'écrire, Thorpe tourna la tête. Plus surpris qu'agacé, il regarda sa visiteuse s'approcher à grands pas.

— Olivia ? fit-il sans se lever.

La réceptionniste passant la tête par la porte, il lui fit signe qu'elle pouvait disposer.

— Assieds-toi, dit-il en désignant un fauteuil. Je ne crois pas que tu m'aies fait l'honneur d'une seule visite en un an.

— Tu as fusillé mon article.

Son texte toujours à la main, elle resta debout.

Il remarqua les joues inhabituellement rouges et l'éclat coléreux des yeux d'ordinaire froids. Un peu essoufflée par son escalade, elle respirait avec difficulté. Thorpe était fasciné. Jusqu'où devrait-il la pousser avant qu'elle ne lui cède ? Cela valait le coup de le découvrir.

— Quel article ?

— Tu le sais parfaitement, jeta-t-elle en se penchant sur le bureau, les paumes posées à plat sur la surface. Tu l'as fait exprès.

— Je fais presque tout exprès, répondit-il d'un ton léger. Si tu parles de l'article sur Dell, ce n'était pas ton article. C'était le mien. C'est le mien.

— Tu l'as lâché quarante-cinq minutes avant mon émission.

Sa voix avait pris un son aigu qui tranchait avec son ton d'ordinaire soigneusement modulé. S'il lui arrivait de se mettre en colère, c'était avec une sécheresse glaciale. Il l'observa placidement.

— Ah bon ? Tu as quelque chose contre mes horaires ?

— Tu m'as laissée les mains vides, dit-elle en froissant son texte avant de le jeter à terre. J'ai travaillé deux semaines pour tout rassembler. Deux semaines ! Depuis la crise cardiaque de Larkin.

— Je ne suis pas chargé de protéger ton article, Carmichael. Mais je te souhaite bonne chance pour la prochaine fois.

— Oh !

Folle de rage, elle frappa des deux poings le bureau en acajou.

— Tu es ignoble ! J'ai consacré des heures à cet article, j'ai passé des centaines de coups de téléphone, j'ai couvert des kilomètres en allées et venues. Et d'ailleurs si je dois me donner tant de mal, c'est uniquement à cause de toi.

Les paupières à demi baissées, elle reprit son accent méprisant de la Nouvelle-Angleterre.

— Je te fais donc si peur que ça, Thorpe ? Tu crains pour ton petit bout de territoire et pour l'audience de tes reportages ?

— Avoir peur, moi ?

Il se leva et se pencha jusqu'à se trouver nez à nez avec elle.

— L'idée que tu puisses t'aventurer sur mon terrain ne m'empêche pas de dormir, Carmichael. Je ne me soucie pas des reporters en herbe qui essaient de grimper les échelons trois par trois. Tout se mérite. Reviens lorsque tu auras payé ton dû.

Olivia poussa un grognement de colère.

— Ne me parle pas de payer mon dû, Thorpe. J'ai commencé à payer il y a huit ans déjà.

— Il y a huit ans, j'étais au Liban où j'essayais d'éviter les balles pendant que, toi, tu étais à Harvard en train d'éviter les avances de joueurs de football.

— Je n'ai jamais eu à éviter de joueur de football, répliqua-t-elle. Et ça n'a aucun rapport. Tu savais tout, ce matin ; tu savais ce qui se préparait.

— Et alors ?

— Tu savais déjà que j'allais me planter. Tu n'éprouves donc aucune loyauté envers la station régionale de notre chaîne commune ?

— Non.

La franchise de cette réponse la décontenança.

— C'est pourtant là que tu as démarré.

— Est-ce que tu donnerais la primeur de tes articles à WTRL, du New Jersey, tout simplement parce que tu y annonçais la météo ? Laisse tomber le complexe de l'alma mater, Liv. Ça ne paie pas.

— Tu es ignoble, gronda-t-elle d'une voix soudain menaçante. Il te suffisait de me prévenir.

— Et tu aurais poliment croisé les bras pour me céder la place ? ricana-t-il. Tu m'aurais plutôt tranché la gorge, oui.

— C'est vrai, et avec plaisir !

Il éclata de rire.

— La colère te rend franche, Liv… et splendide.

Il ramassa quelques feuilles et les lui tendit.

— Tu auras besoin de mes notes pour reprendre ton texte. Il ne te reste même pas trente minutes avant de passer à l'antenne.

— Je sais lire l'heure.

Brûlant d'envie de jeter quelque chose par la fenêtre, elle fit semblant de ne pas voir les papiers qu'il lui proposait.

— Nous réglerons ce compte, Thorpe. Si ce n'est pas maintenant, ce sera bientôt. J'en ai marre de buter sur toi à chacun de mes articles.

Bien que cela lui répugnât, elle se résigna à prendre les notes qu'il lui proposait. Toute honte bue, elle se pencha pour ramasser les feuilles froissées de son propre texte. Il ne lui restait plus qu'à sortir aussi dignement que possible.

— D'accord, entendit-elle dans son dos. Prenons un verre ce soir. Nous discuterons tranquillement.

— Jamais de la vie.

— Tu as peur !

Le ton provocant de cette repartie la fit s'arrêter devant la porte. Elle se retourna et le fusilla du regard.

— O'Riley's, huit heures.

— Entendu.

Le claquement de la porte le fit sourire.

Et voilà, se dit-il en se calant contre son dossier. Il y a donc de la chair et du sang sous cette surface lisse et soyeuse. Il commençait à en douter. En tout cas, le premier pas était fait. Avec un petit rire, il alla se camper devant la fenêtre et contempla la ville.

Elle l'avait rendu fou d'impatience. Cet esclandre tombait à point. Sinon, il en serait encore à faire du surplace. L'une des qualités essentielles que devait posséder un journaliste était la patience. Thorpe avait été patient pendant plus d'un an. Seize mois, pour être exact.

Depuis le premier soir où il l'avait vue apparaître sur l'écran. Sa beauté froide et distinguée, sa voix basse et posée l'avaient immédiatement captivé. Puis il l'avait rencontrée et aussitôt il avait décidé que cette femme serait sienne. L'intuition lui avait recommandé d'attendre et de garder ses distances. Une chose était sûre, Olivia Carmichael possédait plus de trésors qu'elle ne le laissait voir.

Bien sûr, il aurait pu enquêter sur ses antécédents. Il avait le talent et les relations nécessaires. Mais son instinct l'avait retenu. Après des années à faire le pied de grue en épiant les hommes politiques, Thorpe avait acquis de la patience. Il se rassit et alluma une cigarette. Eh bien, la patience allait peut-être enfin payer...

À huit heures pile, Olivia gara sa voiture à côté du *O'Riley's*. Elle posa le front sur le volant et réfléchit. Avec une netteté pénible, elle se revoyait traversant la salle de rédaction comme une furie et débouchant dans le bureau de Thorpe. Et, avec une netteté tout aussi désagréable, elle s'entendait crier.

Elle détestait s'emporter. Mais le pire était qu'elle l'avait fait devant Thorpe. Lorsqu'elle l'avait vu pour la première fois, elle avait tout de suite compris qu'il lui faudrait tenir cet homme à distance. Il était trop fort, et il avait trop de charme et de persuasion naturelle. Non seulement il appartenait à la catégorie des « dangereux », mais en plus il en prenait la tête.

Elle avait donc décidé de rester froide et impersonnelle, ce qui impliquait le respect de certaines règles de conduite. Or, quelques heures plus tôt, Olivia avait laissé tomber toute règle.

— Malgré mes efforts, je ne suis ni froide ni imperturbable, murmura-t-elle.

Et, à présent, Thorpe le savait.

Enfant, Olivia avait été le petit canard boiteux de la couvée. Dans une famille de gens pondérés et bien élevés, elle avait posé trop de questions, pleuré trop souvent et trop bruyamment, et ri avec trop d'exubérance. Contrairement à sa sœur, elle ne s'était intéressée ni aux robes de soirée ni aux fanfreluches. Elle avait demandé un chien pour jouer et se rouler dans l'herbe avec lui, et pas un petit caniche comme celui que sa mère dorlotait. Elle avait désiré une cabane, et non le joli petit chalet que son père avait fait construire par un architecte. Elle avait toujours voulu courir, et on lui avait constamment répété de marcher.

Olivia avait échappé aux bonnes manières et aux ambitions qu'imposait le fait d'être une Carmichael. Son séjour à l'université lui avait fait découvrir la liberté… et plus encore. Elle s'était dit alors qu'elle avait trouvé tout ce qu'elle pouvait souhaiter. Trésor qu'elle avait ensuite perdu. Ces six dernières années représentaient un nouveau tournant dans son existence. Le dernier, avait-elle décidé. Elle n'avait plus qu'à se soucier d'elle-même, et de sa carrière. Sa soif de liberté n'était pas éteinte, mais elle avait appris la prudence.

Elle se redressa et tenta de se reprendre. L'heure n'était pas aux réflexions sur le passé. Le présent et l'avenir exigeaient toute son attention. Plus question de se mettre en colère, se promit-elle en sortant de la voiture. Je ne lui ferai pas ce plaisir.

Elle poussa la porte et s'apprêta à affronter Thorpe.

Il la guettait. Tiens, elle a remis son masque, songea-t-il. Le visage imperturbable, le regard placide, elle le cherchait dans la salle. Droite au milieu de la fumée et du brouhaha, on eût dit une statue de marbre, fraîche, lisse, éblouissante. Thorpe avait envie de la toucher, de sentir sa peau, de guetter un éclair chaleureux dans ses yeux. La colère n'était pas la seule passion qu'il désirait déclencher chez elle. Le désir qu'il contenait depuis tant de mois commençait à le submerger.

Combien de temps faudrait-il pour faire tomber les défenses derrière lesquelles elle se protégeait ? Il ne se presserait pas et, persuadé de gagner, jouirait de relever ce défi. Perdre n'était pas dans ses habitudes. Il attendit tranquillement qu'elle l'eût repéré puis sourit en inclinant la tête mais s'abstint de se lever. Elle le rejoignit d'une démarche souple et sensuelle, dont elle n'avait sans doute pas conscience.

— Bonsoir, Olivia.

— Bonsoir, Thorpe, fit-elle en se glissant sur la banquette en face de lui.

— Que prendras-tu ?

— Du vin, répondit-elle en adressant un sourire au maître d'hôtel qui s'était précipité pour l'accueillir. Du vin blanc, s'il vous plaît, Lou.

— Bien, mademoiselle Carmichael. Un autre verre, monsieur Thorpe ?

— Non, merci.

Il avait remarqué le bref sourire qu'elle avait décoché au jeune homme. Tout son visage s'était éclairé. Lorsqu'elle se tourna vers lui, cette lumière s'était déjà éteinte.

— Très bien, Thorpe. Si nous devons éclaircir la situation, autant le faire tout de suite.

— Tu ne t'intéresses qu'au boulot, Liv ?

Il alluma une cigarette sans la quitter des yeux. L'un de ses talents était cette faculté de pouvoir scruter quelqu'un franchement, sans ciller. Son regard grave et patient avait mis mal à l'aise plus d'un politicien chevronné.

Olivia s'agaça de cette assurance, ainsi que du trouble qu'elle lui causait.

— Nous avons pris rendez-vous pour discuter...

— Tu n'as donc aucune idée de la façon dont on entame une conversation ? Par exemple : Comment allez-vous ? Quel beau temps pour la saison ?

— Je me fiche éperdument de ton état de santé, répliqua-t-elle d'un ton neutre. Et le temps est épouvantable.

— Une si jolie voix et une si méchante langue, quel dommage !

Un éclair s'alluma brièvement dans les yeux de la jeune femme.

— Tu as le plus beau visage que j'aie jamais vu, reprit-il.

Olivia se raidit de la nuque au bas des reins. Ce mouvement involontaire n'échappa pas à Thorpe. Il prit une gorgée de scotch.

— Je ne suis pas venue ici pour me faire complimenter sur mon aspect physique.

— Bien sûr, mais l'aspect physique fait partie du boulot, non ?

Le serveur déposa un verre de vin blanc devant Olivia dont les doigts se crispèrent autour du pied fin.

— Les téléspectateurs préfèrent inviter chez eux des gens séduisants. Cela rend les informations plus digestes. Tu y ajoutes aussi un peu de classe, ce qui n'est pas négligeable.

— Mon physique n'a rien à voir avec la qualité de mes reportages.

Sa voix restait calme mais son regard s'échauffait.

— Je suis d'accord. Mais, à l'antenne, l'aspect physique compte. D'ailleurs, à l'antenne, tu es sacrément bonne, Liv, et, comme reporter, tu te défends bien.

Elle fronça les sourcils. Était-il en train d'essayer de la décontenancer par cette avalanche de compliments ?

— Enfin, ajouta-t-il du même ton placide, tu es une femme très prudente.

— De quoi parles-tu ?

— Si je t'invitais à dîner, que dirais-tu ?

— Non.

Il approuva d'un sourire qui n'avait rien d'offensé.

— Pourquoi ?

Elle prit une gorgée de vin.

— Parce que je ne t'aime pas. Je ne vais pas dîner avec les hommes que je n'aime pas.

— Ce qui implique que tu dînes avec ceux que tu aimes.

Il tira longuement sur sa cigarette avant de l'écraser.

— Mais tu ne sors avec personne, il me semble, ajouta-t-il.

— Ça ne te regarde pas.

Furieuse, elle fit mine de se lever, les mains de Thorpe se posèrent sur les siennes.

— À peine a-t-on appuyé sur le bon bouton que tu montes sur tes grands chevaux. Rien de tel pour piquer ma curiosité, Olivia.

Il parlait d'une voix à peine audible dans le brouhaha de rires et d'exclamations qui les entourait.

— Je ne veux pas que tu t'intéresses à moi, d'aucune façon. Je ne t'aime pas, répéta-t-elle.

Les paumes dures aux callosités inattendues de Thorpe éveillaient en elle des sensations étranges.

— Je n'aime pas ton machisme contenu et ton arrogance excessive, ajouta-t-elle d'un ton péremptoire.

— Mon machisme contenu ? fit-il avec un sourire. Ça, c'est un compliment.

Le sourire trop séduisant la fit se cuirasser. Elle avait eu raison de le classer dans la catégorie des hommes dangereux.

— J'aime ton style, Liv. Et ton visage. J'aime cette sensualité qui affleure sous une surface glacée, reprit-il.

Il vit tout de suite qu'il avait touché un point sensible. Les mains d'Olivia sursautèrent sous les siennes. Son regard passa de la colère au chagrin puis redevint neutre.

— Lâche mes mains.

Il avait désiré l'asticoter, la provoquer mais pas la blesser.

— Pardon.

Le ton sincère la surprit. Comme il lui lâchait les mains, elle renonça à s'en aller et prit son verre.

— Si nous en avons fini avec les propos mondains, Thorpe, peut-être pourrions-nous parler boulot.

— Très bien, Liv. Vas-y.

Elle reposa son verre.

— Je veux que tu cesses de me barrer le chemin.

— Précise ta pensée.

— WWBW est une filiale de CNC. Ce qui devrait impliquer un minimum de coopération. Les émissions régionales ont autant d'importance que les nationales.

— Et alors ?

Il se montrait parfois si laconique que c'en était exaspérant. Elle repoussa son verre sur le côté et se pencha au-dessus de la table.

— Je ne te demande pas de l'aide. Je n'en veux pas. Mais j'en ai marre du sabotage.

— Du sabotage ?

Il prit son verre et le fit tournoyer. Oubliant ses résolutions de rester calme et inaccessible, elle s'animait de nouveau. Une pointe de rose s'alluma sous son teint ivoire ; il trouva cela charmant.

— Tu savais que je travaillais sur l'affaire Dell. Tu as suivi ma progression, étape après étape. Ne prends pas cet air de gamin innocent, Thorpe. Je sais que tu as des relations bien placées à WWBW. Tu voulais que je passe pour une idiote.

Cette déclaration le fit rire.

— Bien sûr que je savais ce que tu faisais, dit-il avec un haussement d'épaules désinvolte. Mais c'est ton problème, pas le mien. Je t'ai donné mon texte, ce qui est la procédure normale. Les informations régionales se nourrissent toujours de l'étage supérieur.

Elle se fichait éperdument de la procédure normale et de la générosité des étages supérieurs.

— Je n'aurais pas eu besoin de ton texte si tu ne m'avais pas coupé l'herbe sous le pied. Si j'avais été tenue au courant de tes intentions, j'aurais pu modifier mon interview d'Anna Monroe et l'utiliser quand même. C'était du bon boulot, et tu l'as bousillé.

— Le petit bout de la lorgnette, déclara-t-il avant de finir son verre. Ce sont les risques du métier... Mais, reprit-il après avoir allumé une cigarette, si tu avais réfléchi aux diverses éventualités, si tu avais eu une vue plus large, tu aurais posé à Anna des questions plus variées, tu l'aurais menée un peu plus par le bout du nez. Et, une fois que j'aurais lâché la nouvelle, ton interview aurait pu être remaniée. Tu aurais pu l'utiliser. J'ai vu la cassette. C'était du bon boulot ; il fallait juste appuyer un peu plus sur les bons boutons.

— Ne me dis pas comment faire mon travail.

— Alors ne me dis pas comment faire le mien.

Il se pencha en avant et reprit :

— Ça fait des années que j'ai la primeur des événements politiques. Je ne vais pas t'apporter le Capitole sur un plateau. Si la manière dont je travaille ne te plaît pas, parles-en à Morrison.

Morrison était le chef de CNC à Washington. Olivia eut brusquement envie d'étrangler Thorpe.

— Quelle suffisance ! À croire qu'on t'a sacré gardien du Saint-Graal.

— Il n'y a rien de sacré en politique, Carmichael. Je suis arrivé là où je suis uniquement parce que je connais les règles du jeu. Peut-être as-tu besoin de quelques leçons.

— Pas de toi.

— Tu pourrais trouver pire.

Il garda le silence et réfléchit deux secondes.

— Écoute, à titre de courtoisie professionnelle, je vais te dire une chose. Il faut plus d'un an pour planter ses racines ici. Les gens de cette ville ne se sentent pas en sécurité ; leurs positions sont toujours fragiles. La politique est un vilain mot, surtout depuis le Watergate. Démasquer tel ou tel homme politique fait partie de notre boulot. Ils ne peuvent nous ignorer, du coup ils cherchent à nous utiliser tout comme nous les utilisons.

— Tu ne m'apprends rien.

— C'est possible. Mais tu as un avantage que tu n'exploites pas. Tu es belle et tu as de la classe...

— Je ne vois pas ce que...

— Ne fais pas l'idiote, s'écria-t-il avec un geste d'agacement. Un journaliste ne doit rien négliger. Tout ce qu'il peut saisir, mendier, emprunter ou voler est bon à prendre. Ton visage n'a rien à voir avec ton cerveau mais il joue sur la façon dont les gens te regardent et t'écoutent. C'est la nature humaine.

Il se tut, laissant ses mots faire leur chemin.

À contrecœur, Liv dut admettre qu'il avait raison. Le charme jouait en faveur de certains journalistes, tandis que d'autres usaient d'une certaine brutalité. À chacun ses armes. Et la classe, selon le mot de Thorpe, pouvait jouer pour elle.

— Il y a une réception diplomatique samedi soir. Je te propose de t'y emmener.

Sidérée, elle écarquilla les yeux.

— Tu me proposes...

— Tu veux franchir une porte ? Eh bien, prends celle qu'on t'ouvre, insista-t-il, amusé par son ahurissement. Après quelques coupes de champagne, on peut entendre quantité de ragots passionnants dans les toilettes pour dames.

— Et, bien sûr, tu es au courant.

— Tu serais étonnée de ce que je sais.

Mal à l'aise, elle hésitait. La tentation était grande.

— Pourquoi me rendrais-tu ce service ?

Il lui poussa son verre de vin blanc sous le nez.

— Il y a un dicton sur les chevaux qu'on vous offre, Liv.

— On parle aussi de cheval de Troie.

— Un bon journaliste aurait ouvert les portes et sauté sur le scoop, répliqua-t-il en riant.

Il avait raison, une fois de plus, et cela horripila Liv. Si l'invitation était venue de n'importe qui d'autre, elle aurait accepté immédiatement. D'un autre côté, refuser lui donnerait trop d'importance. Elle prit son sac.

— Très bien. Quelle ambassade ?

— L'ambassade du Canada, répondit-il, enchanté de l'avoir mise dans l'embarras.

— À quelle heure veux-tu que j'y sois ?

— Je viendrai te chercher.

— Non, fit-elle en se rasseyant.

— C'est moi qui t'invite, donc c'est moi qui pose les conditions. C'est à prendre ou à laisser.

Olivia n'aimait pas cela. Le retrouver là-bas aurait maintenu cette soirée sur un plan professionnel et inoffensif. Bien qu'à son avis aucune femme ne pût se sentir en sécurité avec Thorpe. Il l'acculait dans ses retranchements. Mais si elle refusait à présent, elle aurait l'air d'une idiote, et se sentirait effectivement idiote.

— Très bien, dit-elle en sortant son agenda. Je vais te donner mon adresse.

— Je la connais.

Devant son coup d'œil irrité, il ne put retenir un sourire.

— Je suis reporter, Liv. Glaner des informations, c'est mon métier… Je te raccompagne, dit-il en se levant.

Olivia se laissa prendre le bras et le suivit en silence. Avait-elle marqué des points ou reculé de deux pas ? Elle l'ignorait. En tout cas, c'était préférable au surplace.

— Tu n'es pas obligé de sortir, commença-t-elle comme il l'entraînait vers le parking. Tu n'as même pas de manteau.

— Tu t'inquiètes pour moi ?

— Pas le moins du monde, fit-elle exaspérée, en cherchant ses clés.

— On a fini de parler boulot ? demanda-t-il tandis qu'elle ouvrait la portière.

— Oui.

— Complètement ?

— Complètement.

— Bien.

L'empoignant par les épaules, il la fit pivoter face à lui. Sa bouche se plaqua sur celle de la jeune femme que la stupéfaction empêcha de protester. Rien ne l'avait préparée à ce geste ni à ce que cette bouche ferme et intraitable l'embrassât avec tant de douceur.

Le contact du corps musclé la troubla et son sang se mit à circuler plus vite. Elle leva les mains sans trop savoir si elle désirait le repousser ou au contraire l'étreindre. Elle finit par agripper sa chemise.

Thorpe ne tenta pas d'approfondir ce baiser. Sentant qu'elle se retenait de réagir, il refoula ses propres désirs et se concentra sur ceux de la jeune femme.

Lentement, les lèvres d'Olivia s'entrouvrirent. Le monde parut se brouiller autour d'elle comme si on avait changé l'objectif d'une caméra et omis de le régler.

— Non, murmura-t-elle au bout de quelques secondes en le repoussant. Non.

Il la relâcha aussitôt et elle dut s'appuyer contre sa voiture. Des sentiments qu'elle avait crus morts avaient resurgi. Elle n'en voulait pas ; elle ne voulait pas devoir à Thorpe qu'ils reprennent vie. Elle soutint son regard mais sans pouvoir cacher son désarroi. Spectacle qui éveilla en lui quelque chose de plus complexe que le désir.

— C'était...

— Délicieux, Olivia, pour toi comme pour moi, dit-il d'un ton volontairement léger. Quoiqu'il me semble que tu manques un peu d'entraînement.

Le regard d'Olivia redevint acéré.

— Tu es insupportable.

— À samedi, huit heures, dit-il en tournant les talons.

3

Elle choisit une robe noire toute simple mais ajustée, d'une parfaite élégance. Par contraste avec ce noir absolu, sa peau prenait un reflet marmoréen. Après un instant d'hésitation, elle opta pour des boucles d'oreilles ornées de perles, qu'elle avait reçues pour ses vingt et un ans.

Elle garda un instant les bijoux dans sa main. Ils réveillaient des souvenirs à la fois doux et amers. Vingt et un ans… Elle avait cru à l'époque que rien ne pourrait gâcher sa vie ni son bonheur. Un an plus tard à peine, son univers avait commencé à s'effriter. Et, à vingt-trois ans, elle avait oublié ce qu'était le bonheur.

Fermant les yeux, elle tenta de se rappeler ce qu'avait dit Doug en lui offrant ces perles. Il les avait comparées à sa peau, blanche et lisse. Doug, mon mari, se dit-elle. Puis, baissant les yeux sur ses doigts nus, elle corrigea : mon ex-mari. Nous nous aimions alors, je le sais. Durant les quatre années que nous avons passées ensemble, nous nous sommes aimés ; du moins durant une partie de ces quatre années. Avant que…

Le chagrin se réveillant, elle ferma les yeux. Penser à ce qu'elle avait perdu était impossible. Défendu, même. C'était trop énorme. Irremplaçable.

Sept années s'étaient écoulées depuis que Doug lui avait offert ces boucles d'oreilles. Elle était alors une femme différente, dans une autre vie, sur une autre planète. Il était temps de les porter à nouveau, dans sa vie actuelle.

Elle les accrocha puis se mit en quête de chaussures.

Sa nervosité, qu'elle tentait vainement de nier, l'horripilait. Cela faisait des années qu'elle n'était pas sortie avec un homme. Allons, il ne s'agissait pas d'une sortie mais d'un rendez-vous d'affaires. D'un service qu'on lui rendait à titre professionnel.

Pourquoi diable Thorpe lui rendait-il ce service ? Ce n'était pas un homme en qui avoir confiance, ni sur un plan professionnel ni sur un plan personnel. Professionnellement, il était impitoyable et doté d'un instinct de propriétaire. Elle l'avait toujours su. Et voilà que...

La façon dont il l'avait embrassée... Comme ça. Comme s'il en avait le droit. Les yeux dans le vide, elle s'assit sur son lit, une chaussure à la main. Il n'avait rien laissé prévoir. Sinon, elle aurait tout de suite dressé des barricades. Elle connaissait les signes avant-coureurs : les sourires, les mots enjôleurs, les petits gestes. Thorpe s'était épargné ce souci. Il n'avait agi que par impulsion, conclut-elle avec un haussement d'épaules. Ce baiser n'avait rien eu de spécialement désespéré ni d'amoureux. Thorpe ne s'était pas montré brutal et il n'avait pas essayé de la séduire. Elle faisait une montagne de ce qui n'était qu'une taupinière. Mais le problème était qu'elle avait cédé à son baiser et souhaité qu'il se prolongeât. Elle avait voulu être étreinte, être désirée. Pourquoi ? Elle se fichait bien de lui, pourtant.

— Qu'est-ce que tu veux ? murmura-t-elle. Tu devrais le savoir, quand même !

Je veux être la meilleure. Je veux gagner. Être Olivia Carmichael sans m'effriter en chemin. Je veux rester intacte.

La sonnette se fit entendre. Ce n'est qu'une soirée de travail, se rappela-t-elle. Je serai le meilleur reporter de tout Washington. S'il me faut fréquenter T. C. Thorpe pour y parvenir, eh bien, je fréquenterai T. C. Thorpe.

Elle jeta un coup d'œil au flacon de parfum posé sur sa coiffeuse puis se détourna. Inutile de lui donner des idées. Il en avait sûrement assez comme ça. Elle traversa l'appartement sans se hâter, enchantée de le faire attendre. Mais lorsqu'elle ouvrit la porte, Thorpe ne paraissait pas le moins du monde agacé. Au contraire, ses yeux exprimèrent une admiration toute masculine.

— Tu es ravissante, dit-il en lui tendant une rose blanche. Tiens. Elle te va très bien. Le rouge est trop banal, et le rose trop mièvre.

Olivia prit la rose et la regarda fixement. Ses réflexions de l'instant précédent s'étaient volatilisées. Elle n'avait pas prévu qu'il pût l'émouvoir à nouveau aussi vite. Elle leva les yeux et le regarda avec gravité.

— Merci.

— Je t'en prie, fit-il avec le même sérieux. Je peux entrer ?

Il serait plus malin de refuser. Conseil qu'elle ne suivit pas. Au contraire, elle s'effaça.

— Je vais la mettre dans l'eau, dit-elle en se dirigeant vers la cuisine.

Thorpe en profita pour examiner le salon. Une belle pièce, meublée avec goût. Sans l'aide d'un décorateur. Olivia avait pris son temps et choisi chaque objet avec soin. Il remarqua l'absence de photos et de souvenirs. En femme prudente et soucieuse de son intimité, elle n'exposait pas son passé. Rien de tel que des secrets cachés pour piquer la curiosité d'un reporter.

Le moment était peut-être bien choisi pour un petit coup de sonde en douceur. Il alla s'appuyer contre la porte de la cuisine où Olivia remplissait un vase en cristal.

— Bel appartement, dit-il d'un ton affable. Tu as une vue magnifique sur la ville.

— Oui.

— Washington est assez loin du Connecticut. De quel coin es-tu ?

Elle leva les yeux. Froids de nouveau, et prudents.

— Westport.

Westport. Les Carmichael de Westport. Thorpe fit le rapprochement sans hésiter.

— Tu es la fille de Tyler Carmichael ?

Elle souleva le vase et se tourna vers lui.

— Oui.

Tyler Carmichael, un promoteur immobilier, résolument conservateur, d'une famille qui remontait au Mayflower et à l'arrivée des premiers colons. Il avait deux filles, se souvint-il soudain. L'une d'elles avait disparu de la circulation dix ans auparavant, tandis que l'autre s'était lancée dans le circuit classique de la débutante. Des robes de cinq mille dollars et une Rolls rose. La chérie de son papa. Lorsqu'elle était sortie diplômée de Radcliffe et qu'elle avait attrapé son premier mari, Carmichael lui avait offert une propriété de sept hectares comme cadeau de mariage. Mélinda Carmichael Howard LeClare en était à présent à son deuxième mari. C'était une femme gâtée, aux nerfs trop sensibles, d'une beauté un peu tragique et qui n'aimait que ce qui coûtait une fortune.

— J'ai rencontré ta sœur, dit-il tout en guettant la réaction d'Olivia. Tu ne lui ressembles vraiment pas.

— Non.

Elle passa à côté de lui et déposa le vase sur une petite table du salon.

— Je vais chercher mon manteau.

Tout bon reporter est difficile à interviewer. Il sait se borner à répondre oui ou non, d'un ton parfaitement neutre. Olivia Carmichael était un bon reporter. Mais T. C. Thorpe aussi.

— Tu ne t'entends pas avec ta famille ?

— Je n'ai pas dit ça, fit-elle en sortant du placard une veste en renard.

Il prit la veste et attendit qu'elle l'ait enfilée. Pas de parfum, remarqua-t-il. Juste l'odeur fraîche d'un shampooing au citron. Cette absence d'artifice lui plut. Il la fit pivoter face à lui.

— Pourquoi est-ce que tu ne t'entends pas avec eux ?

Olivia poussa un soupir agacé.

— Écoute, Thorpe…

— Tu as décidé de n'utiliser que mon nom de famille ?

Elle haussa les sourcils et laissa s'écouler une seconde avant de demander :

— Tu veux que je t'appelle Terrance ?

— Non, fit-il en grimaçant. Personne ne peut m'appeler ainsi et vivre ensuite assez longtemps pour le raconter.

Olivia éclata de rire. C'était la première fois qu'il l'entendait rire de bon cœur. Elle se pencha pour attraper son sac.

— Tu n'as pas répondu à ma question, insista-t-il en lui prenant soudain les mains.

— Et je ne le ferai pas. Pas de questions personnelles, Thorpe, en privé comme au boulot.

— Je suis un homme têtu, Liv.

— Ne te vante pas ; ça n'a rien de séduisant.

Il enlaça ses doigts avec les siens et leva leurs mains jointes pour les examiner.

— Elles s'accordent, dit-il avec un sourire étrange. C'est ce que je pensais.

Elle fut prise au dépourvu. Ce geste n'était pas une manœuvre de séduction, bien qu'elle en fût troublée. Ce n'était pas non plus un défi, bien qu'elle eût envie de se battre. Ce n'était pas une usurpation qu'elle pût contester. Il avait seulement énoncé un fait.

— On ne va pas être en retard ? demanda-t-elle d'un ton un peu hagard.

Elle trouvait étrange que, alors que les yeux de Thorpe ne quittaient pas les siens, son regard semblât transpercer son manteau, sa robe, sa peau. Sûrement, il savait à quoi elle ressemblait, jusqu'à la marque de naissance qu'elle portait sous le sein gauche. Cette idée la paniqua.

— Thorpe, murmura-t-elle. Arrête.

Il l'avait blessée. Il le vit. Le sentit. Elle souffrait. Il se rappela sa décision de procéder lentement et, gardant la main d'Olivia dans la sienne, il l'entraîna vers la porte.

Lumière. Musique. Élégance. Olivia n'aurait su dire à combien de soirées elle s'était rendue. Mais celle-ci différait des autres par le fumet enivrant de politique qui en émanait.

C'était un petit monde fermé, difficile à pénétrer et où il était encore plus difficile de survivre. Que l'on ait été nommé ou élu, on était toujours la cible de la presse dont l'influence était immense. Un parti accusait souvent l'autre de falsifier la réalité avec l'aide des journalistes. Parfois c'était vrai. En tout cas, que ce fût à l'occasion d'une soirée privée ou d'une réception officielle, il y avait des images à saisir et à transmettre. Capter des images, Olivia savait le faire.

Elle repéra un sénateur démocrate qui déchiquetait sans paraître l'apprécier un toast au foie gras ; ses cheveux mi-longs comme ceux d'un très jeune homme encadraient un visage ingénu et ouvert. Mais Olivia le savait ambitieux et fiable comme une planche pourrie. Un vétéran du Congrès racontait une histoire légèrement grivoise sur la pêche au gros. Mais il avait la réputation de ne s'intéresser qu'à la diminution de la fiscalité sur les grosses fortunes.

Le représentant d'un grand journal de Washington en était à son cinquième verre de bourbon mais il restait solide sur ses jambes. Toutefois ses doigts étreignaient le verre comme un homme qui se noie s'accroche à une bouée. Olivia reconnut les symptômes et en fut attristée : au petit déjeuner, il boirait encore.

— Chacun fait face à la pression à sa façon, dit Thorpe qui avait suivi son regard.

— Oui, évidemment, fit-elle en prenant le verre de vin blanc qu'il lui présentait. J'avais une amie qui travaillait pour un journal d'Austin ; elle disait que les journaux fournissent des informations aux gens qui veulent penser tandis que la télévision montre un spectacle pour ceux à qui les images suffisent.

Il alluma une cigarette.

— Que lui as-tu répondu ?

— Je lui ai fait remarquer que les publicités qui émaillent le *New York Times* ne sont guère différentes de celles qui passent à l'antenne. J'ai souligné que la télévision transmettait une nouvelle immédiatement mais elle a répliqué que les journaux prenaient le temps de la réflexion. J'ai dit que la télévision permettait au téléspectateur de voir ; elle a répondu que le texte imprimé permettait au lecteur de réfléchir.

Au souvenir de cette discussion, elle eut un petit sourire.

— Nous avions sans doute toutes les deux raison, dit-elle avec un haussement d'épaules.

— J'ai écrit quelques articles quand j'étais à l'université.

Il se plaisait à la contempler tandis qu'elle étudiait ce qui l'entourait, les gens, la pièce, et s'en imprégnait. Elle leva sur lui un regard curieux.

— Pourquoi as-tu bifurqué ?

— J'aime ce rythme plus rapide et cette impression de toucher les gens directement, chez eux.

Comprenant parfaitement ce qu'il voulait dire, elle hocha la tête. Il avait pris un verre de whisky mais, contrairement au reporter qu'elle avait observé, il buvait modérément. Par contre, il fumait trop.

Presque autant que Carl qui allumait sa cigarette au mégot de la précédente.

— Et, toi, comment fais-tu face à la pression ?

Il sourit et effleura du doigt la perle d'une de ses boucles d'oreilles.

— Je rame.

— Comment ?

Son geste l'avait perturbée. Elle fronça les sourcils.

— Je rame, répéta-t-il. Dans un bateau, sur une rivière. Et, quand il fait trop froid, je fais du handball.

— Ramer…

Cela expliquait ses paumes dures et calleuses.

— Oui, tu sais bien : Vas-y, Yale !

Elle sourit et son regard s'éclaira.

— C'est la première fois que tu fais ça pour moi, dit-il. Sourire de tout ton visage. Je crois que je suis amoureux.

— Tu es plus coriace que ça, Thorpe.

— Un vrai cœur d'artichaut, corrigea-t-il en lui prenant la main pour la porter à ses lèvres.

Elle la retira prudemment. Ses doigts la picotaient.

— Ce n'était pas un cœur d'artichaut qui a révélé un détournement de fonds au ministère de l'Intérieur, en novembre dernier.

— C'était le journaliste.

Il fit un pas et leurs corps se touchèrent presque.

— Mais l'homme est un romantique invétéré, qu'un dîner aux bougies attendrit et qu'un prélude de Chopin ravage. Une femme pourrait m'obtenir pour le prix d'un feu de bois et d'une bonne bouteille.

Levant son verre, Olivia imputa au vin son léger vertige.

— Et des centaines l'ont fait.

— Tu m'as recommandé de ne pas me vanter, fit-il avec un petit sourire. D'ailleurs, le métier ne laisse guère de temps.

Olivia avait du mal à garder ses distances. Elle secoua la tête et soupira.

— Je ne veux pas t'aimer, Thorpe. Je ne veux vraiment pas.

— Ne précipite rien, conseilla-t-il avec sympathie.

— T. C., s'écria un sénateur en envoyant une claque sur l'épaule de Thorpe. Je savais bien que je vous trouverais avec une jolie femme.

Il examina Olivia d'un air appréciateur. Le sénateur Wyatt avait quelques kilos de trop, des joues rouges et une expression joviale. Olivia savait qu'il menait campagne contre d'éventuelles restrictions des budgets de l'Éducation et de la Santé publique. Depuis deux semaines, elle s'efforçait en vain de franchir sa porte.

— Sénateur, permettez-moi de vous présenter Olivia Carmichael, dit Thorpe en s'emparant de la main tendue.

Celle d'Olivia fut étreinte dans le plus pur style sénatorial.

— Je n'oublie jamais les visages, fit le sénateur, et je suis sûr d'avoir vu le vôtre. Mais je jurerais que vous ne faites pas partie des fréquentations habituelles de T. C.

Thorpe émit un son à mi-chemin entre le grattement de gorge et le soupir. Olivia lui jeta un coup d'œil.

— Je travaille à WWBW, sénateur. M. Thorpe et moi sommes... collègues.

— Oui, oui, bien sûr, je me souviens parfaitement, maintenant. T. C. préfère un genre différent... Jambes longues, idées courtes, précisa-t-il en se penchant à l'oreille d'Olivia.

— C'est vrai ? demanda-t-elle en jetant à Thorpe un coup d'œil complice.

— Tu as de longues jambes, Liv, fit-il remarquer.

— C'est ce qu'on m'a dit, dit-elle avant de se tourner vers Wyatt. J'aimerais beaucoup avoir un entretien avec vous, sénateur, au sujet des restrictions budgétaires en matière d'éducation. Peut-être auriez-vous un moment à me consacrer ?

Au bout d'une seconde d'hésitation, Wyatt hocha la tête.

— Téléphonez à mon bureau lundi matin. Mais vous devriez être en train de danser en ce moment. Quant à moi, poursuivit-il en tirant un petit coup sur sa veste de smoking, je vais voir si je peux trouver de la vraie nourriture sur ce buffet. Des œufs de poisson et du foie d'oie, pouah !

Avec une grimace de dégoût, il s'éloigna.

Thorpe prit la main d'Olivia. Elle lui jeta un coup d'œil inquiet qui le fit sourire.

— Je me contente de suivre le conseil du sénateur, expliqua-t-il.

Restant au bord de la piste de danse, il la prit dans ses bras.

C'était la seconde fois qu'elle se retrouvait contre lui. La seconde fois que son corps réagissait malgré elle à cette intimité. Elle se raidit.

— Tu n'aimes pas danser, Olivia ?

— Si, bien sûr, répondit-elle d'une voix résolument calme.

— Alors détends-toi.

La main de Thorpe reposait légèrement sur sa taille et sa bouche frôlait son oreille. De petits frissons la parcoururent.

— Quand nous ferons l'amour, ce ne sera pas sous les yeux des gros bonnets de Washington. J'aime l'intimité.

La première partie de la phrase l'ayant complètement désarçonnée, Olivia mit deux secondes à enregistrer la suite. Elle releva la tête pour le regarder dans les yeux.

— Qu'est-ce qui te fait penser... ?

— Pas penser, savoir, corrigea-t-il. Ton cœur bat aussi fort que lorsque je t'ai embrassée dans le parking du *O'Riley's*.

— Absolument pas, protesta-t-elle. Pas plus là-bas qu'ici. Je te l'ai déjà dit, je ne t'aime pas, Thorpe.

— Plus récemment, tu m'as dit que tu ne voulais pas m'aimer, ce qui est tout à fait différent.

Dieu qu'elle était mince et fine... Il mourait d'envie de la serrer contre lui, de se fondre en elle.

— Et si je t'embrassais, je pourrais découvrir ce que tu éprouves vraiment. Une rumeur se répandrait dans Washington comme quoi Thorpe et Carmichael ont fraternisé en terrain neutre.

— Je te propose le titre : Carmichael rompt les relations diplomatiques en brisant la mâchoire de Thorpe.

— Tu n'as pas les mains qu'il faut pour envoyer un coup de poing de cette force. De toute façon, je préfère annoncer les nouvelles qu'en être le sujet.

La musique s'arrêtant, Olivia s'écarta.

— Je vais vérifier ta théorie sur les toilettes des dames, dit-elle d'un ton léger.

Son cœur battait très fort effectivement. Elle lui en voulut d'avoir dit vrai.

Thorpe la suivit des yeux. Vivement que cette fichue réception s'achève et qu'il puisse l'avoir pour lui tout seul, ne fût-ce que quelques minutes. Son corps s'émouvait encore du contact de celui d'Olivia. Jamais il n'avait autant désiré une femme ; jamais il ne s'était autant exaspéré à l'idée des combats qu'il lui faudrait encore mener avant de l'obtenir. Il prit une cigarette, l'alluma et tira une grosse bouffée.

La pression dans le travail, il en avait l'habitude. Et d'ailleurs, elle le stimulait. C'était son secret. Il pouvait tenir des jours et des jours en ne grappillant que quelques instants de sommeil par-ci par-là, et continuer à vibrer d'énergie. Il n'avait pas besoin de se doper aux vitamines, un bon sujet à traiter lui suffisait. Mais ce qu'il vivait depuis plusieurs mois sur le plan privé lui faisait découvrir une autre forme de pression : désirer follement quelque chose et savoir que c'était encore hors d'atteinte. Pas pour longtemps, décida-t-il en tirant une seconde bouffée. S'il lui fallait faire le siège d'Olivia Carmichael, il le ferait. Elle ne lui échapperait pas.

— T. C., espèce de forban. Comment vas-tu ?

Il pivota et empoigna la main de l'attaché de presse de l'ambassadeur du Canada. Le siège d'une ville ou d'une femme demandait du temps, se rappela-t-il. En attendant, il lui fallait se détendre.

Sans se hâter, Olivia rafraîchissait son maquillage qui n'en avait nul besoin. Tout en se repoudrant le nez, elle tentait d'analyser sa façon de réagir à Thorpe. Ne l'avait-elle pas jugé charismatique ? On pouvait même dire qu'il était séduisant, admit-elle à contrecœur. Sur un plan purement physique. Cela n'avait rien à voir avec le fait qu'il était exaspérant.

— Bien sûr que c'est un vieux birbe pompeux mais je l'aime bien.

Olivia regarda dans la glace les deux femmes qui entraient. L'une était la congressiste Amelia Thaxter, une femme mince et ardente, qui avait un net penchant pour les causes perdues et les vêtements informes. Ses électeurs l'appréciaient et l'avaient prouvé en lui confiant quasi unanimement un second mandat.

Celle qui exprimait sa pensée en toute liberté avait aussi la cinquantaine. Plus ronde, elle portait une élégante robe en soie grise. Olivia lui trouva quelque chose de vaguement familier. Elle reprit sa houppette et tendit l'oreille.

— Tu es plus tolérante que moi, Myra, dit Amelia qui, sortant son peigne, s'assit avec lassitude devant la glace.

— Rod n'est pas un mauvais type, insista Myra en brandissant son rouge à lèvres. Si tu le prenais avec plus de douceur, il te rendrait service au lieu de te mettre des bâtons dans les roues.

— Il se fiche complètement des problèmes d'environnement du Dakota du Sud, affirma Amelia qui, au lieu de se coiffer, se frappait la paume à coups de peigne. Quoi que nous puissions lui dire, toi ou moi, ce soir, il ne me soutiendra pas lundi lorsque je mettrai ma proposition sur le tapis.

— Essayons, on verra bien.

Rod... Roderick Matt, l'un des membres les plus influents du Congrès. Si un vote était incertain, c'était bien l'homme à convaincre, se dit Olivia.

Un vieux birbe pompeux. Elle retint un sourire. Oui, l'expression lui convenait, bien qu'il fût l'espoir numéro un de son parti pour l'obtention du poste le plus élevé de Washington lors des prochaines élections. C'était du moins ce que disait la rumeur.

La congressiste marmonna entre ses dents, puis remit le peigne dans son sac.

— Il est sectaire, borné et c'est un sale...

Myra s'empressa de l'interrompre.

— Oh, ma chère, s'écria-t-elle en décochant un sourire à Olivia. Quelle robe ravissante !

— Merci.

— Est-ce que vous n'étiez pas avec T. C. ?

La femme s'aspergea abondamment de parfum.

— Nous sommes arrivés ensemble.

Après deux secondes d'hésitation, Olivia estima qu'il serait à la fois plus sage et plus honnête de se présenter.

— Je suis Olivia Carmichael, de WWBW.

Amelia lâcha un petit bruit effaré, tandis que Myra reprenait sans s'émouvoir :

— Passionnant. Malheureusement, je ne regarde pas les informations régionales, ni d'ailleurs les autres, à l'exception des reportages de T. C. Les informations troublent la digestion d'Herbert.

Le juge de la Cour suprême, Herbert Ditmyer. Olivia reconnut enfin Myra Ditmyer, une femme qui avait assez de pouvoir et d'influence pour traiter Roderick Matt de vieux birbe pompeux sans crainte des conséquences.

— Nous passons à 5 h 30, madame Ditmyer, dit Olivia. Votre époux pourrait trouver notre émission plus facile à digérer.

Myra éclata de rire, ce qui ne l'empêcha pas de regarder attentivement la jeune femme.

— Je connais des Carmichael, dans le Connecticut. Vous ne seriez pas la plus jeune fille de Tyler Carmichael, par hasard ?

Olivia avait l'habitude d'être désignée de cette façon anonyme.

— Si, c'est moi.

Un grand sourire éclaira le visage de Myra.

— C'est extraordinaire ! La dernière fois que je vous ai vue, vous aviez sept ou huit ans. Votre mère donnait un thé très comme il faut et vous avez déboulé dans le salon, une petite chose mal fichue, avec un trou dans sa robe et la boucle de sa chaussure détachée. Je crois bien que vous avez reçu une sérieuse remontrance.

— Ça m'arrivait relativement souvent.

Olivia ne se souvenait pas de cet incident particulier mais d'autres très semblables.

— Et je me rappelle m'être dit que vous aviez dû vous amuser beaucoup plus que nous... Votre mère donnait des réceptions tellement guindées, ajouta-t-elle en souriant de plus belle.

— Voyons, Myra !

Amelia oublia l'amendement qu'elle voulait déposer, le temps d'émettre une série de ts-ts-ts désapprobateurs.

— Ne vous inquiétez pas, madame, dit Olivia. En tout cas, je pense que ma mère continue de donner ce genre de réceptions.

— J'avoue que je ne vous aurais pas reconnue, dit Myra en se levant. Vous êtes une très élégante jeune femme à présent. Mariée ?

— Non.

— Et T. C. et vous... ?

Elle laissa la phrase en suspens.

— Non plus.

— Est-ce que vous jouez au bridge ?

Olivia haussa les sourcils.

— Très mal. C'est un jeu qui ne m'a jamais vraiment emballée.

— Ma chère, c'est un jeu très ennuyeux mais qui peut s'avérer très utile.

Elle sortit une carte de visite de son sac et la fourra dans la main d'Olivia.

— Je donne un bridge la semaine prochaine. Appelez ma secrétaire lundi. Elle vous donnera les détails. Il y aura un de mes neveux que j'aime beaucoup.

— Madame Ditmyer...

— Il ne vous ennuiera pas... du moins pas trop, reprit Myra sans se troubler. Et moi, je crois que j'apprécierai votre compagnie. Mon mari sera là, ajouta-t-elle en guise d'appât. Il sera très content de faire votre connaissance.

— Allons-y, Myra, suggéra Amelia. Sinon tu vas te retrouver avec un procès pour prévarication. Bonsoir, mademoiselle Carmichael.

— Bonsoir, madame.

Restée seule, Olivia examina l'élégante carte de visite puis la glissa dans son sac. On ne refusait pas une invitation de Myra Ditmyer, même si cela impliquait un bridge et un neveu.

Elle referma son sac et regagna le salon.

— Je commençais à me demander si tu ne donnais pas une conférence de presse, dit Thorpe en lui proposant un autre verre de vin.

— C'était presque ça, répondit-elle avec un sourire énigmatique.

— Développe un peu.

— Est-ce qu'avoir accepté ton invitation m'oblige à partager ?

Elle prit une gorgée de vin. Une étrange allégresse l'animait. Ces contacts inespérés en une seule soirée justifiaient le déplacement.

— En fait, reprit-elle, j'ai accepté un rendez-vous avec quelqu'un que je ne connais pas, à l'occasion d'un bridge.

— Un rendez-vous ?

Il fronça les sourcils. Guettant la porte, il avait reconnu les deux femmes qui avaient regagné le salon juste avant Olivia.

— Oui, un rendez-vous. Tu sais bien… un homme et une femme qui se découvrent des intérêts communs durant un certain nombre d'heures.

— Charmant… Bon. Tu n'en as pas assez de cette réception ?

— Si.

Elle prit une dernière gorgée et lui rendit son verre.

— Allons chercher ton manteau.

Il lui prit le bras et l'entraîna à toute allure vers la sortie.

— Je te remercie de m'avoir permis de te suivre, Thorpe, dit-elle en cherchant son trousseau.

— Me suivre ? Nous devions sortir ensemble, non ?

— Cela n'était pas une sortie. C'était le travail.

Il lui prit le trousseau des mains et inséra la clé dans la serrure.

— En tout cas, les bonnes manières imposent que tu m'offres une tasse de café.

— Pour cinquante cents, tu peux en avoir une en bas de la rue.

— Liv !

Le regard offensé de Thorpe la fit sourire.

— Bon, plions-nous aux bonnes manières. Juste une tasse.

— Tu es incroyablement généreuse, dit-il en ouvrant la porte.

Elle jeta son manteau sur un fauteuil et se dirigea vers la cuisine. Thorpe ne put s'empêcher de sourire. De temps à autre, Olivia oubliait l'image qu'elle avait élaborée avec tant de soin. L'Olivia Carmichael de la télévision n'était pas censée jeter son manteau. Elle était beaucoup trop soigneuse pour cela. Beaucoup trop organisée. Plus que jamais, Thorpe désirait connaître la femme qui se cachait derrière cette image. Il y devinait de la chaleur, de l'humour, de la passion, contenus tant bien que mal derrière un mince bouclier. Ce bouclier s'était dressé pour une raison qu'il ignorait mais qu'il avait bien l'intention de découvrir, tôt ou tard.

Elle aimait les couleurs. Il l'avait déjà noté dans sa façon de s'habiller. La décoration de son appartement le lui rappela : un coussin bleu vif, un vase orange, un abat-jour jaune. Autant de petits signes qui, comme ses brefs accès de colère, indiquaient son vrai caractère. Elle ne cessait de le réprimer mais il demeurait prêt à se manifester.

— Comment aimes-tu ton café ? cria-t-elle de la cuisine.

— Fort.

Il s'approcha de la chaîne stéréo et examina les disques.

— Ça va de Van Cliburn à Billy Joel, commenta-t-il comme elle le rejoignait au salon. Très éclectique.

— J'aime la diversité, répondit-elle en déposant le plateau sur la table basse.

— C'est vrai ?

Son sourire inquiéta Olivia. À quelle plaisanterie pensait-il ? Elle regretta d'avoir cédé sur le café.

— Quelles sont tes distractions ? demanda-t-il en s'asseyant sur le canapé.

Elle hésita puis se posa à côté de lui. S'installer de l'autre côté de la table eût été ridicule.

— Mes distractions ? répéta-t-elle en soulevant la cafetière.

Son hésitation n'avait pas échappé à Thorpe qui en déduisit qu'il ne lui était pas indifférent. La rendre un peu nerveuse était un bon début.

— Tu sais bien : le bowling, les collections de timbres, ce genre de choses.

— Je n'ai pas eu beaucoup de temps à consacrer aux loisirs, ces derniers temps, murmura-t-elle.

Pourquoi diable s'était-elle sentie à l'aise en sortant de la cuisine et se retrouvait-elle les nerfs tendus à craquer maintenant ? Sans la quitter des yeux, Thorpe alluma une cigarette. Elle refoula l'envie enfantine de s'enfuir à toutes jambes.

— Que fais-tu donc de ton temps ?

— Je travaille. Ça m'occupe suffisamment.

Elle eut un petit mouvement impatient des épaules. Pourquoi donc une simple tasse de café et une conversation somme toute anodine la mettaient-elles dans un tel état de nerfs ?

— Et le dimanche après-midi ?

— Comment ?

À peine eut-elle cherché son regard qu'elle comprit son erreur. Ses yeux étaient sombres et la fixaient avec une intensité déconcertante.

— Le dimanche après-midi, répéta-t-il. Que fais-tu le dimanche après-midi ?

Son regard descendit vers la bouche d'Olivia puis remonta à ses yeux. Quelque chose frémit en elle, quelque chose de primitif et de puissant. Cela faisait des années qu'elle n'avait plus éprouvé l'élan du désir. Pourtant il ne la touchait pas, il ne cherchait pas à la séduire. Ils étaient seulement en train de prendre une tasse de café et de bavarder. Elle se dit qu'elle avait bu trop de vin et, à titre d'antidote, elle reprit une gorgée de café.

— En général, j'essaie de rattraper mon retard en matière de lecture, dit-elle en regardant une spirale de fumée s'élever paresseusement tandis que Thorpe écrasait sa cigarette. J'aime les policiers, les thrillers.

Ses yeux se relevèrent à nouveau lorsque Thorpe la débarrassa de sa tasse.

— J'ai toujours adoré résoudre les énigmes, murmura-t-il. Fouiller pour découvrir ce qui se tapit sous la surface... Tu as une peau extrêmement fine, ajouta-t-il en lui caressant la joue du dos de la main. Mais je n'ai pas pu pénétrer dessous... pas encore.

— Je ne te laisserai pas pénétrer dans mes pensées, déclara-t-elle en s'écartant.

— Nous garderons cela pour plus tard.

Il l'enlaça d'un geste léger.

— Je veux te tenir dans mes bras. Lorsque nous dansions, je me suis promis de t'enlacer à nouveau quand nous serions seuls.

« Tu ne veux pas qu'il te prenne dans ses bras », protesta intérieurement Olivia. Mais lorsqu'il l'attira à lui, elle se tut et se laissa faire.

Il baissa les yeux sur sa bouche.

— Cela fait des jours que j'ai envie de te goûter.

Ses lèvres s'inclinèrent et effleurèrent délicatement celles de la jeune femme.

— Trop longtemps, murmura-t-il.

« Tu ne veux pas qu'il t'embrasse », se dit-elle. Mais lorsque la bouche de Thorpe se jeta sur la sienne, elle se tut et se laissa faire.

Cette fois-ci, il ne fit preuve d'aucune patience. Une exigence brûlante, presque violente, s'emparait de lui. Abasourdie par cette passion fulgurante, Olivia n'eut pas le temps de réfléchir ni de raisonner. Elle ne put qu'y répondre. Ses bras se refermèrent sur lui. Ses lèvres s'écartèrent.

D'où jaillissait cette urgence qui semblait les avoir faits prisonniers, les détourner des chemins prévus ? Elle ne pouvait ni le repousser ni s'écarter, tandis qu'il ne parvenait pas à respecter l'allure paisible qu'il s'était fixée. Une sorte de désespoir presque tangible l'avait envahi. Un besoin scandaleux de goûter, de toucher, de prendre et d'appartenir. Il n'avait pas imaginé que la bouche d'Olivia lui céderait avec autant de passion. Ses mains tremblaient du désir de lui arracher sa robe pour la découvrir tout entière. Folie pure. Il sentait le contrôle de lui-même lui échapper inexorablement.

Olivia gémit lorsqu'elle sentit les lèvres de Thorpe glisser sur sa gorge. Elle voulait qu'il la touche et s'entendit le lui dire, puis elle se pressa contre lui lorsqu'il caressa ses seins sous la soie mince.

Avec avidité, elle s'empara de sa bouche et s'abandonna aux caresses ardentes de ses doigts. Elle y sentait une force et un besoin. Le besoin d'elle. Et il suscitait en elle un besoin tout aussi exigeant, qui l'effraya. Non. Elle ne pouvait plus se permettre d'avoir besoin de quelqu'un. Les risques étaient trop grands, la sanction trop sévère.

— Non.

Prise de panique, elle s'arc-bouta pour le repousser.

— Non, répéta-t-elle.

Elle parvint enfin à se dégager mais les mains de Thorpe restèrent fermes sur ses épaules et son regard exprimait un désir cru. Le sien, se dit-elle, devait exprimer la même chose.

— Non quoi ?

Sa voix enrouée trahissait un mélange d'excitation et de colère. Il n'avait pas imaginé qu'elle susciterait en lui un tel degré de passion.

— Il faut que tu partes.

Elle se dégagea et se mit debout. Il lui fallait prendre ses distances. Il se leva aussi, avec moins de hâte.

— Je te veux. Et tu me veux, déclara-t-il d'un ton plat malgré les coups violents qui lui ébranlaient la poitrine.

Il eût été absurde de le nier. Olivia s'efforça de contrôler sa voix :

— Oui, mais je ne veux pas te vouloir. Et je m'en tiendrai là.

Thorpe sentit quelque chose céder en lui. Il l'empoigna et l'attira à lui. Les yeux d'Olivia s'agrandirent et les pupilles se dilatèrent.

— C'est ce qu'on verra.

Il la relâcha si vite qu'elle faillit retomber sur le canapé. De peur de se jeter sur elle, il enfonça les mains dans les poches.

— Ce n'est pas fini, Carmichael, prévint-il avant de se précipiter vers la porte. Ce n'est qu'un début.

Il laissa la porte claquer derrière lui et appuya sur le bouton de l'ascenseur. Il lui fallait boire un verre de toute urgence.

4

— La cassette sur le conseil de l'enseignement élémentaire n'est pas encore prête.

Olivia jeta un coup d'œil sur l'horloge avant de revenir à son texte. J'aurais plus de temps si je n'avais pas à faire aussi ces publicités idiotes, bougonna-t-elle en son for intérieur.

— Tu sais combien on a de titres pour ce soir ?

Brian déchira le papier d'une barre chocolatée et s'assit sur le bureau d'Olivia.

— Hum ?

— Dix-huit, dit-il avant d'enfourner une énorme bouchée. Il va falloir tout serrer. Le directeur général est fou furieux parce qu'on a perdu deux points à l'Audimat. J'ai entendu dire qu'il veut modifier le ton de la météo. L'idée serait de faire rire. Peut-être va-t-il engager un auteur comique.

— Ou bien monter un sketch avec ventriloque et magicien, marmonna Olivia.

La recherche d'astuces à tout prix l'exaspérait. Tout en parlant avec Brian, elle comparait son temps d'antenne aux sujets qu'elle allait devoir bientôt traiter.

— Et on va se retrouver vite fait bien fait avec un clown qui donnera la météo debout sur une seule jambe en jonglant avec des assiettes.

— Un peu d'humour ne serait peut-être pas inutile, dit Brian en jetant le papier de sa barre chocolatée dans la corbeille. Le titre principal, ce soir, c'est le viol dans le parking du supermarché.

— C'est ce que j'ai vu.

Un œil sur la pendule, l'autre sur le texte, elle partageait son attention entre son travail et les propos de son collègue. Talent que tous les journalistes apprennent immanquablement à développer.

— Le reportage que Marilee a fait là-bas est sinistre, dit Brian en avalant le reste de son chocolat. J'ai vu la cassette. C'est là que ma femme fait ses courses. Merde alors !

— Ce soir, toutes les nouvelles sont sinistres. Les prix ont augmenté de six pour cent. Le chômage aussi. Il y a eu deux cambriolages et un incendie criminel. Sans parler du viol. Charmant.

— C'est bien ce que je disais. Un peu d'humour ne nous ferait pas de mal.

— Je voudrais voir des jonquilles, lâcha-t-elle abruptement.

La fatigue lui tombait dessus d'un coup. Était-ce dû à ces informations sinistres ? Mais, depuis le temps qu'elle faisait ce métier, elle aurait dû être blindée. Alors quoi ? Ces derniers jours, elle avait les nerfs à vif sans qu'elle pût trouver une cause précise. Et ce facteur inconnu l'avait maintenue éveillée longtemps après le départ de Thorpe, la veille au soir.

Brian la dévisagea un instant. Dès l'arrivée d'Olivia, le matin même, il avait remarqué ses cernes.

Il était cinq heures du soir et ses yeux semblaient s'être creusés davantage.

— Y a-t-il quelque chose dont tu aimerais me parler ?

Stupéfaite, Olivia ouvrit la bouche puis la referma. Il n'y avait rien qu'elle pût dire.

— Quelque chose te ronge en ce moment, je le sais, dit-il en se penchant à son oreille. Écoute, pourquoi ne viendrais-tu pas dîner ? J'appelle Kathy et je lui dis de rallonger un peu la soupe. Parfois il suffit de quelques heures entre amis pour se sentir mieux.

Avec un sourire, elle lui serra la main.

— Il y a longtemps que je n'avais reçu une aussi gentille invitation.

— Alors ne la refuse pas.

— Malheureusement, j'y suis obligée. J'ai déjà quelque chose de prévu ce soir. L'invitation est-elle valable pour une autre fois ?

L'offre lui avait fait du bien ; sa solitude se fit moins pesante.

— Bien sûr, dit-il en se levant.

Olivia le rattrapa par la main avant qu'il ne s'éloigne.

— Merci, Brian. Vraiment.

— Je t'en prie.

Il l'aida à se lever.

— C'est presque l'heure. Tu ferais bien d'aller te faire maquiller un peu pour effacer ces cernes.

Olivia y porta machinalement les mains.

— C'est si moche que ça ?

— Assez moche.

Elle poussa un juron étouffé et s'empressa de suivre le conseil de Brian. Il ne fallait surtout pas apparaître sur l'écran avec un air défait. Avec sa chance habituelle, Thorpe allait regarder l'émission et remarquer qu'elle n'avait pas fermé l'œil de la nuit.

C'est vrai que je dors mal en ce moment, se dit Olivia en prenant sa place dans le studio. Mais ça n'a rien à voir avec Thorpe. Je suis un peu énervée, c'est tout. Non, ce n'est pas tout. Ce matin, à huit heures, j'étais debout devant la Maison-Blanche pour essayer de glaner les commentaires de quelques hauts fonctionnaires. C'est de la fatigue. C'est tout. Ça n'a aucun rapport avec la soirée à l'ambassade du Canada... ni avec ce qui s'est passé ensuite.

Olivia attacha son micro puis parcourut une dernière fois son texte. Vu le nombre de titres à développer, il était primordial de respecter le minutage.

Elle travaillait trop. Ces derniers jours avaient été particulièrement trépidants, voilà tout. T. C. Thorpe était le cadet de ses soucis. Il y avait eu le contrecoup après la nomination de Dell, puis elle avait dû couvrir le conseil de l'enseignement élémentaire. Fronçant les sourcils sur son texte, elle se dit qu'elle n'avait pas accordé une pensée à sa soirée avec T. C. Thorpe. Cela ne lui avait pas traversé la tête. Pas une seule fois. Mais un millier de fois.

Furieuse, elle entendit le signal indiquant qu'il ne lui restait que trente secondes. Elle se redressa sur sa chaise et leva les yeux. Thorpe se tenait dans le fond du studio. Adossé contre la porte, il la regardait calmement.

Quinze secondes.

Qu'est-ce qu'il fichait là ? Elle sentit sa bouche se dessécher et s'obligea à fixer la caméra.

Dix secondes.

Le générique, une vue aérienne de la ville, se déploya sur l'écran.

Cinq secondes. Quatre, trois, deux, un. La lumière s'alluma.

— Bonsoir. Ici, Olivia Carmichael.

Sa voix était froide et précise. Mais ses paumes moites. Elle lut les titres principaux puis, tandis qu'on diffusait le reportage filmé sur les lieux du viol, elle évita soigneusement de regarder le fond de la pièce.

Le reportage achevé, les caméras revinrent sur elle. Malgré la pression quasi physique qu'exerçait le regard de Thorpe sur son visage, elle parla du conseil de l'enseignement élémentaire d'une voix ferme. Brian prit la suite.

Lorsqu'on lui rendit le micro, Olivia annonça une augmentation des prix. À sa connaissance, Thorpe n'avait jamais mis les pieds dans le studio, ni avant ni pendant une émission. Pourquoi n'était-il pas là-haut, chez lui, en train de polir quelques propos bien sentis ?

La tension qui lui nouait la gorge s'accrut lorsqu'elle s'interrompit, le temps d'un écran publicitaire. Sans lever les yeux, elle sentit qu'il s'approchait d'elle.

— Excellent style, Liv, dit Thorpe. Pénétrant, froid et net.

— Merci.

Le chroniqueur sportif venait de s'installer à l'autre extrémité du bureau.

— Tu vas au bridge des Ditmyer, ce soir ?

Décidément, rien ne lui échappait.

— Oui, fit-elle d'un ton neutre.

— Tu veux que je t'emmène ?

Cette fois-ci, elle ne put s'empêcher de le regarder.

— Tu y vas ?

— Je passerai te chercher à 7 h 30. Nous avalerons quelque chose avant d'y aller.

— Non.

Il se pencha sur elle.

— Je peux faire en sorte que tu sois ma partenaire de bridge. Ça te va ?

— Tu perdras.

Jamais une pause publicitaire n'avait duré aussi longtemps.

— Non, fit-il avec un sourire. Je n'ai pas l'intention de perdre.

Et puis, tout à coup, sans qu'elle ait pu l'en empêcher, il lui déposa un rapide baiser et s'éloigna nonchalamment.

Trente secondes.

Elle vit les portes se refermer derrière lui et sentit tous les regards se poser sur elle. Thorpe avait bien réussi son coup, les langues allaient se déchaîner.

Dix secondes.

Furieuse, elle se promit de le lui faire payer.

La petite lampe s'alluma.

Olivia arriva chez les Ditmyer à huit heures précises. L'amour du bridge n'était pas la cause de son exactitude. Elle se souvenait des parties guindées et ennuyeuses qu'organisait sa mère lorsqu'elle était enfant. Mais elle se souvenait aussi du rouge à lèvres vif et des papotages insouciants de Myra dans les toilettes de l'ambassade du Canada. Ceci compenserait largement cela. Réconfortée par cette idée, elle appuya sur le bouton de la sonnette. Les réceptions de Myra Ditmyer ne pouvaient pas être ennuyeuses. Et puis combien de fois un journaliste était-il invité au domicile d'un juge de la Cour suprême ? Quasiment jamais, à moins que ce journaliste ne s'appelât T. C. Thorpe.

La porte s'ouvrant, elle esquissa un sourire de circonstance.

Une domestique l'introduisit. Deux secondes plus tard, Myra surgissait dans l'entrée.

— Olivia, s'écria-t-elle en lui prenant les mains. Je suis si contente que vous ayez pu venir ! J'aime avoir de jolies femmes autour de moi. J'en étais une jadis.

Tout en parlant, elle entraînait la jeune femme vers le salon.

— J'ai regardé votre émission. Vous êtes remarquable.

— Je vous remercie.

— Il faut absolument que vous fassiez la connaissance d'Herbert. Je lui ai rappelé le thé chez vos parents et votre robe déchirée. Il ne s'en souvenait pas, bien sûr. Il a tant de sujets graves dans la tête que les détails charmants lui échappent.

Ce qui n'est pas votre cas, conclut mentalement Olivia tandis qu'on la propulsait dans une vaste pièce. Tentures vives, beaucoup de lumières, tableaux modernes et innombrables bibelots, la décoration correspondait parfaitement à la maîtresse de maison.

— Herbert, s'écria Myra en arrachant sans ménagement son mari à une conversation. Il faut que tu fasses la connaissance de la ravissante Mlle Carmichael. Elle présente les informations sur... Quel est le nom de cette chaîne, ma chère ?

— WWBW, fit Olivia en serrant la main du juge Ditmyer. Nous sommes la filiale de Washington de CNC.

— Toutes ces initiales ! protesta Myra avec un claquement de langue désapprobateur. Ce serait plus simple de s'en tenir au nom. Elle est ravissante, n'est-ce pas, Herbert ?

— Oui, absolument, fit le juge avec un sourire. Enchanté de faire votre connaissance, mademoiselle Carmichael.

Lorsqu'il ne portait pas sa tenue de juge, il n'avait rien d'impressionnant. Avec son visage ridé, il faisait plus penser à un brave grand-père qu'à l'un des plus hauts magistrats du pays. L'âge avait rendu la peau de sa main fine et douce. Sa sérénité contrastait avec l'exubérance de son épouse.

— Myra m'a dit que nous nous étions rencontrés il y a un certain nombre d'années.

— Un très grand nombre d'années, Votre Honneur. Je m'étais mal conduite, aussi nous nous pardonnerons mutuellement d'avoir oublié cette scène.

— Et elle ne ressemble plus au petit chat sauvage qui s'est précipité dans le salon de sa mère ce jour-là, souligna Myra en scrutant son invitée d'un regard à la fois perspicace et amical. Que pense votre mère de votre carrière à la télévision ?

— Elle est consternée. Elle aurait préféré que je choisisse une profession plus discrète, répondit Olivia avec une franchise qui la surprit.

Il n'était pas dans ses habitudes de s'exprimer aussi librement devant des gens qu'elle ne connaissait pas.

— Ah, c'est vrai, les parents sont difficiles à satisfaire, dit Myra en lui tapotant l'épaule. Mes enfants me trouvent très difficile, n'est-ce pas, Herbert ?

— C'est ce qu'ils disent.

— Ils sont tous mariés maintenant, enchaîna Myra sans tenir compte du ton ironique de son époux. Si bien que j'ai le temps de m'occuper de mon neveu. Un gentil garçon. Avocat à Chicago. Je crois vous en avoir déjà parlé, non ?

— Oui, madame Ditmyer.

Olivia entendit le soupir du juge et s'abstint de lui faire écho.

— Il est venu passer quelques jours ici pour affaires. Je veux absolument que vous fassiez sa connaissance.

Myra examina rapidement la pièce jusqu'à ce que son regard s'éclairât.

— Le voilà. Greg ! s'écria-t-elle en levant la main. Greg, viens ici deux minutes. J'ai une jolie fille à te présenter.

— C'est plus fort qu'elle, murmura le juge Ditmyer. Il faut toujours qu'elle joue la mouche du coche.

— Je suis une romantique, corrigea Myra. Greg, voici Olivia. Elle présente les nouvelles à la télévision.

Olivia se tourna vers le fameux neveu et demeura muette de stupeur.

Greg la regardait avec le même étonnement.

— Livvy ?

Il tendit la main comme pour s'assurer de sa réalité.

— C'est toi, vraiment ?

Elle ne savait pas trop ce qu'elle éprouvait. De la surprise, bien sûr, mais aussi un mélange de plaisir et d'anxiété. Le passé, décidément, refusait de mourir !

— Greg...

Pourvu, se dit-elle, que mon visage ne soit pas aussi décoloré que ma voix.

— C'est incroyable ! s'exclama-t-il en la prenant dans ses bras. Absolument incroyable. Combien ça fait ? Cinq ans ?

— On dirait que vous vous connaissez déjà, remarqua Myra d'un ton déçu.

— Livvy et moi étions ensemble à l'université, expliqua Greg.

Il écarta Olivia pour l'examiner attentivement.

— Mon Dieu, tu es plus belle que jamais. C'est extraordinaire.

Usant des privilèges du vieil ami, il effleura les cheveux de la jeune femme.

— Tu les as coupés... Ils lui tombaient jusqu'à la taille, expliqua-t-il à sa tante. Toutes les filles de Harvard lui enviaient ses cheveux... Mais ça te va très bien, ajouta-t-il à l'adresse d'Olivia. Très chic.

Elle sentait une foule de questions s'agiter dans sa tête sans pouvoir les formuler. Greg n'avait guère changé, à l'exception de sa barbe qui s'était réduite à une fine moustache. Cela lui allait bien et donnait à son visage encore enfantin un air d'expérience. Son regard était aussi amical et son sourire toujours enthousiaste. Cinq années semblaient s'être volatilisées.

— Oh, Greg, c'est délicieux de te revoir.

Cette fois-ci, ce fut elle qui l'étreignit. Peu importait qu'il se fût écoulé une éternité depuis leur séjour à l'université. Ce qui comptait, c'était qu'elle pût à nouveau serrer dans ses bras quelqu'un qu'elle avait connu en des jours plus heureux. Et plus tristes aussi.

— Je vais te la voler quelques minutes, tante Myra, dit Greg en embrassant la maîtresse de maison sur la joue. Nous avons des tas de choses à nous raconter.

Avec un sourire satisfait, Myra les regarda s'éloigner.

— Ça a marché encore mieux que je ne le pensais... Tiens, voilà T. C. Je vais aller lui dire un mot.

— Voyons, Myra, fit le juge Ditmyer en la rattrapant par le bras. Ne va pas semer la zizanie.

— Ne me gâche pas mon plaisir, Herbert.

Elle lui tapota la main et s'éloigna.

Greg fit traverser à Olivia une succession de pièces et de couloirs jusqu'au solarium.

— C'est incroyable. Tomber sur toi comme ça. C'est fantastique.

— Quand nous étions à l'université, je ne savais pas que tu avais une famille aussi brillante.

— J'avais peur des comparaisons.

Le clair de lune trop timide l'empêchant de bien voir Olivia, il alluma la lumière.

— Répondre aux espoirs familiaux peut être traumatisant.

— Je sais de quoi tu parles.

Elle s'approcha d'une des fenêtres. Des bancs recouverts de coussins étaient disposés le long du mur au fond de la pièce ; un parfum de fleurs fraîches flottait dans l'air. Retrouver Greg lui ayant mis les nerfs à vif, rester debout lui parut préférable.

— Cela fait combien de temps que tu es à Washington, Livvy ?

Elle semblait plus mince qu'autrefois et plus sereine aussi. Cinq ans. Seigneur, se dit-il, on aurait cru que c'était hier.

— Presque un an et demi.

Elle essaya de se rappeler depuis combien de temps on ne l'avait pas appelée Livvy. Ce surnom aussi appartenait à une autre vie.

— Tante Myra m'a dit que tu travaillais à la télévision.

— Oui, fit-elle en se tournant vers lui.

Dans cette lumière tamisée, la beauté d'Olivia, à laquelle il n'avait jamais pu s'habituer, le frappa à nouveau.

— Je présente les informations en équipe sur WWBW.

— C'est ce que tu voulais. Plus de météo ?

— Non, dit-elle avec un sourire.

Ses doigts ne portaient pas d'alliance, constata Greg en s'approchant d'elle. Il sentit son parfum. Plus sophistiqué qu'autrefois.

— Tu es heureuse ?

Elle s'accorda une seconde de réflexion.

— Oui, je crois.

— Tu étais plus catégorique jadis.

— J'étais aussi plus jeune.

Prudemment, elle s'écarta. Ces retrouvailles devaient se dérouler sur le mode léger.

— Ta tante m'a dit que tu étais célibataire.

— Ça ne m'étonne pas, dit-il en riant. Chaque fois que je viens ici, elle se met en quête d'une femme présentable qu'elle tente de me jeter dans les bras. C'est la première fois que ça ne me semble pas désagréable.

— Tu es resté seul, Greg ? Je pensais que tu te marierais.

— Tu n'as pas voulu de moi.

— Tu n'avais pas non plus l'air de le vouloir sérieusement, répondit-elle avec un sourire grave.

— Je ne l'ai pas assez montré. C'était une erreur de ma part.

Il lui prit la main. Sa finesse et sa fragilité contrastaient avec la force de son regard.

— De toute façon, tu étais folle de Doug. Tu n'aurais même pas fait attention à moi.

Il vit son expression changer avant qu'elle ne se détourne.

— Livvy, Doug et moi sommes associés, à Chicago.

Elle garda le silence un instant. Le temps d'encaisser cette nouvelle.

— C'est ce que vous aviez décidé, dit-elle enfin. Je suis contente que vous y soyez arrivés.

— Les premiers mois, après...

Il s'interrompit pour peser ses mots et reprit :

— ... après ton départ, n'ont pas été faciles pour lui.

— Les mois qui l'ont précédé non plus.

Elle se sentit soudain glacée.

— C'étaient de mauvais moments. Les pires de vos vies, à tous les deux.

Elle fit un effort pour ne pas céder à l'émotion. Il était rare qu'elle s'autorisât à remuer ces souvenirs.

— Tu t'es montré un excellent ami, Greg. Je ne crois pas t'avoir dit combien tu as été précieux. Cette période de ma vie a été atroce mais tu l'as rendue moins douloureuse... C'est plus tard que je m'en suis rendu compte, ajouta-t-elle en lui serrant la main.

— Te voir souffrir m'était insupportable, Livvy.

Comme elle se détournait, il la prit par les épaules et posa la tête sur ses cheveux.

— Rien n'est plus accablant que de voir souffrir les gens qu'on aime. Tout ce qui s'est passé me semblait tellement injuste. Je le trouve encore, d'ailleurs.

Olivia s'appuya contre lui. Il avait vraiment essayé de la réconforter à l'époque mais son chagrin était trop profond pour que qui que ce fût pût y parvenir.

— Nous avons été complètement dépassés, Doug et moi.

— Je ne sais pas.

Il hésita deux secondes. Devait-il lui dire la vérité ? Oui, c'était préférable.

— Livvy, Doug s'est remarié.

Elle ne dit rien. En fait, elle avait toujours su qu'il se remarierait. *Quelle importance, après tout ?* Elle l'avait aimé mais c'était fini. Leur amour était mort depuis longtemps. Pourtant, au souvenir de ce bonheur perdu, elle éprouva une bouffée de tristesse. Un long soupir saccadé lui échappa.

— Est-il heureux ?

— Oui, je le crois. Il s'est remis à vivre... Et toi ? demanda-t-il en la forçant à le regarder.

Le besoin d'être étreinte par quelqu'un qui la comprenait la poussa dans les bras de Greg.

— La plupart du temps, oui. Mon travail compte beaucoup pour moi et cela m'a aidée à ne pas devenir folle. J'ai tenté d'oublier toutes ces années, j'ai rangé ces souvenirs dans une petite boîte que je n'ouvre que très rarement. De moins en moins souvent, à mesure que les années passent.

Elle ferma les yeux. Le chagrin était toujours là ; le temps n'avait fait que l'estomper.

— Tu as toujours été forte, Livvy, plus forte que Doug. Et je pense qu'il a eu du mal à l'accepter.

— Moi aussi. J'attendais trop de lui. Et lui n'attendait pas assez de moi.

Subitement, elle se cramponna à lui.

— Lorsque le lien qui nous unissait s'est rompu, nous nous sommes brisés en mille morceaux. Rassembler ces morceaux fut terrible, Greg. Il m'en manque encore et je ne sais même pas où les chercher.

— Tu les trouveras, Livvy.

Elle sentit qu'il l'embrassait sur les cheveux et releva la tête pour lui sourire.

— Je suis très contente que ce soit moi que ta tante ait voulu jeter dans tes bras, cette fois-ci. Tu m'as manqué.

Il aurait aimé l'embrasser comme un homme embrasse une femme qui a toujours tenu une grande place dans son cœur. Mais il la connaissait trop bien pour s'y risquer et il se contenta de lui effleurer les lèvres.

— Excusez-moi.

Le regard d'Olivia se déplaça vers le seuil de la pièce. Malgré la pénombre, elle reconnut la silhouette de Thorpe. Agacée d'avoir été surprise dans un moment de faiblesse, elle s'écarta de Greg.

— Myra compose les tables.

— Le bridge, fit Greg avec une grimace. C'est ma punition pour n'être pas venu la voir à Noël. En souvenir d'autrefois, tu devras accepter d'être ma partenaire, Livvy.

— Tu ne pourrais trouver pire.

Le regard de Thorpe lui pesait. Luttant contre un stupide sentiment de culpabilité, elle sourit à Greg.

— Si tu me prépares un verre, j'essaierai de ne pas couper ton as.

Thorpe s'effaça pour les laisser sortir.

Il les suivit du regard sans bouger. La jalousie était un sentiment nouveau pour lui. Il le refoula énergiquement et décida de ne pas se tracasser. Si Olivia Carmichael tenait à se retrouver dans les bras d'un homme, ce serait les siens.

— Deux trèfles.

Pour une fois Olivia avait du jeu. Opposés à un chirurgien de Baltimore et à son épouse, Greg et elle étaient en très mauvaise posture. Ni l'un ni l'autre ne jouait particulièrement bien. Après avoir perdu de façon lamentable, Greg qui n'avait pas oublié l'énergie d'Olivia sur un court proposa une revanche au tennis. Avec un sourire, le chirurgien nota la marque sans répondre.

Dispersés autour des trois autres tables de la pièce, se trouvaient deux sénateurs, un général à cinq étoiles et la veuve d'un directeur du Trésor. Olivia s'efforçait d'écouter les conversations, commentaires politiques ou ragots. Ce n'était pas là qu'elle apprendrait des secrets d'État mais, par contre, elle pourrait nouer des contacts. De toute façon, un reporter ne pouvait se permettre d'ignorer la moindre bribe d'information. On ne pouvait jamais savoir laquelle mènerait à quelque chose de plus substantiel. Qu'une robe déchirée et une boucle de chaussure défaite l'eussent amenée dans le salon d'un juge de la Cour suprême était en soi plutôt comique.

— Cinq piques.

C'était à Greg de jouer. Olivia étala ses cartes sur la table et se leva.

— Désolée, fit-elle devant sa grimace.

— Le tennis, marmonna-t-il en sortant son premier as.

— Je vais prendre l'air.

— Espèce de lâche !

Elle se faufila en riant sur la terrasse.

Il faisait encore froid. Le printemps s'efforçait d'atteindre tant bien que mal Washington. Des nuages passaient devant la lune, assombrissant le jardin. Un rideau d'arbres protégeait la maison du bourdonnement de la circulation. Elle entendit l'éclat de rire bruyant de Myra qui marquait un point.

Comme c'était étrange de retrouver Greg sans avertissement, de recevoir en pleine figure ces souvenirs doux-amers des années passées. J'ai vécu des moments extrêmes, se dit-elle. Follement heureuse, épouvantablement triste. C'est mieux à présent, sans tous ces pics et ces gouffres. Plus sûr. J'ai eu mon compte d'aléas et d'échecs. Se tenir à l'écart est plus intelligent.

Serrant les bras pour se protéger autant de toute aventure que du froid, elle marcha jusqu'au bord de la terrasse. Elle menait une vie plus sûre : « On ne peut pas vous faire de mal si vous ne prenez pas de risques. »

— Tu n'as pas de châle, Olivia ?

Elle se retourna brusquement. Elle n'avait pas entendu s'ouvrir les portes du salon. Le peu de lumière dispensé par la lune tombait directement sur son visage tandis que celui de Thorpe restait dans l'ombre. Elle se sentit désavantagée.

— Il ne fait pas froid, répondit-elle sèchement.

Elle n'était pas près d'oublier sa gêne lorsqu'il l'avait surprise en pénétrant dans le studio, au beau milieu de son émission.

Il s'approcha et posa les mains sur ses bras.

— Tu es glacée. Les journalistes enrhumés font mauvais effet sur les téléspectateurs.

Il enleva sa veste et la posa sur les épaules d'Olivia.

— Je n'ai pas besoin…

Serrant les revers de sa veste, il l'attira à lui et la fit taire d'un baiser brutal. Les bras coincés sous le vêtement, elle se laissa faire, captive puis conquise. Ses pensées semblèrent exploser puis retomber en spirale, en un petit bourdonnement incohérent dans sa tête. Le désir l'envahissait malgré elle lorsque les lèvres de Thorpe s'écartèrent.

— Peut-être n'avais-tu pas besoin de ça, dit-il sans la lâcher. Mais moi, si.

— Tu dois être fou !

Les mots se voulaient méprisants mais la voix tremblait de passion.

— Sans doute, acquiesça-t-il, sinon je n'aurais pas quitté ton appartement l'autre soir.

Olivia ne releva pas. La façon dont elle avait réagi à ses baisers lui laissait un souvenir embarrassant.

— Tu n'avais pas le droit de me faire ça, ce soir-là, au studio.

— T'embrasser ? fit-il avec un sourire. Pourtant, j'ai l'intention d'en prendre l'habitude. Tu as une bouche fantastique.

— Écoute, Thorpe…

— J'ai cru comprendre que le neveu de Myra et toi êtes de vieux amis, l'interrompit-il.

— Je ne vois pas ce que ça a à voir avec toi, dit-elle avec un soupir excédé.

— Je repère mes rivaux.

Il ne la lâchait toujours pas, guettant la moindre résistance de sa part.

— Tes rivaux ? répéta-t-elle, trop ligotée dans les pans de la veste de Thorpe pour pouvoir s'échapper. De quoi parles-tu ?

— Je dois me renseigner sur les hommes que tu laisses te prendre dans leurs bras pour pouvoir ensuite les éliminer.

Centimètre par centimètre, il l'attirait contre lui. Elle sentait sa peau nue s'imprégner peu à peu de sa chaleur. Il la regardait, comme à son habitude, droit dans les yeux, sans ciller.

— Je vais t'épouser, lâcha-t-il d'un ton placide.

Elle en resta bouche bée. Qu'il pût encore la surprendre ne lui était pas venu à l'idée. Elle s'était attendue à beaucoup de choses de sa part. Mais pas à ça. Pas à cette affirmation énoncée de façon posée, pragmatique. Comme s'il lui avait annoncé qu'ils allaient être partenaires pour la prochaine partie de bridge. Elle examina avec soin son visage. Le pire était qu'il avait l'air extrêmement sérieux.

— Je sais maintenant que tu es fou, murmura-t-elle. Complètement fou.

Il fit oui de la tête mais le ton raisonnable qu'il prit ensuite la laissa encore plus estomaquée.

— Je t'accorde six mois pour accepter ma proposition. Je suis un homme patient. Je peux me le permettre puisque je ne perds jamais.

— Thorpe, tu n'es pas dans ton état normal. Tu devrais prendre un congé. Le stress provoque parfois d'étranges réactions.

Il souriait à présent, amusé par la réaction d'Olivia qui n'avait pas l'air choquée mais inquiète.

— Je trouve plus simple de te prévenir, dit-il gentiment. Comme ça, tu auras le temps de te faire à l'idée.

— Thorpe, je ne compte épouser personne. Et, en tout cas, pas toi. Maintenant, je trouve que tu devrais...

La bouche de Thorpe lui coupa à nouveau la parole. Son petit gémissement de protestation fut réduit au silence. Pressée contre lui, les bras immobilisés sous la veste, elle se laissa faire. Rendit le baiser. Et en vint à demander davantage.

Le cerveau embrumé, elle s'abandonnait à ses sensations. À la texture à la fois douce et ferme des lèvres de Thorpe, au mouvement assuré et lent de sa langue. Si ses bras avaient été libres, elle l'aurait enlacé avec ferveur. Seuls sa bouche et son corps qu'elle pressait contre lui avouaient son désir. Ainsi qu'il l'avait dit.

Elle n'était plus qu'une créature de chair et de sang, avide de caresses. La peau enflammée, le corps creusé. Elle murmura quelques mots indistincts dont le son bouleversa Thorpe. Elle avait raison de le traiter de fou. Il la désirait à la folie. S'ils avaient été seuls... seuls...

Il se ressaisit. Il y aurait d'autres occasions et des endroits plus appropriés. Contenant son désir, il écarta ses lèvres.

— Qu'allais-tu me suggérer de faire ? murmura-t-il.

Haletante, elle s'efforça de rassembler ses idées. Qui était-elle ? Qui la serrait ainsi ? Que venait-il de dire ? La brume se dissipait lentement. Le sourire de Thorpe accéléra le processus.

— De voir un médecin, balbutia-t-elle. Vite, avant que tu ne perdes complètement la tête.

— Trop tard.

Thorpe l'étreignit pour un dernier baiser fougueux. Stupéfaite par son propre abandon, Olivia se dégagea aussi vite que possible. Elle passa la main dans ses cheveux.

— C'est de la folie.

Sa main se mit à s'agiter dans l'air pour appuyer ce qu'elle venait de dire.

— C'est vraiment de la folie.

Elle enchaîna d'une voix plus assurée :

— Je reconnais que tu m'attires, et c'est assez ennuyeux comme ça. Mais c'est tout. Et je vais m'empresser de tout oublier.

Elle enleva la veste et la lui jeta sur le bras.

— Je veux que tu fasses la même chose. J'ignore combien de verres tu as bus ce soir mais, à mon avis, quelques-uns de trop.

Son sourire patient l'exaspéra.

— Cesse de sourire comme ça, Thorpe. Et... et laisse-moi tranquille.

Elle s'élança vers les portes-fenêtres.

— Tu es fou, jeta-t-elle en se retournant. Fou à lier.

Puis elle se rua dans le salon. Comme la petite fille d'autrefois.

5

Le lendemain matin, il y avait une rose blanche sur le bureau d'Olivia. Un unique petit bouton aux pétales bien serrés, planté dans un vase en porcelaine au col étroit. Sidérée, elle se laissa tomber dans son fauteuil.

Lorsqu'elle avait regagné la table de jeu, la veille au soir, elle s'était interdit de penser à ce qu'avait dit Thorpe. Inutile de tenir compte des propos incohérents d'un fou. Pourtant, une longue insomnie l'avait tenue éveillée une partie de la nuit, durant laquelle elle avait retourné chaque mot de leur conversation dans sa tête. Et voilà qu'il lui envoyait des fleurs...

Le plus malin aurait été de jeter le tout, rose et vase, dans la corbeille et de n'y plus penser.

Olivia effleura du bout du doigt un pétale blanc. Elle ne pouvait se résoudre à faire une chose pareille.

Ce n'était qu'une fleur, après tout. Inoffensive. Il suffisait de ne pas penser à son donateur. De plus, dans un quart d'heure il fallait qu'elle soit sur le plateau. Elle tira une feuille de papier pour prendre quelques notes.

— Liv ! Grâce au ciel, tu es là !

Le rédacteur en chef adjoint se ruait vers elle.

— Oui, Chester ?

C'était un homme survolté, toujours au bord du désespoir, qui vivait de café et de comprimés destinés à combattre les brûlures d'estomac. Olivia était habituée à ce genre d'irruption de sa part.

— Prends une équipe et cours à la résidence Livingstone. Un avion vient de percuter le sixième étage.

Déjà, elle était debout et ramassait sa veste et son sac.

— Tu as des détails ?

— À toi de les trouver. On fera un reportage en direct dès que tu seras prête. Un ingénieur va t'accompagner. Tout le monde est déjà occupé ou au lit avec la grippe.

Son ton laissait entendre que la grippe avait bon dos lorsqu'il s'agissait d'éviter une corvée.

— Vas-y, le camion t'attend. Dépêche-toi.

C'était pire, bien pire que ce qu'elle avait imaginé. La queue de l'avion ressortait de la façade de l'immeuble comme un appendice monstrueux. Le spectacle évoquait une séquence d'un film d'horreur. Le feu déclenché par l'impact vomissait des flots de fumée tandis que des vagues de chaleur et une odeur âcre emplissaient l'air. L'immeuble était ceinturé de camions de pompiers, d'ambulances et de voitures de police. Les pompiers s'activaient, arrosant le bâtiment de puissants jets d'eau. Les étages inférieurs avaient été évacués. Pleurs et cris perçaient le gémissement des sirènes et le bruit sourd de l'incendie.

Derrière les barrières, la presse était déjà au travail. Reporters, photographes et techniciens s'affairaient dans leur habituel chaos organisé.

— On va rester mobiles, dit Olivia à Bob qui hissait sa caméra sur l'épaule. Pour l'instant, prends un panoramique de l'immeuble, des camions et des ambulances.

— Je n'ai jamais vu une chose pareille, marmonna-t-il en réglant son objectif sur l'avion. Est-ce que tu imagines à quoi ça ressemble à l'intérieur ?

Olivia secoua la tête. Elle n'avait aucune envie de l'imaginer. Il y avait probablement des gens à l'intérieur. Elle refoula une nausée. Le travail l'attendait.

— Voilà Reeder. Le commandant en second des pompiers.

Elle regarda dans la direction qu'indiquait Bob.

— D'accord. Allons voir s'il peut nous dire quelque chose.

Olivia se fraya un chemin dans la foule. La bousculade ne l'effrayait pas. Elle y était habituée. Elle savait comment se faufiler entre des masses affolées et atteindre son objectif. Et elle savait aussi que son équipe parviendrait à la suivre. Une fois arrivée contre la barrière, elle assura sa position et prit le micro que lui tendait le technicien du son.

— Commandant Reeder, Olivia Carmichael, de WWBW.

Tendant la main et avançant un pied, elle parvint à lui mettre le micro devant la bouche.

— Pouvez-vous nous dire ce qui s'est passé et où en est l'incendie ?

Il jeta un regard impatient au micro que braquait la jeune femme sous son nez.

— C'est un charter de la Nationale, dit-il brièvement. Nous ignorons encore la cause de l'accident. Quatre étages du bâtiment ont été touchés. Trois ont pu être évacués.

— Pouvez-vous me dire combien de personnes il y a dans l'avion ?

— Cinquante-deux, y compris l'équipage.

Il se détourna pour aboyer un ordre dans sa radio.

— A-t-on pu prendre contact avec eux ? insista Olivia.

Reeder lui décocha un long regard silencieux avant de répondre :

— Mes hommes essaient de les atteindre, en partant du toit et des étages inférieurs.

— Combien de gens sont encore dans l'immeuble ?

— Allez voir le gérant, j'ai à faire.

Il s'éloigna. Olivia fit signe à Bob d'arrêter de filmer.

— Je vais essayer de savoir combien il reste de personnes à l'intérieur... Retourne au camion, ajouta-t-elle à l'adresse du technicien du son. Demande au bureau s'ils ont appris le numéro du vol, sa destination et s'ils ont une idée de la cause de l'accident. Nous ferons un direct... dans cinq minutes. Ici.

Elle s'enfonça à nouveau dans la foule. Une femme était assise, toute seule, sur le bord du trottoir. Vêtue d'une robe de chambre usée, elle serrait sur son sein un album de photos. Renonçant momentanément à chercher le gérant, Olivia s'approcha d'elle.

— Madame ?

La femme releva la tête. Son teint était livide et son regard sec. Reconnaissant les symptômes de l'état de choc, Olivia s'accroupit.

— Vous ne devriez pas rester assise, là, dans le froid, dit-elle doucement. Y a-t-il un endroit où vous pourriez vous réfugier ?

— Ils ne m'ont laissée emporter que ça, répondit la femme en étreignant son album. Juste mes photos. Vous avez entendu le bruit ? J'ai cru que c'était la fin du monde.

Sa voix frêle bouleversa Olivia.

— J'étais en train de prendre du thé, reprit-elle. Mon service en porcelaine est en mille morceaux. Le service qui me venait de ma mère.

— Je suis désolée.

Les mots étaient effroyablement inadéquats. Olivia posa une main sur l'épaule de la femme.

— Venez avec moi. Là-bas. Des infirmiers vont s'occuper de vous.

— J'ai des amis là-haut, protesta la femme en montrant l'immeuble. Mme McGiver au 607 et les Dawson au 610. Les Dawson ont deux enfants. Est-ce qu'ils sont sortis ?

Olivia entendit une fenêtre éclater sous l'effet de la chaleur.

— Je ne sais pas. Je vais essayer de me renseigner.

— Le petit garçon a la grippe et il n'est pas allé à l'école.

Le choc cédait la place au chagrin. Olivia remarqua le changement dans les yeux de la femme et entendit sa voix trembler.

— J'ai une photo de lui dans mon album.

Elle se mit à pleurer, des sanglots longs et profonds qui bouleversèrent Olivia.

Elle s'assit sur le trottoir et prit la femme dans ses bras. Un corps frêle et léger, secoué de désespoir. Olivia craignait fort qu'il ne restât du fils des Dawson qu'une photo dans un album.

Une main se posa sur son épaule. Elle releva la tête et aperçut la haute silhouette de Thorpe.

— Thorpe...

Elle ne put rien dire d'autre mais son regard était éloquent. Il se pencha et aida la femme à se relever. Elle se cramponnait toujours à son album. Glissant un bras autour d'elle, il lui murmura quelque chose et l'entraîna vers une ambulance. Olivia laissa retomber le front sur ses genoux.

Il fallait qu'elle se ressaisisse. Dans son métier, on ne pouvait pas se laisser aller à l'émotion. Poussée par le vent, la fumée s'épaississait autour d'elle et une toux violente perça le tohu-bohu.

— Liv, fit Thorpe en la prenant par la main pour l'aider à se relever.

— Ça va.

Une autre explosion se fit entendre. Suivie d'un hurlement.

— Ô mon Dieu, souffla-t-elle en regardant l'immeuble. Combien de gens sont encore prisonniers là-dedans ?

— Les secours n'ont pas encore pu arriver jusqu'au sixième étage. Tous ceux qui s'y trouvent, et ceux qui sont dans l'avion, sont forcément morts.

Elle hocha la tête. Il avait parlé avec un calme qui lui fit du bien.

— Oui, je sais.

Elle s'efforça de reprendre son sang-froid.

— Il me faut quelque chose à raconter. J'ai un reportage à faire... Et toi, qu'est-ce que tu fais là ?

— Je rentrais chez moi, dit-il en essuyant une tache de suie sur la joue d'Olivia. Je suis passé par là par hasard. Je ne suis pas en mission.

Elle jeta un coup d'œil sur les médecins qui, un peu plus loin, s'affairaient auprès d'un brûlé. Sur sa gauche retentit le cri d'un enfant qui appelait sa mère.

— J'aimerais bien être dans le même cas, murmura-t-elle. Je déteste cette partie du boulot, épier la douleur d'autrui.

— Ce n'est pas un métier facile, Liv.

Bien qu'il eût très envie de la toucher, il s'en abstint. Ce n'était pas cela dont elle avait besoin.

Elle aperçut son équipe qui la rejoignait à travers la foule. Le technicien lui tendit un message qu'elle déchiffra rapidement.

— Bon, on va faire le direct d'ici, avec le bâtiment derrière moi. D'abord, tu prends tout l'immeuble. Ensuite tu fais un gros plan de l'avion et tu reviens sur moi. Garde le bruit de fond.

Elle respira à fond, mit le casque et prit le micro. Le compte à rebours défilait.

— Olivia Carmichael, en direct de la résidence Livingstone, commença-t-elle lorsque le casque lui transmit le signal. Ce matin, à 9 h 30, un charter, numéro de vol 527, s'est écrasé sur le sixième étage de l'immeuble.

Bob braqua sa caméra sur le bâtiment tandis qu'elle poursuivait :

— Les causes de l'accident n'ont pas encore été déterminées. Presque tout le bâtiment a pu être évacué. Les pompiers s'efforcent d'atteindre le sixième étage et la carlingue de l'appareil. Il y avait cinquante-deux personnes à bord, y compris l'équipage, en route pour Miami.

La caméra revint sur elle.

— On ignore encore le nombre de disparus. Les blessés reçoivent sur place les premiers secours avant d'être transportés à l'hôpital.

Un peu à l'écart, Thorpe contemplait Olivia. Son visage était impassible. Mais dans ses yeux restait visible l'horreur qu'elle avait ressentie. Qu'elle en fût consciente ou non, ce regard amplifiait la force de son reportage. Des traces de suie marquaient sa peau blanche. Les téléspectateurs verraient une femme bouleversée par cette tragédie et pas seulement une journaliste énumérant des faits. Elle était bonne, se dit-il, justement parce qu'elle tentait de contenir son émotion.

— Olivia Carmichael, de WWBW, conclut-elle.

Elle attendit d'avoir quitté l'antenne et ôta son casque.

— Bon. Va filmer les médecins. Je vais voir si les pompiers ont pu parvenir au sixième étage. Appelle un coursier. Ils auront besoin de tout ce que nous aurons pu ramasser pour les informations de la mi-journée.

Olivia avait repris ses esprits. Elle comprit qu'elle ne s'effondrerait plus.

— Très efficace, commenta Thorpe.

Olivia le regarda. Il émanait de lui une force tranquille et vibrante à la fois. Avoir eu besoin de lui, ne fût-ce qu'un court instant, avoir simplement eu besoin de savoir qu'il était là, l'agaça. C'était un luxe qu'elle ne pouvait se permettre.

— Ce qu'il faut, c'est bien faire son travail. Sur ce point, je pense que nous sommes d'accord.

— Tu veux que je reste dans les parages ? demanda-t-il en lui écartant une boucle du front.

Déchirée par des émotions contradictoires, elle lui jeta un regard perplexe. Pourquoi parvenait-il aussi aisément à l'émouvoir ?

— Ne sois pas gentil avec moi, Thorpe, murmura-t-elle. Je t'en prie, ne sois pas gentil. C'est plus facile quand tu te comportes en salaud.

Il s'inclina et lui déposa un léger baiser sur les lèvres.

— Je t'appellerai ce soir.

— Non, protesta-t-elle mais il s'éloignait déjà.

Jurant entre ses dents, elle fit demi-tour. Elle avait autre chose à faire que de se laisser envahir par ce type. Des informations à recueillir et un bon sujet à mettre sur pied.

Olivia regardait la cassette diffusée aux informations de onze heures avec un sentiment différent de celui qu'elle avait éprouvé pendant qu'elle passait à l'antenne. Assise derrière son bureau, commentant son reportage tout en se regardant sur l'écran, elle parvenait à surmonter ses sentiments. À présent, seule dans son appartement, elle se sentait à nouveau submergée par la tragédie. Soixante-deux personnes avaient trouvé la mort, quinze blessés avaient dû être hospitalisés, dont quatre pompiers. Bien que ce ne fût pas encore officiel, l'accident était probablement dû à une erreur de pilotage.

Olivia se souvint de la femme assise sur le trottoir qu'elle avait tenté de réconforter, de sa réaction pétrifiée puis de ses larmes au fur et à mesure qu'elle appréhendait l'étendue du drame.

L'heure de l'accident avait limité les dégâts, avait affirmé Olivia durant son reportage. La plupart des appartements étaient vides. Les enfants étaient à l'école et les parents au travail. Sauf le petit Dawson, de l'appartement 610, qui avait la grippe.

Elle éteignit le poste et se leva. Il ne fallait pas y penser, se dit-elle en se pressant les tempes. Deux aspirines et au lit. Rien n'annulerait ce qui s'était passé le matin même ; il était temps qu'elle reprît ses distances.

Elle se glissait dans son lit lorsqu'elle s'aperçut qu'elle n'avait pas dîné. Sa migraine pouvait en partie être due à la faim mais elle était trop lasse pour avaler autre chose que de l'aspirine. Elle ferma les yeux et attendit le sommeil.

C'était ce qu'elle avait choisi. Le calme, la solitude. Ne dépendre de personne et ne répondre de personne. Ce qu'elle avait obtenu lui appartenait ; ses erreurs étaient siennes. La meilleure façon de vivre.

Elle ouvrit les yeux et contempla le plafond en se demandant quand elle avait commencé à douter de cette philosophie.

Le téléphone sonna. Elle alluma à tâtons la lampe de chevet et prit un crayon, tout en décrochant. À cette heure de la nuit, ce ne pouvait être que le journaliste de permanence.

— Allô ?

— Bonsoir, Liv.

— Thorpe ?

Elle laissa tomber le crayon et s'appuya sur son oreiller. Ce type était incroyable.

— Je t'ai réveillée ?

— Oui, mentit-elle. Qu'est-ce que tu veux ?

— Je voulais te souhaiter une bonne nuit.

Elle se félicita qu'il ne pût voir son sourire. Il était suffisamment sûr de lui pour qu'on se dispensât de l'encourager.

— Tu me réveilles pour me souhaiter une bonne nuit ?

— J'ai été très pris toute la soirée. Je viens de rentrer.

Thorpe arracha sa cravate d'un geste nerveux. S'il y avait une chose qu'il détestait dans ce métier, c'était l'obligation de porter une cravate.

— Tu veux savoir où j'étais ?

— Non, fit-elle d'un ton provocant.

Le petit rire de Thorpe l'exaspéra. Flûte, elle avait maintenant envie de le savoir.

— Bon, d'accord, où étais-tu ?

— J'avais rendez-vous avec Levowitz.

— Levowitz ? Le grand patron ?

— Lui-même, répondit-il en envoyant valdinguer ses chaussures.

— Je ne savais pas qu'il était à Washington.

Les engrenages s'étaient mis en route dans la tête d'Olivia. Levowitz ne ferait pas le voyage de New York à Washington pour voir T. C. sans une bonne raison.

— Que voulait-il ?

— Harris McDowell va prendre sa retraite à la fin de l'année. Il m'a offert le poste.

Le plus surprenant n'était pas tant la nouvelle que le ton désinvolte de Thorpe. Se voir proposer le poste de McDowell n'était pas une chose à prendre à la légère. Prestige, pouvoir, argent. Être jugé capable de prendre cette succession n'était pas seulement flatteur, c'était une véritable consécration.

— Félicitations, dit-elle enfin, estomaquée.

— Je l'ai refusé.

— Quoi ?

— Je l'ai refusé, répéta-t-il en lançant ses chaussettes en direction du panier à linge sale. Dis donc, ce week-end, toi et moi, on a congé...

— Attends une minute. Tu as refusé le poste le plus prestigieux de CNC ? C'est le boulot lui-même qui te déplaît, quelle que soit la chaîne ?

— Oui, c'est un peu ça, dit-il en ouvrant son second paquet de cigarettes de la journée.

— Pourquoi donc ?

Il prit le temps de lâcher une bouffée de fumée.

— J'aime travailler sur le terrain. Je ne veux pas rester derrière un bureau, et surtout pas à New York... Revenons au week-end, Olivia.

— Quel drôle de type tu fais ! souffla-t-elle en s'adossant contre l'oreiller. Vraiment bizarre. La plupart des journalistes tueraient père et mère pour obtenir ce boulot.

— Je ne suis pas la plupart des journalistes.

— Non, fit-elle d'un ton songeur. Non, tu ne l'es pas. Tu aurais fait un très bon présentateur, pourtant.

— De ta part, c'est un compliment, remarqua-t-il avec un sourire tandis qu'il déboutonnait sa chemise. Tu veux un peu de compagnie ?

— Thorpe, je suis au lit.

— Si c'est une invitation, je l'accepte.

Elle ne put retenir un éclat de rire.

— Non, ce n'est pas une invitation... Seigneur, je n'ai pas eu une conversation de ce genre depuis le lycée.

— Que dirais-tu d'un tour en voiture, d'un Coca-Cola et d'un flirt un peu poussé sur la banquette arrière ?

— Non, merci, Thorpe. Sincèrement.

Enfin détendue, elle se blottit contre son oreiller. De quand datait sa dernière conversation un peu idiote en plein milieu de la nuit ?

— Si tu ne m'as appelée que pour me dire bonsoir...

— En fait, j'appelais au sujet de demain après-midi.

— Oui ?

Elle bâilla et ferma les yeux.

— J'ai deux billets pour le match d'ouverture de la saison.

— Le match d'ouverture de quoi ?

— Grands dieux, Liv ! De base-ball ! Orioles contre Red Sox.

Il paraissait si scandalisé de son ignorance qu'elle ne put s'empêcher de sourire.

— Chez nous, c'est Dick Andrews qui s'occupe du sport.

— Élargis ton horizon. Je viendrai te chercher à 12 h 30.

— Thorpe, je ne t'accompagnerai pas.

— Ce n'est pas une entreprise de séduction, Liv. C'est un jeu de ballon. Avec hot dogs et bière. Une tradition américaine.

Olivia éteignit la lumière et tira le drap sur elle.

— Je ne crois pas que je me sois bien fait comprendre.

— Tu essaieras encore demain. C'est Palmer, le lanceur.

— C'est sûrement passionnant mais...

— 12 h 30, répéta-t-il. Il faut que nous arrivions de bonne heure pour trouver une place de parking.

À demi assoupie, elle bâilla de nouveau. Il était sans doute plus simple d'accepter. Que risquait-elle ? D'ailleurs, elle n'avait jamais assisté à un match de base-ball.

— Tu ne vas pas te mettre une de ces horribles petites casquettes sur la tête, quand même ?

— Non. Je la laisse aux joueurs.

— 12 h 30. Bonne nuit, Thorpe.

— Bonne nuit, Carmichael.

Elle souriait quand elle raccrocha. Et juste au moment où le sommeil la happait, elle s'aperçut que sa migraine avait disparu.

6

Le Memorial Stadium était bondé. Olivia découvrit l'admiration enthousiaste que Baltimore portait aux Orioles. Elle découvrit aussi que les supporters ne comprenaient pas seulement, comme elle l'avait imaginé, des hommes affublés de l'horrible petite casquette et serrant nerveusement une canette de bière dans leurs doigts crispés. Elle vit aussi des femmes, des enfants, des jeunes filles, des étudiants et autant de cadres supérieurs que d'ouvriers. Il fallait que le spectacle fût passionnant pour attirer autant de gens aussi différents.

— L'abri de la troisième base, dit Thorpe en désignant le bas des marches en ciment.

— Comment ?

— C'est là où sont nos places, expliqua-t-il. Derrière l'abri de la troisième base. Viens.

Il lui prit le bras et l'entraîna dans l'escalier. Examinant les lignes blanches, la terre brune et la pelouse verte, elle essaya de rassembler ses maigres connaissances concernant ce sport.

— Tu t'y connais un peu en base-ball ? demanda Thorpe.

Elle s'accorda deux secondes de réflexion puis sourit.

— Si on manque trois balles, on est éliminé.

Il s'assit en riant.

— Tu vas recevoir un cours accéléré aujourd'hui. Tu veux une bière ?

— Est-ce que prendre un Coca serait manquer de civisme ?

Il fit signe à un vendeur ambulant ; Olivia s'appuya à la rambarde et examina le terrain.

— Ça paraît assez simple, dit-elle. Si, devant nous, c'est la troisième base, la première est là, et la seconde là-bas. Un joueur lance la balle, un autre la frappe avec sa batte et court comme un dératé autour des bases avant qu'un troisième le rattrape.

— Analyse simpliste d'un sport d'intellectuel, dit Thorpe en lui tendant son Coca.

— À quoi faut-il donc penser ?

— Il faut tenir compte des zones de prise, des moyennes acquises par chaque joueur, des éliminations, des doubles, de la vitesse du vent, de la composition des équipes, de la qualité du terrain…

Olivia leva la main pour interrompre ce flot d'explications qui ne l'éclairaient guère.

— Très bien. J'ai peut-être besoin de ce cours accéléré, finalement.

— Tu n'as jamais regardé de match ? s'étonna Thorpe en s'asseyant, une canette de bière à la main.

— Des bribes à la télévision.

Le soleil brillait mais il faisait encore frais. Une odeur de bière, de cacahuètes grillées et de hot dogs les enveloppait. Derrière eux, un homme et une femme discutaient déjà de la partie qui n'avait pas encore commencé. L'air vibrait d'une sorte de passion qui lui avait complètement échappé les rares fois où elle avait jeté un œil sur une retransmission.

— La perspective est très différente, constata-t-elle en contemplant le stade.

Elle étudia le tableau d'affichage. Les initiales et les chiffres ne lui dirent pas grand-chose.

— Alors, quand est-ce que ça commence ?

Elle se tourna vers Thorpe et découvrit qu'il la dévisageait avec insistance.

— Qu'y a-t-il ?

Ce regard la mettait mal à l'aise. Garder ses distances s'était avéré impossible. À présent, elle se demandait si le style amical et décontracté qu'elle avait prévu de garder tiendrait mieux la route.

— Je te l'ai déjà dit. Ton visage est fantastique.

— Ce n'est pas mon visage que tu regardais. Tu regardais dans ma tête.

Avec un sourire, il suivit d'un doigt une mèche d'Olivia.

— Un homme doit comprendre la femme qu'il veut épouser.

Elle fronça les sourcils.

— Thorpe…

Le sermon qu'elle s'apprêtait à faire fut interrompu par l'explosion de la musique et le rugissement de la foule.

— La cérémonie d'ouverture, dit Thorpe en glissant le bras sur le dossier d'Olivia.

Laisse-le faire, se dit-elle. Manifestement, c'est un homme instable. Elle prit une position confortable et se prépara à assister à l'ouverture de la saison de base-ball avec tout ce que cela impliquait de tapage et d'incongruités.

À la fin de la première manche, Olivia était à la fois complètement perdue et fascinée.

— Personne n'a gagné de points, dit-elle tristement en mâchouillant un petit morceau de glace.

Thorpe alluma une cigarette.

— Le meilleur match auquel j'ai assisté, c'était à Los Angeles. Les Dodgers contre les Reds. Douze manches. Une à rien, pour les Dodgers.

— Un seul point en douze manches ? fit-elle, étonnée, comme le batteur suivant pénétrait sur le terrain. Ce devait être des équipes complètement nulles.

Il la regarda, vit qu'elle était parfaitement sérieuse et éclata de rire.

— Je vais te chercher un hot dog, Carmichael. Ça va t'aider à piger.

Le batteur renvoya la balle dans le champ gauche. Olivia agrippa le bras de Thorpe.

— Oh, regarde, il en a frappé une !

— Ce n'est pas la bonne équipe, Liv. C'est les autres types que nous sommes venus applaudir.

Elle prit le hot dog et déchira un coin du sachet de moutarde.

— Pourquoi ?

— Pourquoi ? répéta-t-il en la regardant tartiner généreusement son hot dog de moutarde. Les Orioles sont de Baltimore et les Red Sox de Boston.

— J'aime bien Boston.

Elle prit une grosse bouchée tandis que Palmer lançait une balle qui lui parut facile à rattraper.

— Allez ! Vas-y !

— N'applaudis pas trop fort Boston dans cette partie des tribunes, conseilla Thorpe.

Le batteur renvoya la balle au-delà de la deuxième base et la foule rugit.

— Mais pourquoi est-ce que le type, là-bas, sur la base un, ne bouge pas ? demanda-t-elle en agitant son hot dog.

Thorpe l'embrassa alors qu'elle avait encore la bouche pleine.

— Bon, c'est le moment de suivre ce cours accéléré.

À la fin de la cinquième manche, Olivia avait saisi les règles de base et se couchait à moitié sur la rambarde comme si cela lui permettait de mieux suivre le jeu. Le score en était à trois partout. Passionnée, elle en avait oublié la folie et les propos bizarres de Thorpe. Elle avait déposé son masque froid et son bouclier.

— Alors, s'ils attrapent la balle sur le territoire de l'adversaire avant qu'elle ne touche le sol, c'est quand même une élimination.

— Tu comprends vite.

— Ne fais pas le malin, Thorpe. Pourquoi changent-ils de lanceur ?

— Parce que sa balle a déjà été rattrapée deux fois et que le batteur l'a devancé. Il a perdu le truc.

Elle posa le menton sur la rambarde, les yeux fixés sur le batteur remplaçant qui s'échauffait sur le monticule.

— Quel truc ?

— Sa vitesse, son rythme, répondit-il, enchanté de l'intérêt qu'elle manifestait.

Elle lui jeta un regard soupçonneux.

— Est-ce que tu n'es pas en train d'essayer de m'embrouiller un peu plus ?

— Pas du tout.

— Depuis combien de temps assistes-tu à des matchs ?

— Ma mère m'a emmené voir le premier quand j'avais cinq ans. Washington avait les Sénateurs à l'époque.

— Washington compte toujours d'innombrables sénateurs.

— C'était une équipe de base-ball.

— Oh...

Elle reposa le menton sur la rambarde.

— C'est ta mère qui t'a emmené ? reprit-elle. Je croyais que le base-ball était plutôt une histoire entre père et fils.

— Mon père n'était pas là. Les gosses et les responsabilités, ce n'était pas sa tasse de thé.

— Pardon, fit-elle en le regardant. Je ne voulais pas être indiscrète.

— Ce n'est pas un secret. Ça ne m'a pas traumatisé. Ma mère était formidable.

Elle se tourna à nouveau vers le terrain. Étrange qu'elle n'eût jamais imaginé Thorpe enfant, au sein d'une famille. Jusqu'à présent elle n'avait vu en lui qu'un reporter rigoureux, avec un talent certain pour les reportages mordants. Penser à lui petit garçon, menant peut-être une vie difficile, modifiait la perspective. Il y avait vraiment trop de facettes dans son caractère ; mais, naturellement, elle ne tenait pas à les explorer.

Pourtant... quel genre de garçon avait-il été ? De quel poids avaient été ses premières années sur son comportement actuel ?

C'était un homme sensible. La rose… cette fichue rose ! Olivia poussa un soupir. Cette sensibilité lui rendait difficile de garder ses distances. Et sa sensualité. Il savait comment éveiller les sens d'une femme, même si elle ne le voulait pas. Il était arrogant, oui, mais avec tant d'aisance que ce trait de caractère en devenait admirable. Et on ne pouvait rien reprocher à sa façon de travailler. Il ne cherchait pas le pouvoir ni l'argent. Qu'il eût refusé un poste pour lequel la plupart des reporters auraient tranché une gorge ou deux en était la preuve.

Je ferais mieux d'être prudente, se dit-elle, sinon je vais finir par le trouver sympathique.

Thorpe observait son profil ; le visage d'Olivia trahissait une succession d'émotions étonnante. Lorsqu'elle s'oubliait, elle devenait aussi transparente qu'une paroi de verre.

— À quoi penses-tu ? demanda-t-il en posant la main sur sa nuque.

— Pas de commentaire, répliqua-t-elle sans pouvoir néanmoins se résoudre à le repousser.

— Regarde, ils vont recommencer.

Le lanceur envoya la balle que le batteur frappa de travers en direction des tribunes. Olivia leva les mains pour se protéger.

Le choc la surprit. Les paumes brûlantes, elle baissa les yeux sur l'objet qu'elle tenait. Thorpe éclata de rire.

— Bien joué ! s'écria-t-il.

— Je l'ai attrapée, comprit-elle enfin. Il faut que je la renvoie ?

— Non, elle est à toi, Carmichael.

Assez contente d'elle-même, elle la fit tourner dans ses paumes.

— Sans blague, murmura-t-elle avant de pouffer de rire.

C'était la première fois qu'il l'entendait rire de cette façon insouciante. Elle avait l'air d'avoir dix-sept ans. Il contrôla juste à temps son envie de la prendre dans ses bras. Jamais elle ne lui avait autant plu qu'à cet instant, le visage inondé de soleil et la balle dans les mains. Il ne l'en aima que plus, avec une sorte de violence douloureuse.

Il en perdit le fil de la partie. Ce fut Olivia qui releva la tête au bruit sec de la batte contre la balle. Les yeux écarquillés, elle bondit sur ses pieds comme tous les autres spectateurs. Agrippant le bras de Thorpe, elle le força à se lever.

— Oh, regarde ! Elle va passer par-dessus la clôture ! C'est ce qu'on appelle un coup de circuit, non ? Un coup de circuit, Thorpe !

— Ouais ! cria-t-il en regardant la balle qui survolait la clôture verte. Un coup de circuit. Le premier de la saison.

— Oh, c'était splendide !

Bouleversée par la musique qui soulignait l'événement et les cris de joie de la foule, elle se pendit spontanément au cou de Thorpe et l'embrassa avant d'avoir compris ce qu'elle faisait. Mais il la retint pour lui donner un autre baiser, plus long, plus profond. Les cris autour d'elle s'éteignirent tandis qu'elle n'entendait plus que le cognement furieux de son cœur.

— Bon, pourvu qu'ils en frappent d'autres aussi belles, murmura-t-il contre les lèvres d'Olivia.

Hors d'haleine, elle se dégagea de ses bras.

— Je crois qu'une fois suffit, balbutia-t-elle.

Les jambes flageolantes, elle s'assit. Elle s'était approchée beaucoup trop près du précipice. Il fallait maintenant reculer de quelques pas.

— Tu vas m'acheter un autre hot dog ? demanda-t-elle d'un ton faussement décontracté. Je meurs de faim.

Le reste du match fut une succession de manœuvres défensives. Olivia eut du mal à se concentrer. Trop consciente de la présence de Thorpe, des désirs qu'il avait éveillés et pouvait éveiller aussi facilement, elle jetait de temps à autre un regard inquiet sur ces bras qui pouvaient la rendre à la fois faible et confiante, ce dont elle se défendait. Cela la rendait trop vulnérable. Elle ne voulait plus dépendre de qui que ce fût. Les risques d'être déçue étaient trop grands. Elle regarda sa bouche en pensant à son pouvoir sur elle. Ses yeux étaient intelligents et perspicaces. Et plus il lisait en elle, plus il avait prise sur ses sentiments.

Elle s'était déjà fait prendre au piège et en portait encore les cicatrices. Durant des années, elle s'était cramponnée à la certitude que la seule façon de sauvegarder sa sérénité était de rester en retrait. Thorpe était fort capable de la faire changer d'attitude. Pour la première fois, elle eut peur de lui, de ce qu'il pourrait signifier pour elle.

L'amitié. C'était tout ce qu'il y aurait entre eux. Elle passa les deux dernières manches à se convaincre que c'était possible.

— Alors, nous avons gagné, dit-elle en regardant le panneau d'affichage. Cinq à trois.

Elle faisait tourner la balle entre ses paumes.

— Tu dis nous, maintenant ? remarqua-t-il avec un petit sourire. Je croyais que tu étais pour Boston.

La foule commençait à se diriger vers la sortie. Olivia s'appuya sur son dossier et posa les pieds sur la rambarde.

— C'était avant que je ne comprenne les subtilités du jeu. Tu sais, c'est surprenant comme la télévision peut être trompeuse. Et décevante. Le jeu est beaucoup plus rapide, plus intense que je ne le pensais. Tu viens souvent ?

Il l'observait tandis qu'elle jonglait négligemment avec la balle.

— Tu cherches à te faire réinviter ?

— Ce n'est qu'une question en l'air, Thorpe, répliqua-t-elle froidement.

— Chaque fois que je peux, répondit-il sans cesser de sourire. La prochaine fois, je t'emmènerai à un nocturne. C'est très différent.

— Je n'ai pas dit...

— T. C. !

Ils levèrent les yeux. Un petit homme trapu se frayait un chemin dans la travée encombrée. Des cheveux gris et courts, un visage coloré et ridé et un nez busqué. Thorpe se leva pour le serrer dans ses bras.

— Comment vas-tu, Boss ?

— Peux pas me plaindre. Non, peux pas me plaindre.

Il s'écarta pour examiner Thorpe.

— Bon sang, t'as l'air en pleine forme, mon gars, fit-il en lui claquant le dos de sa grosse main. Tous les soirs, je te regarde sur la télé en train de faire tourner en bourrique tous ces hommes politiques. T'as toujours été un blanc-bec culotté. Même gamin, t'étais comme ça.

Olivia observait la scène sans bouger. Entendre évoquer l'enfance de Thorpe et le traiter de blanc-bec culotté la fascinait. Thorpe avait une bonne tête de plus que l'homme qui devait se cambrer pour le regarder en face.

— Il faut bien que quelqu'un se charge de les faire marcher droit, non ?

— Sacré...

Jetant un coup d'œil sur Olivia, il s'interrompit et s'éclaircit la gorge.

— Tu vas me présenter à ta dame ou bien t'as peur que je te la pique ?

— Olivia, ce vieil intrigant s'appelle Boss Kawaoski, le batteur qui a fait tourner en bourrique plus d'un arbitre. Boss, je te présente Olivia Carmichael.

— Mais bien sûr ! s'écria-t-il en étreignant la main d'Olivia de sa poigne noueuse. La dame des nouvelles. Vous êtes encore plus jolie en vrai.

— Merci.

Un grand sourire sur les lèvres, il la scrutait de ses yeux de myope.

— Attention, Olivia, fit Thorpe en glissant un bras autour de ses épaules. Boss a une réputation de tombeur.

— Ah, mer...

Il se gratta à nouveau la gorge tandis qu'Olivia retenait un sourire.

— Mince, corrigea-t-il. Faudrait pas que ma bourgeoise t'entende parler comme ça. Qu'est-ce t'as pensé du match, T. C. ?

— Palmer les a encore enfoncés, dit-il en allumant une cigarette. On dirait que les Birds ont une bonne équipe cette année.

— Plein de sang neuf, approuva Boss en jetant un regard d'envie sur le terrain. Le jeune défenseur du champ gauche a un bon coup.

— Comme toi, Boss… Boss avait une moyenne de 324 l'année où il a pris sa retraite, précisa Thorpe à l'adresse d'Olivia.

N'étant pas trop sûre d'avoir compris, celle-ci se lança sur un terrain plus sûr.

— Vous jouiez pour les Orioles, monsieur Kawaoski ?

— Appelez-moi Boss. Je jouais pour les Sénateurs. C'était il y a trente ans, dit-il avec un hochement de tête désabusé. Et ce gamin traînait tout le temps autour du club à nous casser les pieds… Il disait qu'il voulait devenir troisième base, ajouta-t-il en désignant Thorpe du pouce.

— C'est vrai ?

Elle regarda Thorpe avec curiosité. L'idée qu'il eût désiré être autre chose que journaliste la surprenait.

— L'était pas trop bon à la batte, se rappela Boss. Mais il avait une sacrée paire de paluches.

— Je les ai toujours, dit Thorpe en adressant à Olivia un sourire qu'elle fit mine de ne pas voir. Comment ça se passe au magasin, Boss ?

— Bien. C'est ma femme, Alice, qui s'en occupe aujourd'hui. Elle voulait pas que je manque le match d'ouverture… Et je peux pas dire que j'aie beaucoup discuté, fit-il en passant la main sur son menton carré. Alice regrettera de t'avoir manqué, T. C. Elle continue à allumer un cierge pour toi tous les dimanches.

— Transmets-lui mes amitiés, dit Thorpe en écrasant du pied son mégot. C'est le premier match auquel assistait Olivia.

— Sans blague ?

Elle remarqua que Thorpe s'était empressé de dévier le sujet de la conversation. Boss baissa les yeux sur la balle qu'elle tenait dans les mains.

— Et, dès le premier match, vous avez attrapé une balle ?

— La chance du débutant. Vous voulez bien me la signer ?

Boss la prit et la fit rouler dans ses gros doigts épatés.

— Ça fait rudement longtemps que j'ai pas signé ce genre de truc… Rudement longtemps.

Il prit le stylo que lui tendait Olivia et inscrivit son nom avec soin.

— Merci, Boss, fit-elle en reprenant la balle.

— C'est moi qui vous remercie. Ça me donne l'impression d'être encore capable de me défendre sur le terrain. Je vais raconter à Alice que je t'ai vu, dit-il en envoyant une claque sur l'épaule de Thorpe. Avec la jolie dame des informations… Viens nous voir au magasin.

— Dès que je pourrai, Boss.

Il suivit des yeux le petit homme qui s'éloignait dans la foule à présent moins compacte.

— C'est très gentil de lui avoir demandé de signer, dit-il à Olivia. Tu es une femme très intuitive.

Elle baissa les yeux sur les lettres qui couraient autour de la balle.

— Ça doit être dur d'abandonner une carrière, de renoncer à un style de vie, trente ans avant que la plupart des gens ne soient obligés d'en faire autant. Il était bon ?

— Meilleur que d'autres. Mais ce n'est pas l'essentiel. Il aimait ce sport, il aimait l'ambiance, il aimait le pratiquer.

Des balayeurs commençaient à envahir les travées. Thorpe prit le bras d'Olivia et l'entraîna vers l'escalier.

— Tous les gosses l'adoraient. Il était toujours d'accord pour jouer un peu avec eux après un match.

— Pourquoi est-ce que sa femme allume un cierge pour toi tous les dimanches ?

Elle s'était pourtant promis de ne pas poser la question. Cela ne la regardait pas. Mais les mots avaient jailli d'eux-mêmes.

— Elle est catholique.

Olivia attendit un instant tandis qu'ils se dirigeaient vers le parking.

— Tu ne veux pas me le dire ? demanda-t-elle enfin.

Il fit sauter son trousseau de clés avec impatience dans sa poche.

— Ils ont un petit magasin de sport. Il y a quelques années, ils ont eu des difficultés. L'inflation, les impôts, des réparations urgentes.

Il déverrouilla la portière d'Olivia. Elle resta debout, attendant la suite.

— Et... ?

— Il y a trente ans, les joueurs de base-ball qui, sans être de grands champions, y consacraient quand même leur vie, comme Boss, ne gagnaient pas des fortunes. Si bien qu'il avait peu d'économies.

— Je vois.

Elle se glissa dans la voiture et se pencha pour ouvrir la portière de Thorpe pendant qu'il contournait le capot.

— Alors tu lui as prêté de l'argent.

— J'ai fait un placement, corrigea-t-il en fermant sa porte. Ce n'était pas un prêt.

Elle l'observa tandis qu'il mettait le contact. Il était évident que parler de cet aspect de sa vie ne lui plaisait pas. Tans pis, se dit-elle, si elle insistait, c'était uniquement pour obéir à son instinct de reporter.

— Parce que tu savais qu'il n'accepterait pas un prêt. Ou que, s'il l'acceptait, son amour-propre en souffrirait.

Laissant le moteur ronronner, il se tourna vers elle.

— Tu en fais des suppositions après une aussi brève rencontre.

— Tu viens de me dire que j'étais intuitive... Quel est le problème, Thorpe ? dit-elle avec un petit sourire narquois. Tu n'aimes pas qu'on découvre quel chic type tu es ?

— Non, parce que alors on attendra que je me comporte toujours en chic type. Et ce n'est pas dans mes habitudes.

— Oh, oui, fit-elle en riant carrément à présent. J'oubliais ton image de type coriace, insensible, pragmatique.

Il l'embrassa avec impatience. Surprise, elle laissa les bras de Thorpe se refermer sur elle et s'abandonna à son étreinte. Si c'était une erreur, tant pis. Si c'était une folie, elle retrouverait son bon sens plus tard. En cet instant, elle ne voulait que goûter à nouveau au plaisir qu'il pouvait lui offrir.

La bouche de Thorpe savait satisfaire son avidité grandissante. Ce n'était pas le moment de se demander pourquoi lui seul était capable de transpercer le bouclier avec lequel elle se protégeait. Elle voulait seulement éprouver ce plaisir à nouveau.

Le cœur qui battait contre le sien révélait que cette faim était partagée. Elle était désirée. Faire l'amour avec lui... sentir sa peau contre la sienne, ses mains la caresser... Non, l'imaginer était stupide.

Elle ne pouvait se le permettre. Mais comment se l'interdire ?

Il promena ses lèvres sur les pommettes d'Olivia, puis sur ses tempes.

— J'aimerais continuer ça dans un endroit plus intime. J'aimerais te caresser, Liv.

Sa bouche revint sur celle de la jeune femme, brûlante et possessive.

— Tout entière. Et sans public.

Il rejeta la tête en arrière pour la regarder dans les yeux. Elle le désirait, c'était visible, ce qui accrut son propre désir.

— Viens chez moi.

Elle sentait ses battements de cœur résonner jusque dans sa tête, avec un élan furieux. Dire oui serait tellement simple. Elle voulait cet homme. Un élan violent, scandaleux, la poussait vers lui. Comment cela avait-il pu se produire aussi vite ? Si, un mois auparavant, quelqu'un avait émis l'idée qu'un jour elle aurait très envie de faire l'amour avec T. C. Thorpe, elle aurait éclaté de rire. À présent, cela ne semblait plus du tout risible. C'était naturel. Et terrifiant.

Olivia se dégagea et passa la main dans ses cheveux. Il lui fallait un peu de temps, un peu d'espace.

— Non, je ne suis pas prête pour ça, dit-elle en s'efforçant de maîtriser sa voix. Thorpe, tu me rends nerveuse.

— Bien, fit-il placidement quoiqu'il eût du mal à ne pas se ruer sur elle à nouveau. Je préfère ça à t'ennuyer.

Elle eut un rire rauque.

— Tu ne m'ennuies pas. Je ne sais pas très bien quels sont mes sentiments envers toi. Je ne suis même pas sûre que tu sois tout à fait équilibré. Cette... ce fantasme de mariage...

— Je te rappellerai cette conversation lorsque nous fêterons notre premier anniversaire de mariage.

Il s'écarta d'Olivia. Pour conduire, c'était plus prudent : mieux valait éviter de la toucher. Où était donc passée cette fameuse patience dont il se targuait ?

— Allons, Thorpe, c'est ridicule.

— Pense un peu aux conséquences sur l'Audimat.

Olivia se demanda comment il pouvait se montrer aimable à un moment donné, très séduisant le suivant et exaspérant ensuite. Elle était partagée entre le désir d'éclater de rire et celui de se cogner la tête contre le pare-brise de colère. Elle opta pour l'attitude la plus raisonnable.

— Bon, d'accord, dit-elle comme il s'insérait dans la circulation. Je vais te dire les choses de façon aussi limpide que possible, avec les mots les plus simples que je puisse trouver. Je ne t'épouserai pas. Jamais.

— Tu paries ? Cinquante dollars que tu m'épouses.

— Tu penses sérieusement que je vais parier là-dessus ?

— Tu n'as pas l'esprit sportif, dit-il en secouant la tête. Tu me déçois, Carmichael.

Elle fronça les sourcils.

— Va jusqu'à cent, Thorpe. Je te donnerai deux contre un.

— Affaire conclue, fit-il avec un sourire de jubilation.

7

Le décès brutal dû à une crise cardiaque du Premier ministre anglais Summerfield surprit le monde entier. Les télévisions et les radios ne cessaient de diffuser des flashes spéciaux, des récapitulations des quarante ans de carrière de Summerfield, des reportages sur les réactions des chefs d'État étrangers. La grande question était de savoir comment la mort d'un seul homme allait affecter l'équilibre des puissances dans le monde.

Deux jours plus tard, le président des États-Unis franchissait l'Atlantique à bord du Air Force One, avec Thorpe, tandis que le reste de la presse faisait le voyage dans un autre appareil.

Chargé de faire la liaison entre le secrétaire d'État chargé de la Communication et les autres journalistes, sa mission était aussi de suivre de près le Président. Une équipe de techniciens se tenait prête à filmer tout ce qui pourrait se produire d'intéressant lors du vol. Les places de devant étaient réservées au président des États-Unis, à son épouse et à leur entourage, secrétaires, agents des services secrets, conseillers. L'humeur était sombre.

Derrière Thorpe, les membres de son équipe jouaient au poker d'une façon inhabituellement silencieuse. Même leurs jurons se faisaient discrets. En d'autres circonstances, il se serait joint à eux pour faire passer le temps plus vite ; cette fois-ci, il avait trop de choses à penser pour avoir envie de plaisanter ou d'écouter des histoires d'un goût douteux.

Il fallait profiter du voyage pour rassembler des informations et organiser le travail de chacun lors des funérailles. Puis, à Londres, ce serait à lui de suivre pas à pas le Président, de guetter ses réactions, d'attendre ses commentaires. Boulot passionnant. C'était bien parce qu'il aimait travailler sur le terrain et trouver lui-même la matière de ses articles qu'il avait refusé d'aller présenter les informations à New York.

Il lui faudrait interroger le secrétaire d'État à la Communication et utiliser son sens de l'observation, non seulement pour son propre reportage mais aussi pour alimenter ceux de ses collègues.

Bien que cette mission fût un morceau de roi, il regrettait presque qu'on ne l'eût pas confiée à Carlyle ou Dickson, les correspondants des chaînes rivales. Car, si lui voyageait sur Air Force One, Olivia était dans l'avion de la presse.

Depuis quelques jours, elle avait repris ses distances et il n'avait pas insisté. D'ailleurs, le décès du Premier ministre anglais ne lui en aurait guère laissé le temps. Le plus frustrant était qu'ils n'avaient cessé de se croiser.

À la Maison-Blanche, au Capitole, à l'ambassade d'Angleterre, elle s'était montrée partout d'une froideur extrême. Rien ne rappelait la jeune femme dévorant son hot dog ou hurlant son enthousiasme devant un coup de circuit. Ce retour en arrière dans leurs relations horripilait Thorpe. L'impatience était dangereuse, il le savait. Et la sienne ne cessait de croître.

Je ne lui suis pas indifférent, se dit-il en jetant un coup d'œil par le hublot au moment où une légère turbulence faisait osciller l'appareil. Elle avait beau prétendre le contraire et afficher une sérénité glacée, elle ne pouvait oublier la façon dont elle avait réagi à ses baisers. Il avait senti qu'elle le désirait et que, une fois dans ses bras, elle ne contrôlait plus ce désir. Il fallait se contenter de cette certitude. Pour l'instant.

— Brelan de rois !

Un juron fusa derrière Thorpe.

— Hé ! T. C., viens nous aider avant que ces types nous nettoient complètement.

Il s'apprêtait à les rejoindre lorsqu'il vit le Président se glisser dans son bureau accompagné de deux de ses collaborateurs.

— Plus tard, dit-il en se levant.

Quand donc suis-je venue en Angleterre pour la dernière fois ? se demandait Olivia. L'été de ses seize ans lui revint en mémoire. Ses parents, sa sœur et elle avaient voyagé en première classe. On lui avait permis de goûter au caviar et Mélinda s'était vu offrir du champagne. Mélinda avait dix-huit ans et ce voyage était son cadeau d'anniversaire.

Mélinda n'avait cessé de parler des réceptions auxquelles elle irait, bals, thés, cocktails, pièces de théâtre. Et les robes ! Cela jusqu'à ce que leur père se terre derrière un exemplaire du *Wall Street Journal*. Trop jeune pour les bals, peu intéressée par les robes, Olivia s'était ennuyée à périr. Le mélange du caviar, d'une gorgée de champagne offerte par sa sœur et des turbulences avait eu un effet désastreux. Elle avait été malade, provoquant le dégoût de Mélinda, la surprise de sa mère et l'exaspération de son père. Et, en ce qui la concernait, le reste du voyage s'était déroulé allongée en travers de trois sièges sous la surveillance d'une hôtesse.

Douze ans s'étaient écoulés et les choses avaient bien changé. Ni champagne ni caviar ne lui était proposé. Contrairement à *Air Force One*, cet avion était bondé et bruyant. On y jouait aux cartes avec animation. Journalistes et techniciens déambulaient dans les allées, jouaient, discutaient, dormaient, chacun cherchant à alléger l'ennui d'un long vol. Il régnait cependant une sorte d'excitation, d'attente fiévreuse.

Olivia se plongea dans ses notes tandis que de l'autre côté de l'allée deux correspondants échafaudaient des hypothèses sur les conséquences du décès de Summerfield. Celui-ci avait été un membre très discret du parti conservateur. Mais sous son aspect d'étudiant prolongé, tout le monde avait senti un homme de fer. Aucune manœuvre politicienne n'avait jamais pu l'intimider ni le compromettre. Durant son mandat de Premier ministre, il avait eu à gérer au moins trois situations particulièrement difficiles et il s'en était bien sorti. Sa carrière de parlementaire avait été jalonnée de succès, tantôt triomphants, tantôt plus modestes.

Ces deux derniers jours, Olivia avait étudié la procédure parlementaire anglaise et la carrière de Summerfield afin de convaincre Carl de lui confier cette mission. Il avait d'abord rétorqué qu'il avait besoin d'elle à Washington et qu'elle n'avait jamais touché à la politique étrangère. Ce premier argument démoli, c'était Thorpe lui-même qui, bien évidemment, avait constitué le second et le plus solide obstacle. À ce souvenir, elle appuya si fort sur son crayon que la pointe se cassa.

Thorpe allait en Angleterre et avait été désigné pour suivre le Président. Il voyagerait sur *Air Force One* avec l'entourage présidentiel et une équipe de techniciens commune aux différentes chaînes. WWBW pouvait fort bien utiliser les reportages de Thorpe sans puiser dans son budget pour financer le voyage d'un envoyé spécial et d'une autre équipe.

Olivia avait consacré une bonne heure à la mise au point de ses arguments puis une autre heure à les exposer à Carl. Celui-ci enfin convaincu, elle avait eu autant envie de pousser des cris de joie que de grincer des dents d'exaspération. *Thorpe*. Quoi qu'elle fût, où qu'elle allât, elle butait sur lui.

Et pas seulement sur le plan professionnel.

Elle ne cessait de penser à lui. Durant la journée, au milieu des mille tâches qui l'assaillaient, il surgissait, en personne ou juste par l'énoncé de son nom. Et aussitôt revenaient les souvenirs du bal à l'ambassade, du baiser sur la terrasse, des rires au match de base-ball. La nuit, lorsqu'elle était seule, il se glissait dans sa tête, s'insinuait dans ses pensées. Quels que fussent les efforts d'Olivia, il était *là*, terriblement présent. Son rire, ce haussement de sourcil ironique, ses mains calleuses. Et, pire encore, il lui arrivait même de sentir le goût de ses lèvres sur les siennes. Le désir surgissait de façon inattendue et s'emparait d'elle avec une violence dont elle ne savait si elle devait s'irriter ou s'effrayer.

Il n'a pas le droit de me harceler comme ça, se dit-elle en cherchant un autre crayon dans sa serviette. Il n'a pas le droit de bouleverser l'ordonnance de ma vie. *Et ce pari.* Exaspérée, Olivia ferma les yeux. Comment avait-elle pu céder ?

Le mariage ! Était-il assez fou pour croire qu'elle envisagerait sérieusement une chose pareille ? Avec lui ? Quelle sorte d'homme pouvait tourner autour d'une femme en sachant qu'elle tolérait tout juste sa présence et ensuite déclarer qu'il allait l'épouser ? Et n'en pas douter ? Un fou, conclut-elle avec un haussement d'épaules. Ou alors un type très rusé. Elle se mordit la lèvre en songeant que T. C. Thorpe appartenait vraisemblablement à cette dernière catégorie.

Bien sûr, même très rusé, il ne pourrait l'épouser *de force*. Jamais elle ne se laisserait persuader. Donc, elle ne risquait rien.

Les yeux fixés sur ses notes, Olivia se demanda pourquoi, malgré cet habile raisonnement, elle se sentait si peu en sécurité.

— Mike, fit Thorpe en se glissant à côté de Donaldson, le secrétaire d'État à la Communication.

— Oui ?

Un sourire prudent sur les lèvres, Donaldson referma un épais dossier. Avec son crâne dégarni, ses joues pleines et sa bedaine, il avait l'aspect débonnaire du vieil oncle dont on écoute docilement les sornettes. Mais nul n'ignorait qu'un esprit vif et rigoureux fonctionnait sous cette façade trompeuse.

— Tu as quelque chose pour moi ?

— Que pourrais-je t'apprendre que tu ne saches déjà ? fit Donaldson en prenant un air étonné. Des funérailles nationales, des condoléances, des cérémonies et toute la pompe qui va avec. Il y aura un paquet de gros bonnets, passés et présents, au coude à coude. Et la famille royale. De quoi faire un bon article, T. C.

Il sortit sa pipe de sa poche et commença à la bourrer.

— Durant les deux jours à venir, tu n'auras pas le temps de t'ennuyer, reprit-il. Tu as reçu l'itinéraire du Président.

Thorpe le regarda tapoter le tabac du pouce.

— Il va être occupé.

— Il n'est pas venu à Londres pour faire du tourisme.

— Aucun d'entre nous, Mike. Nous avons tous une tâche à accomplir. Et je n'aimerais pas découvrir que tu as rendu la mienne plus difficile en me cachant des choses.

— Te cacher des choses, T. C. ? s'esclaffa Donaldson. Même si j'essayais, tu serais capable d'en dénicher assez pour te passer de moi.

— J'ai remarqué la présence à bord de deux agents supplémentaires des services secrets, glissa Thorpe d'un ton désinvolte.

— L'épouse du Président voyage avec nous.

— J'ai compté ses gardes du corps. Ceux-là sont en plus.

Il attendit deux secondes puis, Donaldson gardant le silence, il reprit :

— Les obsèques d'un homme comme Summerfield rassemblent des hommes politiques du monde entier.

Il se tut de nouveau tandis que le steward lui servait une tasse de café. Donaldson le regardait tout en allumant sa pipe.

— C'est pas marrant, des obsèques, fit Donaldson.

— Hum. Pas marrant du tout. Et dangereux, non ?

— Bon, T. C., on se connaît depuis longtemps. Qu'est-ce que tu cherches, au juste ?

— Une confirmation de mes pressentiments, répondit Thorpe avec un sourire froid. Tu ne sens rien, toi ? Moi, j'ai l'impression que le Président et toutes ces personnalités devraient rendre leurs derniers hommages avec une extrême prudence.

— Qu'est-ce qui te fait penser une chose pareille ?

— Une sorte de démangeaison.

— Eh bien, tu ferais mieux de te gratter, T. C. Je n'ai rien à te dire de plus.

Thorpe but son café tout en ayant l'air de réfléchir au conseil.

— Summerfield n'était guère apprécié par l'IRA.

Donaldson émit un petit gloussement.

— Ni par l'OLP, ni par des quantités d'organisations de ce style. C'est un bulletin d'informations que tu me communiques là, T. C. ?

— Juste un commentaire. Puis-je demander une déclaration au Président ?

— À quel sujet ?

— Ce qu'il pense de la politique de Summerfield à l'égard de l'IRA et ce qu'il pense du nouveau Premier ministre.

— Les vues du Président ont déjà fait l'objet d'un exposé, dit Donaldson en mâchonnant sa pipe. Quant au nouveau Premier ministre, attendons d'avoir enterré Summerfield... Il ne serait pas judicieux d'ébruiter tes soupçons, T. C., ajouta-t-il en le regardant droit dans les yeux. Inutile de donner des idées aux gens.

— Je veux seulement leur donner des faits, répondit prudemment Thorpe. Et j'aimerais bien qu'on puisse filmer pendant le vol.

Donaldson réfléchit deux secondes.

— J'arrangerai ça, mais sans le son. C'est à des obsèques que nous nous rendons. Soyons discrets.

— C'est ce que je pense aussi. Tu me tiendras au courant ?

Sans attendre de réponse, Thorpe se leva et rejoignit les joueurs de poker.

— Dès que Donaldson aura mis ça au point, vous irez filmer.

Baissant les yeux, il remarqua que le cameraman n'avait que deux paires dans son jeu.

— Mais en silence, ajouta-t-il à l'adresse du technicien du son. Tu peux te détendre. Je voudrais aussi qu'on prenne l'épouse du Président en train de broder.

— Tu veux une petite touche domestique, T. C. ?

— Exactement.

Il s'inclina et murmura :

— Et tâche de prendre aussi les hommes du service secret.

— D'accord.

— Montre ton jeu, fit l'électricien en jetant sa mise. Fais-nous voir un peu de quoi tu es si fier.

— Bof... une paire de huit, dit le cameraman avec un sourire narquois. Et une paire de reines.

— Une suite, répliqua l'électricien en étalant ses cartes sur la table.

Une bordée de jurons étouffés lui répondit. Thorpe regagna son siège.

Les quelques minutes d'entretien avec Donaldson avaient confirmé son intuition. La sécurité avait été renforcée et tout bon journaliste ne pouvait qu'en tirer certaines conclusions.

Depuis plusieurs années, le mot « terrorisme » était devenu très courant. Il n'était pas difficile d'imaginer que, lorsqu'on rassemblait des chefs d'État du monde entier, un attentat représentait plus qu'une éventualité.

Que pouvait-on craindre ? Une bombe ? Une tentative d'assassinat ? Un enlèvement ? Thorpe jeta un coup d'œil rapide sur les agents des services secrets. Des types solides, vêtus sobrement de costumes trois-pièces, qui resteraient en alerte durant les trois jours à venir. Tout comme lui.

Et les nuits ? Une fois que le Président aurait été prudemment mis à l'écart de la presse, des terroristes et de ses confrères étrangers, que ferait Thorpe de ses nuits ? Olivia et lui étaient logés dans le même hôtel. Avec un peu de chance, il s'arrangerait pour rester près d'elle pendant presque tout le temps. Deux choses jouaient pour lui : le fait qu'ils habitaient le même hôtel et sa détermination.

Fébrile, Olivia repoussa ses notes. Elle était incapable de se concentrer, de chasser Thorpe de ses pensées. Et savoir qu'ils n'allaient cesser de buter l'un contre l'autre durant les prochains jours ne facilitait pas les choses. Au moins, à Washington, les événements à couvrir ne manquaient pas. À Londres, il n'y en aurait qu'un. Et c'était Thorpe qui en avait pratiquement l'exclusivité.

Pourtant, pour assurer son propre reportage, il lui faudrait profiter de tout ce qu'il voudrait bien lui communiquer. Il faudrait le rencontrer, l'écouter, lui parler plusieurs fois dans la journée. Bien sûr, sur le plan professionnel, on ne pouvait rien lui reprocher. L'information serait claire et pertinente. Si seulement elle pouvait sortir d'une autre bouche...

Elle inclina son siège et ferma les yeux. C'était bien sa chance que Thorpe fût encore sur ce coup. Si un autre avait été désigné, elle se serait retrouvée à cinq mille kilomètres de lui. Bien qu'il lui fût désagréable de l'admettre, elle avait besoin de prendre de la distance. Il lui fallait trouver le moyen de l'éviter autant que possible. Durant les prochains jours, elle aurait fort à faire pour coller aux événements. Et lui aussi. Ils seraient tous les deux débordés, ce qui réglerait en partie le problème.

Et lorsqu'elle aurait un moment de loisir, elle s'éclipserait. Il avait le cuir trop épais pour respecter ses refus, ou sa froideur. Si un non ou un regard distant ne suffisaient pas, elle se rendrait indisponible. Quel dommage qu'ils dussent partager le même hôtel !

On n'y pouvait rien changer. Mais... elle pouvait passer très peu de temps dans sa chambre et éviter de rester seule. Se noyer dans la foule des journalistes appelés à couvrir l'événement ne devrait pas être trop compliqué.

Avec un soupir excédé, elle se tortilla sur son siège. Jouer à cache-cache n'était plus de son âge. Mais ce n'était pas un jeu. C'était une guerre, une guerre qu'elle aurait dû mener dès le début lorsqu'il se rapprochait d'elle à petits pas prudents mais dangereux. Éveillant insensiblement ses désirs. Et ensuite, lorsqu'il l'avait prise dans ses bras, lorsque sa bouche... Paniquée, elle redressa son siège. Thorpe n'y était pour rien, songea-t-elle soudain. Tout simplement, après cinq années d'austérité, elle revenait à la vie des sens. Quoi de plus normal ? Le sourire de Thorpe lui revint en tête, ce sourire à la fois charmant et sûr de lui. Bon, il lui fallait vraiment garder ses distances.

Après l'atterrissage, Thorpe dut encore suivre le Président durant deux heures avant de pouvoir gagner son hôtel. Il lui fallait faire parvenir à la chaîne des quantités de films accompagnés de ses commentaires. Vu l'heure, CNC recevrait son reportage pour l'émission de la soirée. Après la mise à jour de onze heures, il en aurait fini pour la journée.

Il regarda Londres défiler derrière la fenêtre de son taxi. Il y avait un bout de temps qu'il n'avait pas mis les pieds dans cette ville. Six ans ? Non, sept. Mais il serait sûrement capable de retrouver le pub de Soho où il avait interviewé un attaché de l'ambassade américaine très nerveux. Il y avait aussi cette petite galerie de peinture dans le West End où il avait rencontré une jeune artiste peintre au corps digne de Rubens et à la voix onctueuse comme de la crème. Le bref souvenir des deux nuits capiteuses qu'ils avaient passées ensemble lui traversa la tête.

Sept ans auparavant, juste avant qu'il ne s'installe à Washington. Bien avant qu'il ne rencontre Olivia. Cette mission à Londres allait être totalement différente. Deux folles nuits avec une inconnue ne l'intéressaient plus. Il voulait toute une vie. Et avec une seule femme. Olivia.

Il descendit du taxi, son sac de voyage à la main. L'expérience lui avait appris à voyager léger. À cause de la bruine qui venait tout juste de s'interrompre, l'air était glacial. Cols remontés, les passants se hâtaient. À peine entré dans l'hôtel, il buta sur la troupe des journalistes qui se pressaient devant la réception. Son espoir de prendre une douche avant la réunion d'information se volatilisa.

— Bonsoir, Thorpe.

Soulevant son sac, il sourit à Olivia qui hocha la tête poliment.

— Ils nous ont préparé un coin pour la réunion ?

Elle lui répondit qu'une salle avait été réservée pour la presse au premier étage.

— Bon. Eh bien, montons, que je te dise tout ce que je sais.

Avant qu'elle ait pu se perdre dans la foule, il l'avait prise par le bras.

— Ton voyage s'est bien passé ?

Sachant qu'elle ne pourrait se dégager sans susciter la curiosité de leurs compagnons, elle répondit d'un ton désinvolte :

— Rien de spécial. Et le tien ?

— Trop long, fit-il tandis qu'ils s'entassaient dans l'ascenseur. Tu m'as manqué.

— Arrête, Thorpe.

— Tu veux que j'arrête de souffrir de ton absence ? Moi, j'aimerais bien. Le mieux serait que tu cesses de m'éviter.

— Je n'ai pas cherché à t'éviter. J'ai été très occupée, c'est tout.

L'ascenseur était tellement bondé qu'elle se retrouva pressée contre son flanc. Il prit son sac de l'autre main et glissa le bras sur les épaules d'Olivia, tandis qu'elle lui lançait un regard excédé.

Le parfum frais de la jeune femme perçait les odeurs de tabac, de sueur et d'eau de Cologne émanant de leurs voisins. Il eut du mal à ne pas plonger le visage dans ses cheveux.

— Tu es bien capable de faire un esclandre, n'est-ce pas ? demanda-t-elle à mi-voix, dans le bourdonnement des conversations.

— Si tu y tiens, oui. En particulier, j'ai très envie de t'embrasser, Liv. Là, tout de suite.

— Non !

Ne pouvant s'écarter, elle le fusilla du regard. Première erreur.

Sa bouche n'était qu'à quelques centimètres de la sienne. Ses yeux la fixaient avec une lueur de malice. Un bref accès de désir envahit Olivia, lui faisant oublier toutes ses résolutions.

La porte de l'ascenseur s'ouvrit et des gens descendirent, les libérant peu à peu. Olivia ne bougea pas. Ce n'était pas le bras de Thorpe qui la retenait mais son regard serein, le regard assuré de celui qui connaît la suite des événements.

— Viens, T. C., au boulot, dit-elle enfin en s'ébrouant.

Sans la lâcher, il la suivit dans le couloir.

— Réservons ce baiser pour plus tard, chuchota-t-il.

Libérée de l'emprise de son regard, elle dégagea son bras.

— Il n'y aura pas de plus tard, jeta-t-elle en s'éloignant, furieuse contre elle-même.

En moins d'une demi-heure, Thorpe transmit à ses collègues ce qu'il savait. Ceux-ci coururent compléter leurs reportages et, après vingt-quatre heures de travail ininterrompu, il put enfin s'installer dans sa chambre et prendre une douche bien méritée.

Olivia suivit le jeune garçon qui portait ses bagages. Elle attendit avec une légère impatience qu'il ait fini d'ouvrir les rideaux et de compter les serviettes de toilette. Son seul désir était de se faire apporter du thé et de se coucher.

Le décalage horaire l'épuisait. Elle fourra un billet dans la main du garçon et le poussa gentiment dehors. Sa sœur avait beau sillonner le monde et passer d'un pays à l'autre, de réception en réception, elle ne semblait pas en souffrir. Ce n'était pas Mélinda qui se serait mise au lit avec une tasse de thé. Elle se serait changée en hâte avant de se plonger dans la vie nocturne de Londres.

Mais elle n'était pas Mélinda. Elle ôta sa veste et se débarrassa de ses chaussures. Le lendemain, elle n'aurait pas une minute de repos. Un coup d'œil dans le miroir lui révéla les cernes de fatigue qui s'étalaient sous ses yeux. Pas question d'offrir ça à la caméra. Une tasse de thé, une brève relecture de ses notes et dodo. Elle allait décrocher le téléphone lorsqu'on frappa à la porte qui donnait dans la chambre voisine.

Elle soupira. Elle n'avait aucune envie de discuter avec un collègue, et encore moins de faire la fête.

— Qui est-ce ?

— Un membre de la presse laborieuse comme toi, Carmichael.

— Thorpe ! s'écria-t-elle, indignée.

La colère l'empêchant de réfléchir, elle ouvrit la porte brutalement. Vêtu d'une robe de chambre, les cheveux encore humides de sa douche, il s'appuya contre le chambranle, répandant une odeur fraîche de savon et d'after-shave.

— Qu'est-ce que tu fais là ? demanda-t-elle.

— Un reportage. C'est mon métier.

— Tu sais très bien ce que je veux dire. Qu'est-ce que tu fais dans la chambre voisine de la mienne ?

— Les hasards de la vie ? suggéra-t-il.

— Combien as-tu donné au réceptionniste pour t'arranger ça ?

— Liv, je ne suis pas obligé de répondre à cette question tendancieuse. Tu dois d'abord trouver des preuves de ce que tu avances et ensuite tu pourras me la reposer.

Sans cesser de sourire, il examina la chambre.

— Tu sortais ?

— Non.

Elle croisa les bras tout en cherchant une repartie acerbe.

— Bien. Une soirée douillette à la maison, c'est ce que je préfère moi aussi, dit-il en faisant quelques pas.

La main d'Olivia se posa sur sa poitrine pour le repousser.

— Attends, Thorpe.

Sa paume était tombée sur la partie que laissait à nu la robe de chambre dont les pans se desserrèrent un peu. Troublée par le contact des poils bruns qui frisottaient, elle laissa retomber son bras. Il souriait toujours avec une assurance exaspérante.

— Tu es insupportable.

— Je fais de mon mieux, pourtant, dit-il en enroulant une boucle d'Olivia autour du doigt. Mais si tu préfères sortir...

— Je ne sors pas, répéta-t-elle avec fureur. Il n'y aura pas non plus de soirée douillette. Je veux que tu comprennes...

— On ne t'a jamais dit qu'en pays étranger les collègues doivent se serrer les coudes ?

Son sourire enfantin la désarma. Elle dut pincer les lèvres pour garder son sérieux.

— Je fais une exception en ce qui te concerne, Thorpe... Pourquoi ne peux-tu me laisser seule ? ajouta-t-elle avec lassitude.

— Liv, laisser seule sa fiancée est contraire à la tradition.

Décontenancée par le ton raisonnable qu'il avait pris, elle mit deux secondes à réagir.

— *Fiancée* ? Je ne suis *pas* ta fiancée, cria-t-elle. Je ne vais pas t'épouser.

— Tu veux parier cent dollars de plus ?

— Non ! fit-elle en plantant un index furieux sur la poitrine de Thorpe. Maintenant, écoute-moi bien. Tes fantasmes ne regardent que toi. Laisse-moi en dehors. Ils ne m'intéressent pas.

— Tu as tort. Certains de mes fantasmes sont vraiment plaisants.

— Et je ne vais pas passer la nuit à côté d'un fou. Je vais demander une autre chambre.

Sur ce, elle pivota et empoigna ses sacs.

— Tu as peur ? demanda-t-il en la suivant.

— Peur ?

Lâchant ses bagages, elle se retourna vers lui.

— Le jour où j'aurai peur de toi…

— Non, je voulais dire peur de toi… Peut-être n'es-tu pas sûre de pouvoir t'empêcher de… voyons, frapper à ma porte ?

Bouche bée, Olivia écarquilla les yeux.

— Frapper à ta porte ?… Tu crois… tu te trouves tellement…

— Irrésistible ? suggéra-t-il.

Elle serra les poings.

— Je n'éprouve aucun problème pour résister à ton charme, Thorpe.

— Vraiment ?

Elle n'avait pas repris son souffle qu'elle était dans ses bras. Et avant même qu'elle eût l'idée de protester, la bouche de Thorpe s'écrasait sur la sienne. Il la pressait contre lui, si étroitement que leurs corps semblaient s'être modelés l'un sur l'autre. La bouche de Thorpe était ferme et insistante. Cette fois-ci, il garda le contrôle de la situation. Les doigts plongés dans les boucles d'Olivia, il l'embrassait avec ferveur.

— Pas de problème, Liv ? murmura-t-il en s'écartant juste assez.

Haletante, elle fit non de la tête. Il ne lui laissa pas le temps de répondre et s'empara de ses lèvres avec fièvre.

Elle s'entendit gémir et se cramponna aux épaules de Thorpe. Des frémissements la parcoururent dont il parut s'apercevoir car ses mains suivirent le même tracé, de la colonne vertébrale à la hanche, d'une cuisse au ventre.

Les deux mains d'Olivia exploraient le visage de Thorpe comme si elle voulait le sculpter. Ce qui ne fit qu'accroître le désir de Thorpe qui la serra davantage, la faisant se cambrer, se creuser contre lui. Sous ses doigts, les seins d'Olivia s'élevaient et s'abaissaient au rythme de sa respiration. Il les caressa du pouce jusqu'à ce qu'ils s'érigent.

Toute idée de résistance était anéantie. Elle voulait la brûlure de sa bouche, la meurtrissure de ses caresses. Lorsqu'il voulut l'embrasser sur la gorge, elle rejeta la tête en arrière pour mieux s'offrir. La chaleur de sa langue sur sa peau déclencha des frissons de plaisir. La poitrine nue de Thorpe écrasait ses seins. Captive, enchaînée autant par son propre désir que par celui de Thorpe, elle s'abandonna. Il l'embrassa dans le creux du cou, juste au-dessus de l'échancrure de son chemisier puis, avec une lenteur délibérée, remonta sur la gorge avant de suivre la courbe de la mâchoire. Lorsque sa bouche revint s'emparer de celle d'Olivia, ce fut comme si toute la faim et la soif qu'elle eût jamais connues se concentraient dans leurs lèvres soudées.

La passion l'envahit. Une lumière crue, aveuglante, parut exploser dans la tête d'Olivia et la laissa pantelante. Avec un cri étouffé qui tenait autant de la reddition que de la terreur, elle s'appuya contre lui.

Surpris par cette faiblesse inattendue, Thorpe s'écarta pour la regarder. Les yeux de la jeune femme exprimaient un mélange de désir, de peur et de confusion. Ce regard seul la protégeait plus efficacement que tout refus furieux.

La tendresse le submergea. La prendre maintenant serait facile mais la posséder physiquement ne lui suffisait pas. Lorsqu'ils feraient enfin l'amour, ce dont il ne doutait pas une seconde, elle viendrait à lui sans peur ni regret. C'était cela qu'il attendrait.

Avec un petit sourire, il l'embrassa doucement. Puis, histoire de l'aider à reprendre pied, il fit en sorte de ranimer son irritation.

— Au cas où tu déciderais de ne plus résister à mon charme, Carmichael, je ne verrouillerai pas ma porte cette nuit. Tu ne seras même pas obligée de frapper.

Il s'éloigna d'une démarche nonchalante et referma doucement le battant. Dix secondes plus tard, il entendit la chaussure d'Olivia heurter le panneau de bois et retomber sur la moquette.

Avec un sourire satisfait, Thorpe alluma la télévision pour voir ce que ses confrères anglais pourraient lui apprendre d'intéressant.

8

À six heures du matin, le réveil se déclencha. Olivia tendit machinalement la main vers le bouton d'arrêt de la sonnerie et ouvrit les yeux sur le plafond d'une pièce inconnue. Londres, se souvint-elle enfin.

Elle avait mal dormi, et c'était la faute de Thorpe ! Rongée par les doutes et les désirs qu'il avait déclenchés, elle avait passé la moitié de la nuit à se retourner dans son lit. Si elle était venue à Londres, c'était uniquement pour travailler. Même si elle en avait le temps, elle ne désirait rien d'autre. Et sûrement pas se lier de quelque façon que ce soit à ce type. Pourquoi ne pouvait-il l'admettre ?

Parce que, s'avoua-t-elle, ce qu'on dit n'est pas toujours cohérent avec ce qu'on fait. Comment pouvait-elle espérer convaincre Thorpe de son indifférence alors que chaque fois qu'elle se retrouvait dans ses bras elle réagissait avec une telle frénésie ? Oui, elle l'avait désiré. Durant le bref instant qu'avaient duré cette étreinte et ces baisers, elle se serait donnée à lui sans hésiter. Cette constatation l'effrayait.

Le problème résidait d'abord en elle. Et pour commencer, il ne fallait plus dire qu'elle ne voulait pas de lui, mais plutôt qu'elle refusait de se lier à lui.

Elle se leva et fit rapidement sa toilette. La journée s'annonçait trop chargée pour se complaire dans des dilemmes personnels. D'ailleurs, penser à Thorpe revenait à lui accorder trop d'importance. Il jubilerait s'il savait !

Elle avait emporté un tailleur très élégant, gris sombre, très ajusté. Le dernier bouton en place, elle s'examina brièvement dans la glace. Pas mal. Une pointe de fond de teint masquait ses cernes. *Encore Thorpe*, ronchonna-t-elle.

Elle fourra ses notes, un carnet supplémentaire et une poignée de stylos dans sa serviette, prit sa veste et s'apprêta à sortir. Un morceau de papier sous la porte de communication attira son attention. Elle s'accroupit et le ramassa.

« *Bonjour.* »

Elle ne put retenir un éclat de rire. Ce type était décidément complètement givré. Fou à lier. Cédant à une impulsion, elle déchira une feuille de son carnet et griffonna la même salutation qu'elle glissa sous la porte.

Comme prévu, elle retrouva son équipe dans un coin du bar de l'hôtel.

— Salut, Liv, fit Bob avec un petit sourire. Tu prends un petit déjeuner ?

— Du café seulement, dit-elle en soulevant la cafetière. J'ai l'impression que trois litres ne seraient pas de trop.

— Ça va être une longue journée, dit-il avant d'enfourner une cuiller d'œufs brouillés.

— Qui va commencer sans tarder. Je voudrais qu'on aille prendre Westminster Abbey avant l'arrivée de la foule, ainsi que la résidence du Premier ministre, le 10 Downing Street. Si on a de la chance, on pourra même prendre la veuve de Summerfield. Ils vont sans doute mettre des barrières le long des trottoirs une heure avant le début de la procession.

L'un des cameramen lui proposa un toast grillé qu'elle refusa d'un signe de tête.

— Et puis, il nous faudra des vues de la foule sur lesquelles on pourra ensuite enregistrer les commentaires.

— Il faut que j'achète quelques souvenirs pour ma femme et mes enfants, dit Bob avec un sourire gêné. Déjà qu'ils étaient pas contents que je parte à Londres sans les emmener. Si je reviens les mains vides, je suis bon pour dormir sur le canapé.

— Tu pourras sûrement t'éclipser quelques minutes.

Tout en parlant, ses yeux se promenaient dans la salle.

— Tu cherches quelqu'un ? demanda Bob.

— Pardon ?

— Depuis que tu es là, tu n'arrêtes pas de regarder autour de toi. Tu attends quelqu'un ?

— Non, dit-elle, furieuse contre elle-même. Vous feriez bien de vous dépêcher de manger, vous autres. Notre emploi du temps est serré.

Durant les dix minutes suivantes, elle but son café en gardant le dos tourné au reste de la pièce.

Un soleil pâle réchauffait timidement l'atmosphère. Debout devant Westminster Abbey, Olivia parcourait ses notes en attendant que son équipe ait installé le matériel. La prise de vues durerait quarante-cinq secondes, pas plus, avait-elle estimé. Les tours de l'abbaye se dressaient dans un ciel brouillé par les nuages. La ville avait une teinte grise et l'atmosphère était lourde de pluie. Mais, pour l'instant, trop préoccupée par l'enregistrement à effectuer, Olivia ne prêtait aucune attention au décor.

— D'abord, tu me prends, expliqua-t-elle au cameraman. Après l'introduction, je me tournerai sur le côté et je désignerai l'abbaye. Tu suivras mon geste lentement avant de revenir sur moi.

— Compris, fit Bob.

Il attendit que l'éclairagiste ait mesuré la lumière.

— Ça y est ?

Olivia prit le micro avant de faire oui de la tête. Elle récita son texte une première fois puis, mécontente, recommença. Une légère brise soulevait ses mèches tandis qu'elle parlait de la cérémonie à venir. Aussi détendue que si son temps n'était pas compté à la seconde près, elle raconta brièvement l'historique de l'abbaye. Lorsque la caméra revint sur elle, elle fixa l'objectif avec gravité.

— Olivia Carmichael, de Westminster Abbey, Londres.

— Alors ? fit Bob.

— Ça ira.

Elle consulta sa montre et reprit :

— Maintenant, nous filons à Downing Street. Il nous reste deux heures avant le début de la cérémonie. Ce qui devrait nous laisser le temps de filmer la maison et d'interroger quelques passants. Et, avant d'envoyer au bureau tout ce que nous aurons réuni, il faudra voir Thorpe.

Tout en attendant le Président, Thorpe eut le temps de boire trois tasses de café. Un bref entretien avec Donaldson lui avait appris que le Président avait passé une bonne nuit et s'était levé tôt. Tant mieux.

La limousine attendait devant l'entrée de l'hôtel. En veston malgré le froid, Thorpe grillait cigarette sur cigarette. Son cameraman sifflotait tandis que le reste de l'équipe bavardait à mi-voix. Thorpe gardait les yeux fixés sur les agents des services secrets, visiblement en alerte.

Dès que le Président sortit, tout reprit vie. Le bourdonnement de la caméra se déclencha tandis que Thorpe notait la tenue de sa femme. Un bon reportage devait être minutieux, jusque dans les moindres détails. Micro en main, il s'avança.

— Monsieur le Président ?

Le Président se retourna et, d'un signe de tête, écarta son garde du corps.

— Bonjour, T. C., fit-il avec gravité. C'est une bien triste journée pour l'Angleterre et le monde entier.

— Oui, monsieur le Président. Pensez-vous que la mort du Premier ministre Summerfield aura un effet sur votre politique étrangère ?

— La mort d'Eric Summerfield sera durement ressentie par tous les hommes de paix.

Façon élégante de ne rien dire du tout, estima Thorpe sans éprouver de rancœur. C'était le jeu. D'ailleurs, le protocole lui interdisait de poser des questions trop précises le matin des obsèques.

— Monsieur le Président, reprit-il en changeant de tactique, avez-vous des souvenirs personnels du Premier ministre ?

Le changement de ton ne sembla pas perturber le chef d'État.

— Il adorait marcher, dit-il avec un sourire. J'ai découvert ça à Camp David. Eric Summerfield était un homme qui aimait réfléchir debout et en mouvement.

Sur ce, il rejoignit son épouse dans la limousine. Vaguement déçu, Thorpe attendit que la voiture de presse vienne le chercher.

Ses commentaires et le film de la cérémonie seraient diffusés par satellite. Il s'installa à proximité de Westminster Abbey pour commenter l'arrivée des personnalités.

La famille royale, les ministres, les ambassadeurs... Thorpe énuméra les noms des participants au fur et à mesure que des limousines les déposaient, entrecoupant son récit d'anecdotes sur la carrière et la vie privée d'Eric Summerfield. Les rues étaient noires de monde mais le bruit de fond restait discret, les spectateurs s'exprimant à voix basse comme s'ils se trouvaient eux aussi à l'intérieur de l'abbaye.

Thorpe aperçut Olivia de loin. Son corps se raidit une fraction de seconde avant le drame.

Bousculant un barrage de la police, une voiture fonça soudain vers le milieu de la procession. Un bruit de détonations rompit le brouhaha. Des têtes se courbèrent, des corps s'affaissèrent. La foule commença à s'éparpiller. Des cameramen s'élancèrent en quête d'un meilleur angle de vue. Micro en main, Olivia se mit à courir, sans cesser de décrire ce qu'elle voyait. Thorpe était déjà sur les lieux.

La procession s'était arrêtée. Une pluie de balles s'abattit sur la voiture folle. Le pare-brise se fissura en toile d'araignée, les pneus crevèrent et la voiture fit une embardée. Le conducteur parvint à la redresser ; elle dérapa de nouveau, heurta le trottoir et s'immobilisa enfin. Quatre hommes armés en jaillirent. Des balles fusèrent à nouveau, tantôt en direction de la procession, tantôt des spectateurs. Il y eut des cris et un mouvement de foule paniquée. Des gens furent piétinés tandis que d'autres tentaient de fuir.

Olivia se frayait un chemin tant bien que mal à la suite de son cameraman. La foule se ruant en sens inverse, elle dut se débattre pour maintenir son cap. Les détonations continuaient à couvrir les cris de colère et de terreur. Des doigts accrochèrent son bras, un pied la fit trébucher. Sans cesser de parler dans son micro, elle s'obstina à avancer.

La main de Thorpe agrippa enfin son poignet et la retint. Une balle venait de s'écraser sur le trottoir à deux mètres de lui.

— Ne fais pas l'idiote, bon Dieu ! cria-t-il.

Reprenant son micro, il poursuivit :

— Quatre hommes masqués et armés de fusils...

Ne pouvant s'approcher davantage, Olivia poursuivit son reportage de là où elle était. Par-dessus l'épaule de Thorpe, elle apercevait la voiture criblée de balles et les quatre hommes qui tiraillaient tous azimuts. Elle n'eut pas à donner d'instructions à Bob. Un genou à terre devant la foule, il filmait la fusillade aussi calmement qu'il aurait filmé une garden-party. Impassible, la presse poursuivait son travail. Dans un méli-mélo de langues, le récit de l'attentat parcourait les ondes de l'univers.

Une nouvelle pétarade éclata. Puis un silence sinistre s'abattit sur la scène.

Les quatre hommes s'étaient écroulés sur le sol. Thorpe continuait son récit d'un ton précipité. Son métier était de raconter les faits au moment où il les voyait se produire. C'était cela qu'il aimait. L'instantanéité. Le plus grand défi qu'avait à relever le journaliste de télévision : raconter ce qui se passait, tel que cela se passait, sans texte, sans préparation. Son instinct ne l'avait pas trompé.

Durant les quinze minutes suivantes, il parla sans discontinuer jusqu'à ce que la foule se calme et que la procession se remette en marche vers l'abbaye. La cérémonie aurait lieu. Le correspondant londonien de CNC, déjà posté à l'intérieur, prendrait la suite. Ce qui donnerait à Thorpe le temps de s'informer sur l'attentat. Il conclut par son nom et fit signe au cameraman d'arrêter de filmer.

— Tu n'avais pas le droit, s'écria aussitôt Olivia.

— Ta gueule, Liv, jeta-t-il, furieux.

Il rendit son micro à son technicien d'une main qui tremblait légèrement. Elle aurait pu se faire tuer ! Là, juste à côté de lui, elle aurait pu recevoir une balle mortelle.

— Pour qui te prends-tu... reprit-elle, dressée sur ses ergots.

D'une main sur son bras, il la fit taire.

— Il fallait bien t'empêcher de courir en plein milieu de la fusillade, gronda-t-il en la secouant. Qui aurait fait ton précieux reportage si tu avais reçu une balle dans la tête ?

Elle se dégagea brutalement.

— Je n'avais pas l'intention de me mettre sous les balles. Je savais très bien ce que je faisais.

— Tu ne pensais qu'à te jeter dans le feu de l'action, cria-t-il sans se soucier des regards curieux de leurs collègues. Qu'est-ce que tu espérais ? Qu'ils s'arrêtent de tirer deux minutes, le temps de te donner une interview ?

Sidérée, Olivia tenta de se défendre :

— Je ne vois pas de quoi tu parles. Je ne faisais que ce que tout reporter aurait fait... Et ce que tu faisais toi-même, ajouta-t-elle en repoussant une mèche d'un geste nerveux. Tu n'avais pas à interférer dans mon travail.

— Interférer dans ton travail ! Espèce d'idiote. Tu étais en train de te jeter sous le tir de quatre cinglés, juste pour les photographier en action.

— Mais je le sais ! hurla-t-elle en brandissant son micro. C'était ça, le sujet. Qu'est-ce qui t'arrive ?

Thorpe la regarda. Il savait bien que sa réaction était excessive mais sa colère ne cédait pas. De peur de la brutaliser de nouveau, il enfonça les mains dans les poches. Il ne pouvait supporter l'idée qu'elle risque sa vie... et qu'il n'y puisse rien.

— J'ai du boulot, dit-il sèchement en s'éloignant.

Les poings sur les hanches, Olivia le suivit des yeux. Apercevant le regard interrogateur de Bob, elle le rejoignit.

— Viens ! Nous aussi, on a du boulot.

Olivia interrogea des officiels, des spectateurs, des policiers. Elle écouta une femme livide qui avait reçu une balle perdue dans le bras. Il lui fallait s'appuyer sur les réactions et les suppositions de la foule, les faits connus étant très minces : quatre hommes non identifiés, un attentat suicide et pour l'instant aucune revendication politique de ce geste.

À part les auteurs de l'attentat, aucun mort n'était à déplorer. Vingt-quatre personnes avaient été blessées, plus à cause du mouvement de panique de la foule que des balles. Six avaient dû être hospitalisées et seulement deux souffraient de blessures graves. Olivia griffonnait sur son calepin, tout en se frayant un chemin dans la foule qui s'éclaircissait.

Si les terroristes avaient eu l'intention de faire annuler la cérémonie, c'était raté. Ils n'avaient pas compté avec le légendaire sang-froid des Britanniques. À l'intérieur de l'abbaye vieille de plusieurs siècles, le service funèbre commença à l'heure dite, tandis qu'au-dehors la presse et la police faisaient leur travail.

Des ambulances et des voitures officielles allaient et venaient. La voiture des terroristes fut dégagée. Avant la fin du service, tous les signes du drame avaient été effacés.

Bien placée, Olivia vit sortir la famille royale. La sécurité avait été renforcée, tout en restant discrète. La dernière limousine partie, les techniciens rangèrent leur matériel. Cela faisait des heures à présent qu'Olivia était debout. La fatigue se faisait sentir.

— Et maintenant ? demanda Bob.

— Scotland Yard, annonça-t-elle en s'étirant. J'ai bien l'impression que nous allons passer l'après-midi à poireauter.

Elle ne s'était pas trompée. Après des heures d'attente avec un groupe de collègues, elle eut droit à une brève déclaration officielle qui ne leur apprit pas grand-chose. À six heures, elle n'avait rien à ajouter à son reportage, en dehors d'une récapitulation et de la précision que les terroristes n'avaient toujours pas été identifiés. Olivia se fit filmer quelques secondes devant l'immeuble de Scotland Yard puis regagna son hôtel.

Épuisée, elle s'octroya un long bain brûlant. Mais, une fois en robe de chambre, elle se sentit incapable de se reposer. La pièce était trop silencieuse, trop vide et les événements de la journée avaient mis ses nerfs à vif. Elle regretta d'avoir refusé de se joindre à son équipe pour le dîner.

Il était encore tôt. Trop tôt. Affronter une seconde nuit de solitude dans cette chambre d'hôtel lui parut au-dessus de ses forces. Elle trouverait sûrement un collègue avec qui prendre un verre ou dîner. Mais passer la soirée à ressasser les événements de la journée ne la tentait pas non plus. Elle voulait voir Londres. Oubliant sa fatigue, elle commença à s'habiller.

Il faisait froid dehors et la pluie qui avait menacé toute la journée avait laissé une humidité pénétrante. Elle ne portait qu'un pantalon, un chandail et une veste trop légère. Sans direction précise, elle se lança dans les rues. La circulation était dense et les émanations des pots d'échappement étouffantes. Big Ben sonna huit heures. Si elle comptait dîner, il lui fallait trouver rapidement un restaurant.

Le souvenir du voyage effectué douze ans auparavant lui revint. À l'époque, c'était en Rolls qu'elle s'était promenée dans Londres. Vêtue d'une robe d'organdi rose et ridiculement chapeautée, elle avait eu droit à une garden-party à Buckingham Palace. Mélinda avait été présentée à la reine. Olivia avait eu très envie de visiter la Tour de Londres mais sa mère avait jugé plus profitable pour son instruction de l'emmener à la National Gallery. L'enfant s'était arrêtée sagement devant chaque tableau, tout en regrettant de ne pas voir à quoi ressemblait l'intérieur d'un pub anglais.

Quelques années plus tard, Doug avait envisagé d'aller faire un tour à Londres. Ils étaient alors à l'université et faisaient d'innombrables projets. Trop pauvres pour mettre de côté l'argent nécessaire, ils avaient attendu et puis l'amour s'était enfui et les rêves aussi, par voie de conséquence. Olivia chassa ces pensées moroses. Elle était à Londres, libre de voir la Tour de Londres ou un pub, ou encore de prendre le métro. Mais il n'y avait personne avec qui partager cette aventure. Personne à qui...

— Liv !

Elle se retourna et buta sur Thorpe qui lui tendit la main pour l'empêcher de tomber.

— Tu es seule ? demanda-t-il sans sourire, tandis qu'elle le contemplait, désorientée.

— Oui, je... Oui, je voulais me promener un peu.

— Tu as l'air perdue.

Il la lâcha et enfonça les mains dans ses poches.

— Je réfléchissais.

Elle se remit à marcher. Il resta à sa hauteur.

— Tu es déjà venue à Londres ?

— Une fois, il y a longtemps. Et toi ?

— Dans ma jeunesse.

Ils marchèrent en silence quelques instants. La réserve inhabituelle de Thorpe surprenait Olivia. Elle attendit qu'il prît l'initiative.

— Il n'y a rien de nouveau sur les terroristes, dit-il enfin.

— Oui, je sais. J'ai passé l'après-midi à Scotland Yard. Ils ont peut-être agi seuls.

Thorpe haussa les épaules d'un air d'ignorance.

— Ils étaient armés d'un matériel très sophistiqué mais ne semblaient pas trop savoir s'en servir. Eux seuls sont morts, en tout cas.

— Quelle stupidité ! murmura Olivia en pensant aux quatre hommes qui avaient si brièvement tenu la vedette.

Le silence retomba tandis qu'ils marchaient dans le froid. Les réverbères s'étaient allumés. Ils passaient d'une tache de lumière à une zone obscure et ainsi de suite. Tout à coup, la main de Thorpe se posa sur l'épaule d'Olivia.

— C'est un miracle qu'aucun journaliste ni aucun spectateur n'ait été tué.

— Oui.

Elle n'avait visiblement pas l'intention de lui faciliter les choses. Thorpe poussa un soupir agacé.

— Ma réaction a été excessive ce matin. Je m'excuse mais j'ai oublié que tu faisais ton travail. J'ai simplement pensé que tu risquais de te faire tuer, et cela je ne le voulais pas.

Elle le regarda attentivement.

— Bon, d'accord, dit-elle après réflexion.

— D'accord à quoi ?

— L'explication me paraît raisonnable. Mais la prochaine fois que tu m'empêcheras de faire mon boulot, je te remettrai à ta place comme tu le mérites. Compris ?

— Compris, dit-il en lui rendant son sourire.

— As-tu dîné ? demanda-t-elle comme ils se remettaient à marcher.

— Non, j'ai dû attendre Donaldson qui ne m'a finalement rien appris de spécial.

— Tu as faim ?

Il lui jeta un regard interrogateur.

— C'est une invitation, Olivia ?

— Non, ce n'est qu'une question. Réponds par oui ou par non.

— Eh bien, oui.

— Il paraît qu'en pays étranger on doit se serrer les coudes entre collègues. Qu'en penses-tu ?

— J'aurais tendance à confirmer.

— Viens, Thorpe, dit-elle en lui prenant le bras. Je t'invite à dîner.

9

Ils trouvèrent une petite rôtisserie encombrée et bruyante et s'assirent dans un coin. Les clients, alignés côte à côte, formaient un mur le long du comptoir. Une odeur de viande grillée et d'huile de friture emplissait l'atmosphère. Des lampes fluorescentes jetaient une lumière crue.

— Très romantique, commenta-t-il. Très adapté à une soirée d'amoureux.

— Ce n'est pas une soirée d'amoureux, dit-elle en ôtant sa veste. Je vérifie une théorie. Tu devrais faire attention à ne pas la gâcher.

— La gâcher ? répéta-t-il avec un air innocent. Comment cela ?

Pour toute réponse, elle fronça les sourcils.

Sa commande transmise, Olivia s'installa confortablement sur sa chaise et regarda autour d'elle. Au comptoir, deux hommes discutaient avec passion de courses de chevaux. Le brouhaha constant des conversations couvrait le grésillement des viandes sur le feu. C'était exactement ce genre d'endroit qu'elle avait désiré découvrir douze ans plus tôt, lors de son premier séjour à Londres.

Thorpe l'observait en silence. La légère tristesse qu'il avait vue sur son visage en la rejoignant dans la rue avait disparu. À quoi pensait-elle alors ? Ou à qui ? Il ignorait encore trop de choses. Et il se passerait encore un bout de temps avant qu'elle ne le mette au courant.

— Qu'est-ce que tu regardes comme ça ? finit-il par demander.

— Londres, répondit-elle avec un sourire. Et je vois beaucoup plus de Londres ici qu'en visitant musées et monuments.

— Apparemment, ce que tu vois te plaît.

— Je regrette seulement que nous soyons obligés de partir demain matin. J'aurais bien aimé passer une journée de plus ici.

— Qu'aurais-tu voulu faire ?

Elle haussa les épaules.

— Oh, voir tout et tous. Prendre un bus à impériale. Manger des frites dans un cornet en papier.

— Aller à Covent Garden ?

Elle fit non de la tête.

— Je suis déjà allée à Covent Garden. Je préférerais me promener sur les quais.

Sa chope de bière à la main, Thorpe éclata de rire.

— Tu es déjà allée sur les quais de Londres, Olivia ?

— Non. Pourquoi ?

— Je ne te le conseille pas. Du moins, pas toute seule.

— Tu oublies de nouveau que je suis reporter.

— Les dockers pourraient aussi l'oublier, répondit-il.

— Bon, d'accord, fit-elle, légèrement contrariée. De toute façon, nous repartons demain.

— Quels sont tes projets à l'arrivée ?

— J'irai faire un tour au bureau et ensuite je dormirai jusqu'à la fin du week-end.

— Quand as-tu vu Washington pour la dernière fois ? demanda-t-il comme on leur apportait des côtes de porc grillées.

— Qu'est-ce que tu veux dire ? Je vois Washington tous les jours.

— Je veux dire, pour le plaisir. T'es-tu promenée en touriste ?

— Heu, sans doute… fit-elle en coupant un morceau de viande.

— Tu es allée au zoo ?

— J'ai fait un article sur…

Le voyant sourire, elle posa sa fourchette.

— Bon, où veux-tu en venir ?

— Au fait que tu ne te détends pas assez.

— En ce moment, je me détends, non ?

— Le temps manque pour que je te montre Londres, insista Thorpe. Mais je pourrais te montrer Washington…

Une petite alarme se déclencha dans la tête d'Olivia. Elle joua avec sa fourchette tout en pesant sa réponse.

— Je ne crois pas, finit-elle par dire.

— Pourquoi pas ? demanda-t-il avec un sourire.

— Je ne veux pas que tu te fasses des idées.

— Quelles idées ? demanda-t-il d'une voix placide.

Baissant les yeux sur les mains d'Olivia, il se souvint de ses doigts sur son visage tandis qu'il l'embrassait.

— Écoute, dit-elle en cherchant les mots adéquats. J'apprécie ta compagnie mais...

— Carmichael, tu m'accables de compliments.

— Mais, poursuivit-elle en lui jetant un regard agacé, je ne compte pas me lier sérieusement avec toi et je ne veux pas que tu te fasses des idées.

Ses mots lui paraissant peu aimables, elle prit la tangente.

— Nous pourrions être amis... d'une certaine façon.

— De quelle façon ?

— Thorpe, arrête, s'il te plaît !

— Liv, je suis reporter. Il me faut des informations plus précises.

Il lui décocha un sourire serein avant d'avaler une gorgée de bière.

— Eh bien, en tant que reporter, tu devrais avoir assez d'intuition pour comprendre ce que je veux dire.

Il se pencha vers elle et susurra :

— Je suis fou de toi, Carmichael.

— Tu es fou, un point, c'est tout, corrigea-t-elle en affectant d'ignorer ses battements de cœur précipités. Mais j'essaie de ne pas en tenir compte afin de ne pas nuire à nos relations. Maintenant, si tu acceptes de rester sur un plan amical...

— Quelle est ta définition d'un « plan amical » ?

— Thorpe, tu es insupportable !

— Liv, j'essaie seulement de comprendre. Si je n'ai pas les faits bien clairs dans ma tête, comment puis-je arriver à une conclusion viable ? Bon, selon moi, enchaîna-t-il en lui prenant la main, tu es prête à admettre que ma compagnie ne t'est pas trop désagréable. C'est exact ?

Olivia retira sa main.

— Jusque-là, oui, dit-elle avec circonspection.

— Et tu es d'accord pour faire un pas de plus et que nous soyons amis ?

— Amis, rien de plus.

Bien qu'elle se rendît compte qu'il la menait par le bout du nez, elle n'apercevait pas encore le piège.

— Des amis, rien de plus, acquiesça-t-il.

Il leva son bock et porta un toast.

— À la suite, alors.

— Quelle suite ?

Il se contenta de sourire par-dessus le bord de sa chope.

— Thorpe… gronda-t-elle.

— Ton dîner est en train de refroidir, fit-il remarquer en jetant un regard intéressé à l'assiette d'Olivia. Tu vas manger tout ça ?

Perdant le fil de la discussion, elle baissa les yeux sur ses côtes de porc.

— Pourquoi ?

— Je n'ai pas déjeuné.

Elle éclata de rire.

— Eh bien, moi non plus !

Lorsqu'ils sortirent, une pluie fine tombait. Olivia offrit son visage aux gouttes fraîches. Elle était contente que Thorpe l'ait retrouvée, contente d'avoir dîné en sa compagnie. Tant pis si c'était stupide. Et tant pis si c'était dangereux. Elle avait besoin d'une soirée gaie, de parler et de rire avec quelqu'un. De se sentir vivre. Si c'était grâce à Thorpe, elle n'allait pas se poser de questions.

Quelques heures de volées. Quelques heures pour oublier les promesses qu'elle s'était faites un jour. Ce soir, ces promesses ne lui étaient d'aucune utilité.

Ce soir, elle se sentait libérée du passé, libérée de l'avenir. L'instant présent avait son charme. Pourquoi le refuser ? Elle rit de bon cœur.

— À quoi penses-tu ? demanda Thorpe en la prenant dans ses bras.

— Je suis contente qu'il pleuve.

Sans cesser de rire, elle rejeta la tête en arrière. La bouche de Thorpe se plaqua sur la sienne. Jetant les bras autour de son cou, elle s'abandonna au plaisir de l'instant.

Il n'avait pas voulu l'embrasser. Seigneur non, il n'en avait pas eu l'intention. Mais lorsqu'elle avait éclaté de rire et rejeté la tête en arrière, ça avait été plus fort que lui. La pluie glissait sur ses joues, sur ses cheveux. Il la but sur ses lèvres.

Pour la première fois, il la sentait s'abandonner entièrement. Son désir se mua en embrasement. Ne voyait-elle pas combien il l'aimait, combien il avait besoin d'elle et ne pouvait-elle pas au moins avoir pitié ? Bon Dieu, il était prêt à se contenter de pitié si c'était tout ce qu'elle pouvait lui offrir. La pressant contre lui, il enfouit son visage dans le creux de son épaule.

Elle se dégagea et recula pour s'adosser à un réverbère. Pris d'une euphorie effrayante, son cœur palpitait frénétiquement. La vitesse et la violence avec lesquelles elle s'était embrasée la laissaient abasourdie. Et elle avait perçu en lui quelque chose, une sorte de désespoir qu'elle n'osait identifier.

— Thorpe, je...

Incapable d'admettre ce qui lui arrivait, elle secoua la tête.

— Je ne voulais pas... C'est arrivé malgré moi, acheva-t-elle lamentablement.

— Liv, fit-il en levant la main vers la joue d'Olivia.

— Non, s'il te plaît.

Elle ferma les yeux, déchirée par des élans contradictoires. Peut-être si elle parvenait à tout oublier, à effacer l'ardoise complètement, et ensuite... Mais non, impossible d'effacer ce qui s'était produit. Et elle ne se sentait pas de taille à recommencer.

— Je ne peux pas, murmura-t-elle en rouvrant les yeux.

Au lieu d'ôter la main de la joue d'Olivia, il la retourna et caressa la peau tendre du dos des doigts. La désirer plus aurait été impossible.

— Tu ne peux pas ou tu ne veux pas ?

— Je ne sais pas.

— Qu'est-ce que tu veux, Liv ?

— Ce soir, commença-t-elle en posant la main sur la sienne. Ce soir, sois seulement mon ami, Thorpe.

Ses yeux exprimaient une prière qu'il ne put ignorer.

Il la prit par les épaules.

— Ce soir, Liv, je serai ton ami. Mais je ne ferai aucune promesse pour demain.

— D'accord.

Sentant la tension la quitter, elle lui sourit.

— Tu m'offres un verre ? Ça fait douze ans que j'ai envie de voir l'intérieur d'un pub londonien.

Il la lâcha et elle sentit au léger tremblement de sa main quels efforts cela lui coûtait.

— Je connais un endroit à Soho... s'il existe toujours.

— Allons voir, dit-elle en glissant son bras sous le sien.

Il existait toujours, seulement un peu plus crasseux que sept ans auparavant. Lorsqu'il poussa la porte et sentit l'odeur de bière aigre et de tabac froid, Thorpe se demanda si on avait aéré la salle depuis sa dernière visite.

— C'est parfait ! s'écria Olivia dans le nuage de fumée. Prenons une table.

Ils en trouvèrent une dans un coin. Olivia s'assit, le dos au mur. Les clients étaient pour la plupart debout, devant le comptoir. Des habitués, déduisit-elle de leurs attitudes familières. Plus loin, quelqu'un jouait du piano avec plus d'enthousiasme que de talent. Des voix l'accompagnaient, chacune à son rythme.

La serveuse s'approcha à contrecœur des nouveaux venus.

— Quèqu'vous prendrez ? demanda-t-elle en leur jetant un regard soupçonneux.

— Un verre de vin blanc pour la dame, répondit Thorpe. Et moi, je prendrai une bière.

— Ooooh, des Américains, s'écria-t-elle, tout à fait rassérénée. Vous visitez la ville ?

— Exactement.

Elle lâcha un rire bref et regagna le comptoir.

— Nous v'là avec deux Américains, Jake, annonça-t-elle au barman. Faut s'donner un peu d'mal.

— Comment as-tu découvert cet endroit ? murmura Olivia en riant.

— J'étais en mission ici il y a quelques années, dit-il en allumant une cigarette. Un attaché de l'ambassade américaine s'était pris pour un maître espion. Il avait choisi ce pub comme lieu de rendez-vous.

— Un vrai roman, s'esclaffa-t-elle. Qu'est-ce qu'il en est sorti finalement ?

— Rien de rien.

Déçue, elle secoua la tête.

— Oh, voyons, Thorpe ! Invente quelque chose au moins.

— Comment j'ai infiltré à moi tout seul un réseau d'espionnage international et comment j'ai lâché toute l'histoire aux informations de six heures ?

— C'est bien meilleur, approuva-t-elle.

— Et voilà, mes poulets, fit la serveuse en leur apportant les verres. Sifflez si vous voulez aut'chose.

— Tu sais, reprit Olivia lorsqu'ils furent à nouveau seuls. Tu colles très bien à l'image.

— L'image ?

— Le journaliste coriace que rien ne démonte. L'imperméable un peu froissé, la figure burinée, l'air désabusé. Debout devant un bâtiment officiel ou un bouge sordide, micro en main, sous une pluie battante. Il faut qu'il pleuve.

— Je n'ai pas d'imperméable, signala-t-il.

— Ne gâche pas tout.

— Même pour tes beaux yeux, je ne vais pas me mettre à faire des reportages en imperméable.

— Je suis effondrée.

— Et moi, fasciné.

— Ah bon ? Par quoi ?

— Par l'image que tu te fais d'un reporter assurant un direct.

— C'était l'image que je m'en faisais avant d'entrer en lice, reconnut-elle. Je me voyais donnant des rendez-vous à des personnages douteux dans des bars malfamés et lâchant à l'antenne des scoops stupéfiants avant l'heure du petit déjeuner. Une succession de gros titres jour après jour. L'aventure, l'excitation, l'action...

— Pas de paperasserie, pas d'attente interminable pour rien, pas de limite au temps d'antenne.

Il but une gorgée de bière tout en l'observant. Comment pouvait-elle rester aussi ravissante après une aussi longue journée ?

Elle éclata de rire.

— C'est tout à fait ça. J'ai commencé à apercevoir la réalité à l'université mais en conservant cette image de gloire et d'aventure ; je l'ai gardée jusqu'à ce que j'aie eu à couvrir mon premier homicide... C'est le genre de choses qui vous remet les pieds sur terre. Tu t'y es habitué, Thorpe ?

— On ne s'y habitue pas. Mais on supporte.

Hochant la tête, elle écarta ces pensées moroses. Le piano jouait une ballade mélancolique.

— Tu écris vraiment un roman ?

— J'ai dit ça ?

Elle sourit par-dessus le bord de son verre.

— Oui, tu l'as dit. Quel en est le sujet ?

— La corruption en politique, bien sûr. Et le tien ?

— Je n'en ai pas.

Elle lui jeta un regard malicieux qui le troubla.

— En fait, commença-t-elle. Heu... est-ce qu'on peut te faire confiance, Thorpe ?

— Non.

Elle rit.

— Non, bien sûr, mais je vais te le dire quand même... Entre nous, ajouta-t-elle.

— D'accord, entre nous.

— Quand j'étais à l'université et que je manquais d'argent, j'ai écrit pendant mes heures de loisirs.

Il se demanda comment elle avait pu manquer d'argent avec une famille aussi fortunée mais s'abstint de poser la question.

— Quel genre ?

— Quelques articles pour *Mon histoire vraie*.

Il faillit s'étrangler sur une gorgée de bière.

— Tu te moques de moi ? Ce journal où les gens se confessent ?

— Ne prends pas cet air condescendant. J'avais besoin d'argent. Et, d'ailleurs, ce n'était pas mauvais du tout.

Il lui jeta un regard incrédule.

— C'est vrai ?

— De la pure fiction.

— J'aimerais les lire… à titre de curiosité, c'est tout.

— Pas question.

La foule devenant plus bruyante, elle leva les yeux.

— Et toi, qu'as-tu fait dans ta folle jeunesse ?

— Je tenais un carnet de route.

La dispute de deux joueurs de fléchettes le fit se retourner.

— Ah, déjà journaliste !

— Et je draguais les filles.

— Cela va sans dire.

Les deux hommes s'invectivaient, nez à nez, tandis que les autres clients choisissaient leur camp avec allégresse. Thorpe sortit son portefeuille.

— On ne va pas partir ? demanda-t-elle.

— Les choses vont s'envenimer d'ici une minute.

— Je vois bien mais je voudrais regarder. Qui choisis-tu ? Celui avec le chapeau ou celui avec la moustache ?

— Liv, quand as-tu été mêlée pour la dernière fois à une rixe dans un bar ?

— Il n'y a pas de quoi s'affoler, Thorpe. Je parie sur le type au chapeau. Il est plus petit mais il a l'air plus nerveux.

Elle n'avait pas fini de parler que le moustachu lançait son premier coup de poing. Thorpe lâcha un soupir résigné et se renfonça dans son siège. À présent, Olivia serait plus en sécurité en restant là où elle était.

Les clients s'adossaient au comptoir, leurs verres à la main, et criaient des encouragements. Olivia sursauta lorsque son poulain reçut un coup de poing dans l'estomac. Les spectateurs sortaient des billets pour parier sur l'issue du combat. Le barman continuait à essuyer ses verres. Les deux hommes s'empoignèrent furieusement avant de s'écrouler sur le sol.

Thorpe les regarda lutter sauvagement. Une chaise fut renversée. Un homme s'écarta en levant son verre pour le mettre hors de portée. Des cris d'encouragements et des conseils fusèrent de toute la salle.

L'intuition d'Olivia s'avéra juste. L'homme au chapeau était glissant comme une anguille. Cravatant son adversaire pourtant plus costaud, il le somma de s'avouer vaincu. À demi asphyxié, écarlate, l'autre finit par s'exécuter.

— Tu veux un second verre ? demanda Thorpe comme le calme revenait.

— Hum ?

Elle reporta sur lui son attention et, remarquant son expression sévère, ne put retenir un sourire.

— Tu ne trouves pas que ce genre de chose pourrait faire un bon article ?

— Si tu traites des bagarres de bistrot, pourquoi pas ? Tu me surprends beaucoup, Olivia.

— Pourquoi ? Parce que je n'ai pas poussé des cris en me cachant les yeux ? demanda-t-elle en faisant signe à la serveuse. Thorpe, ils n'ont fait que se tabasser et se donner de quoi parler pendant les deux soirées à venir. C'est tout. On trouve plus de violence dans une salle de rédaction.

— Tu es solide, Carmichael, dit-il en portant un toast.

Flattée, elle trinqua avec lui.

— Merci, Thorpe.

Une heure du matin sonnait lorsqu'ils sortirent du pub. La pluie continuait à tomber avec obstination, scintillant dans les flaques sous les réverbères. Réchauffée par l'alcool, Olivia se sentait habitée par une sorte d'euphorie.

— Tu sais, commença-t-elle tandis qu'ils marchaient lentement dans Soho, lors de mon premier séjour à Londres, j'ai visité quantité de monuments et de musées, je suis allée à des thés et au théâtre. Mais j'ai l'impression d'en avoir vu plus ce soir que durant toute une semaine à cette époque.

Lorsqu'il prit sa main, elle n'émit aucune objection. Marcher avec lui aux premières heures du matin sous cette bruine persistante lui semblait très naturel.

— Quand j'ai quitté l'hôtel hier soir, je me sentais fatiguée et déprimée. Énervée. Je suis contente que tu m'aies retrouvée.

— Je voulais être avec toi, dit-il simplement.

Par prudence, Olivia évita de relever cette déclaration.

— Je suis contente que nous rentrions au milieu du week-end, reprit-elle. Une mission comme celle-ci est épuisante, surtout après la surprise de ce matin.

— Ce n'était pas tellement une surprise.

Elle lui jeta un regard inquisiteur.

— Tu veux dire que tu t'attendais à quelque chose de ce genre ?

— Disons que j'avais un pressentiment.

— Eh bien, tu aurais pu le partager avec nous, s'écria-t-elle avec une pointe d'exaspération. Après tout, c'était ton boulot.

— J'étais chargé de transmettre des informations. Pas des pressentiments. Mais toi, Carmichael, tu aurais dû repérer les indices... tu as des gouttes de pluie sur les cils.

— Ne change pas de sujet.

— Et ton maquillage a disparu.

— Thorpe...

— Tes cheveux sont mouillés.

Avec un soupir, Olivia renonça.

— Fatiguée ? demanda-t-il comme ils entraient dans l'hôtel.

— Non... Pourtant, Dieu sait que je le devrais, dit-elle en riant.

— Tu veux aller prendre un dernier verre au bar ?

— Non. Je veux avoir la tête claire demain. Il faut que je passe à Scotland Yard avant de partir. Tu as des relations là-bas, Thorpe ?

Ils entrèrent dans l'ascenseur. Thorpe appuya sur le bouton de leur étage.

— À toi de t'en faire.

— Je croyais que ton territoire, c'était Washington.

— Quand j'y suis, dit-il en la suivant dans le couloir.

— Ça veut dire que tu y connais quelqu'un, remarqua-t-elle d'un ton soupçonneux.

— Je n'ai pas dit ça. De toute façon, à partir de maintenant c'est notre correspondant à Londres qui va prendre la suite.

Comprenant qu'elle était dans une impasse, Olivia introduisit sa clé dans la serrure.

— C'est malheureusement vrai. Ça me déplaît de ne pas pouvoir suivre cette histoire.

Elle se tourna vers lui et lui sourit.

— Merci de m'avoir tenu compagnie.

Sans répondre, il lui prit la main et la leva à ses lèvres. Elle frémit et tenta de se dégager. Il la retint et déposa un baiser sur la paume ouverte.

— Thorpe, murmura-t-elle en reculant, la main toujours prisonnière. Nous nous étions mis d'accord pour être amis.

Bouleversé par le son rauque de sa voix, il la regarda dans les yeux.

— Nous sommes demain, dit-il. Je n'ai fait aucune promesse pour le lendemain.

Posant la main sur son épaule, il la poussa doucement à l'intérieur de la chambre.

Puis il la reprit dans ses bras. Lentement, il suivit des doigts son cou mince. Ses yeux rivés aux siens, il dessina le contour de ses oreilles, de ses pommettes, de ses lèvres. À ce contact, elles tremblèrent un peu mais aucun son n'en sortit. Avec la même lenteur, sa bouche suivit le trajet parcouru par ses doigts. Sans insistance ni exigence.

Lorsqu'il glissa les mains sous le chandail d'Olivia, elle ne tenta pas de résister. L'effleurant à peine, il remonta sur ses flancs puis redescendit. Elle frissonna de tout son corps. Il approfondit son baiser, lentement, tendrement.

Olivia ne résistait pas. Comme si elle avait déjà trop à faire avec un conflit intérieur pour se débattre. Ses seins se dressaient sous la paume qui les caressait. Un gémissement lui échappa.

Son instinct soufflait à Thorpe qu'il devait la traiter avec tendresse et patience. Pourtant son désir s'accroissait. Ses frémissements le bouleversaient. Mais il lui fallait plus. Il désirait qu'elle le caresse, qu'elle le réclame. Il la voulait maintenant. Sa bouche se fit plus exigeante. Il savait qu'elle luttait davantage contre elle-même que contre lui. Sa respiration était haletante, son corps se pliait au sien mais il restait un mur mince contre lequel il butait.

Lentement, il dégrafa la ceinture et glissa sa main sur le ventre d'Olivia. L'incroyable douceur de sa peau le bouleversa. Elle se pressa contre lui convulsivement. Son corps entier revenait à la vie et sa bouche se faisait avide. Puis, soudain, elle le repoussa et recula contre la porte en secouant la tête frénétiquement.

— Non, ne fais pas ça.

— Liv, supplia-t-il en la reprenant dans ses bras. Je ne te ferai pas mal. De quoi as-tu peur ?

Être si près d'obtenir ce qu'il avait si longtemps désiré et se faire rejeter…

— Je n'ai peur de rien, protesta-t-elle d'une voix sèche. Je veux que tu t'en ailles. Que tu me laisses.

La colère le prenant, il raffermit son étreinte.

— Tu parles !

Furieux et déçu à la fois, il s'empara avidement de sa bouche. Elle eut beau tenter de protester, ses lèvres réagissaient déjà.

— Maintenant, regarde-moi, dit-il en l'écartant. Regarde-moi et dis-moi que tu ne veux pas de moi.

Elle ouvrit la bouche mais le mensonge refusa de sortir. Elle ne put que le regarder. Tout courage l'avait désertée. Elle se retrouvait totalement sans défense.

— Et puis merde ! marmonna-t-il abruptement.

Il la repoussa et sortit en claquant la porte.

10

Le lundi suivant, Olivia se rendit au bureau, l'esprit serein. Elle avait passé le reste du week-end à réfléchir à ses relations avec Thorpe. Le mot relations ne lui plaisait d'ailleurs pas. Il impliquait quelque chose de personnel qui ne convenait pas. Situation était préférable.

En conclusion, elle avait décidé d'éviter les complications. Il était vrai qu'elle avait trouvé la compagnie de Thorpe plus agréable qu'elle ne l'avait imaginé. C'était un homme séduisant et amusant. Ce dernier terme la surprenait car jamais auparavant elle n'aurait supposé qu'il puisse l'être. Pourtant, on ne s'ennuyait jamais avec lui. À quoi s'ajoutait une gentillesse confondante.

Les circonstances de sa vie avaient rendu Olivia prudente. Mais elle était aussi honnête. Elle savait que la femme froide et réservée qui donnait les informations de 5 h 30 n'était qu'un masque derrière lequel sa sensibilité s'abritait. Thorpe avait bien failli découvrir sa véritable personnalité mais l'expérience avait rendu Olivia plus forte qu'il ne le pensait. Si elle voulait garder sous clé cette partie d'elle-même, elle y parviendrait. C'était aussi simple que ça. Du moins s'en était-elle convaincue.

Ce n'était pas parce qu'on était physiquement attiré par quelqu'un qu'il fallait tomber dans le piège d'une relation amoureuse. Elle n'avait aucune intention de se lier à Thorpe. Le travail les contraindrait à se rencontrer de temps à autre et peut-être même accepterait-elle de prendre un verre avec lui, à l'occasion. Le moment était venu de ramasser les débris de sa vie privée. De sortir, de s'amuser. On ne pouvait porter le deuil éternellement. Mais elle éviterait de se retrouver seule avec Thorpe. Il ne fallait pas sous-estimer cet homme.

Ce pari stupide était une erreur, qu'elle n'avait commise que par amour-propre. Pour le plaisir de gagner, un type comme Thorpe était prêt à tout et n'importe quoi. Elle aurait dû ignorer tout simplement ses propos stupides sur le mariage.

Le souvenir de son sourire satisfait lorsqu'elle avait relevé le pari continuait à la hanter. On aurait dit un chat qui sait comment ouvrir tout seul la porte de la volière.

Mais je ne suis pas un canari, se dit-elle en entrant dans la salle de rédaction. Et je n'ai pas peur des chats.

La salle de rédaction était, comme d'habitude, animée et bruyante. Les téléphones sonnaient sans arrêt. Seuls les écrans qui couvraient tout un mur étaient silencieux. Les stagiaires s'affairaient. Le chef d'édition discutait avec un reporter de son temps d'antenne. Deux techniciens franchissaient la porte, portant matériel et tasses de café.

— Combien de chatons ? s'écriait un journaliste au téléphone. Et elle les a eus où ?

— Liv ? appela le chef de rédaction adjoint. Le maire donne une conférence de presse à 2 heures. C'est pour toi.

Il lui fourra une feuille de papier dans la main et s'éloigna.

— Merci.

Elle y jeta un œil. Bon. Cela lui laisserait le temps de passer les deux millions de coups de téléphone nécessaires.

— Qui veut un chaton ? entendit-elle en traversant la pièce. Ma chatte vient tout juste d'en avoir dix dans l'évier de la cuisine. Ma femme est au bord de la crise de nerfs.

— Hé, Liv ? fit Brian comme elle passait devant son bureau. Il y a eu déjà deux coups de fil pour toi ce matin.

— Ah bon ?

Elle jeta un regard critique sur sa veste.

— Un nouveau costume ?

— Oui, fit-il en tirant sur les revers gris perle. Qu'est-ce que tu en penses ?

— Bouleversant. Et ces coups de fil ?

— Je me demandais si les épaules tombaient bien, dit-il en tirant sur les manches. Le premier était de la secrétaire de Mme Ditmyer. Elle voulait prendre date pour un déjeuner. Le second d'un individu nommé Dutch Siedel. Il a dit qu'il avait quelque chose pour toi.

— C'est vrai ? fit-elle, intéressée.

Dutch, un jeune employé qui nourrissait de hautes ambitions politiques, était sa seule source d'informations fiable au Capitole.

— Qui c'est, ce Dutch ?

— C'est le type qui prend mes paris aux courses, répondit-elle avec un sourire mystérieux en s'éloignant.

— Tu es une femme pleine de surprises, hein ? Et qui est le gommeux qui continue à t'envoyer des fleurs ?

La question l'arrêta net.

— Quelles fleurs ?

Brian examina ses ongles.

— Il y a une rose blanche sur ton bureau, comme la semaine dernière. Selon le petit stagiaire aux cheveux frisés, ça vient d'en haut... La visite de Thorpe au studio la semaine dernière a déclenché la curiosité, reprit-il avec un regard narquois. Vous collaborez sur un gros coup ?

— Nous ne collaborons sur rien du tout.

Olivia tourna les talons et gagna son bureau.

Elle était là. Une petite rose blanche et innocente avec ses pétales bien refermés. Olivia eut du mal à ne pas l'écraser dans sa main.

— Personne ne m'envoie jamais de fleurs.

Olivia se retourna vers la femme qui tapait à la machine derrière elle.

— C'est sans doute un romantique, dit celle-ci avec un soupir envieux. T'en as de la chance.

— Ouais, j'en ai de la chance, marmonna Olivia.

Où voulait-il en venir, bon sang ? Elle s'aperçut soudain qu'un silence inhabituel régnait dans la salle. Un rapide tour d'horizon lui révéla des regards curieux et des sourires entendus. Furieuse, elle s'empara du vase et le planta sur le bureau de sa voisine.

— Tiens, c'est pour toi ! s'écria-t-elle en quittant la pièce à grands pas énergiques.

Quelques rires la suivirent. Il était vraiment temps de mettre les choses au point.

Elle bondit hors de l'ascenseur dès qu'il s'immobilisa à l'étage de Thorpe et fonça vers le bureau de la réceptionniste.

— Il est là ? demanda-t-elle.

— Qui ?

— Thorpe.

— Heu, oui, il est là, mais il a rendez-vous avec le chef du personnel dans vingt minutes… Mademoiselle Carmichael !

Elle se leva pour suivre des yeux Olivia qui avait repris sa course.

— Oh, et puis flûte ! lâcha-t-elle en retournant à sa machine à écrire.

— Écoute ! commença Olivia avant que la porte ait claqué derrière elle. Il faut que ça cesse.

Haussant les sourcils, Thorpe posa son stylo.

— Très bien.

Cette réponse placide lui fit serrer les dents.

— Tu sais de quoi je parle.

— Non. Mais je suis sûr que tu vas me le dire. Assieds-toi, dit-il en désignant un siège.

Elle fit semblant de ne pas le voir et s'approcha du bureau.

— Cette rose ! C'est très gênant, Thorpe. Tu le fais exprès.

— Les roses te gênent ? demanda-t-il avec un sourire exaspérant. Tu préférerais des œillets ?

— Arrête, bon sang !

Elle posa les mains à plat sur le bureau, adoptant sans s'en rendre compte l'attitude qu'elle avait prise lorsqu'elle était entrée pour la première fois dans cette pièce.

— Ça ne marche pas avec moi, ce sourire en coin et cet air d'enfant de chœur. Tu sais très bien ce que tu fais. Tu cherches à me rendre folle !

Elle s'arrêta le temps de reprendre souffle ; il s'appuya sur son dossier.

— Tu sais à quelle vitesse les ragots circulent dans cette boîte. Avant midi, toute la salle de rédaction racontera qu'il y a quelque chose entre toi et moi.

— Eh bien ?

— Il n'y a *rien* entre toi et moi. Il n'y a jamais rien eu et il n'y aura jamais rien. Je ne veux pas que mes collègues puissent penser autre chose.

Thorpe reprit son stylo et tapota sur le bureau.

— Tu crains que cela ne nuise à ta crédibilité ?

— Ça n'a rien à voir avec ça, dit-elle en lui arrachant le stylo des mains pour le jeter de l'autre côté de la pièce. Il n'y a rien, rien, rien entre toi et moi. Un point, c'est tout.

— Voyons, Liv, protesta-t-il gentiment. Ouvre les yeux.

— Écoute...

— Non, écoute, toi.

Il se leva et s'approcha d'elle. Elle se redressa pour lui faire face.

— Il y a seulement deux jours tu m'embrassais.

— Ça n'a rien...

— Tais-toi. Je sais très bien ce que tu éprouvais alors et, si tu crois pouvoir prétendre le contraire, tu es stupide.

— Je ne prétends rien.

— Ah bon ? fit-il avec un haussement d'épaules dubitatif. Dans ce cas, je ne vois pas en quoi l'envoi d'une modeste rose peut te mettre dans cet état. Si tu veux que je te donne de quoi réellement t'offenser, dis-le. Je suis à ton service.

Il la prit dans ses bras. Pour la première fois, Olivia remarqua la lueur de colère dans ses yeux. Elle s'interdit de se débattre. Ce serait humiliant, il était plus fort qu'elle. Elle redressa le menton, l'air méprisant.

— Je ne doute pas que tu puisses te montrer offensant, Thorpe.

— Effectivement. Je suis un peu à court de temps, sinon je t'aurais fait une démonstration. Nous pouvons remettre ça au dîner, ce soir.

— Je ne dînerai pas avec toi, ce soir.

— Je viendrai te chercher à 7 h 30.

Il la lâcha et ramassa sa veste.

— Non.

— Je suis désolé mais je suis pris jusqu'à 7 h 15, dit-il en lui jetant un bref baiser. Si nous avons des choses à nous dire, il vaut mieux que ce soit en privé, non ?

Il avait marqué un point. Et la chaleur de ses lèvres imprégnait encore celles d'Olivia.

— Tu écouteras ce que j'ai à te dire ? demanda-t-elle d'un ton méfiant.

— Bien sûr.

Il s'inclina et lui octroya un second baiser. Elle recula.

— Et tu te comporteras raisonnablement ?

— Bien entendu, dit-il en enfilant sa veste.

Cet acquiescement trop facile n'était guère rassurant. Elle chercha en vain une objection.

— Il faut que je m'en aille, dit-il. Je te raccompagne jusqu'à l'ascenseur.

Tout en le suivant dans le couloir, Olivia se demandait si elle avait marqué ou perdu un point. Match nul, probablement.

Debout devant la porte de l'appartement d'Olivia, Thorpe hésitait. Ses propres motivations lui échappaient. Il n'avait pas l'habitude des rebuffades, encore moins venant d'une femme. Que ce fût dans sa vie privée ou dans sa vie professionnelle, il n'avait rencontré que des succès. Ceux de sa vie professionnelle, il les avait mérités en travaillant dur. Ceux de la vie privée étaient venus sans effort de sa part. Jamais il n'avait eu à consacrer des heures à une cour assidue, avec sourires enjôleurs et attentes interminables. D'habitude, les femmes lui tombaient dans les bras, et le choix s'était élargi en même temps que sa notoriété s'accroissait.

Pour se trouver une compagne d'un soir, il lui suffisait de décrocher son téléphone. Il connaissait des quantités de femmes intéressantes, très belles, célèbres même. Le blanc-bec qui traînait ses culottes devant le club-house des sénateurs avait fait du chemin.

Néanmoins, deux choses n'avaient pas changé. Il était toujours résolu à être le meilleur dans son domaine et, lorsqu'il désirait quelque chose, rien ne le détournait de son objectif. Enfonçant les mains dans ses poches, il jeta un regard perplexe à la porte d'Olivia. Était-ce ce goût de réussir à tout prix qui l'avait amené là ?

Ce n'était pas aussi simple que ça. Seul sur ce palier obscur, il pouvait voir son visage, entendre sa voix, sentir son parfum. Jamais il n'avait pu évoquer une femme aussi fidèlement en son absence. Jamais il n'avait souffert à l'idée d'attendre qu'une femme voulût bien de lui. Olivia représentait un défi, soit, et il aimait les défis. Mais cela n'expliquait pas sa présence devant cette porte fermée. Il l'aimait. Il la voulait. Et il était décidé à l'avoir. Il appuya sur la sonnette et attendit.

Olivia portait son manteau sur le bras lorsqu'elle ouvrit. Elle n'avait pas l'intention de le laisser entrer. Tant qu'à sortir avec lui, cela se passerait dans un restaurant où elle ne risquerait pas de répéter les trop nombreuses erreurs déjà commises.

— Je suis prête, dit-elle de son ton le plus froid.

— C'est ce que je vois, dit-il sans bouger tandis qu'elle refermait la porte derrière elle.

Comme il ne se décidait pas à reculer, il lui fallait soit le pousser, soit rester immobile. Elle opta pour la seconde solution. Il était venu tout de suite après son émission, qu'Olivia avait regardée – bien qu'elle n'eût pas l'intention de l'avouer. Il avait ôté sa cravate, déboutonné le premier bouton de sa chemise et paraissait aussi décontracté qu'elle était tendue.

— Tu es toujours en colère, ne put-il s'empêcher de remarquer.

Il ignorait laquelle de ses expressions il préférait, de la sincérité grave qu'elle manifestait à l'écran ou de l'exaspération contenue qu'il lui voyait si souvent.

Ce n'était pas tout à fait exact. Olivia n'était pas fâchée mais nerveuse, et furieuse contre elle-même et ses réactions imprévisibles. Car, déjà, elle avait du mal à ne pas sourire.

— Je pensais que nous allions mettre les choses au point tout en dînant, Thorpe. Pas dans le couloir de mon immeuble.

— Tu as faim ?

Ses lèvres la trahirent. Elle sourit malgré elle.

— Oui.

— Tu aimes la cuisine italienne ? demanda-t-il en lui prenant la main pour l'entraîner vers l'ascenseur.

— Oui, beaucoup.

Elle tenta de dégager sa main mais il fit semblant de ne pas le remarquer et tint bon.

— Très bien. Je connais un petit endroit où les spaghettis sont fantastiques.

— Parfait.

Vingt minutes plus tard, ils s'arrêtaient devant « le petit endroit » qui n'était autre que le grand immeuble blanc du Watergate.

— Qu'est-ce qu'on fait là ? demanda-t-elle.

— On va dîner.

Il gara sa voiture et se pencha pour lui ouvrir sa portière. Elle descendit et attendit.

— Il n'y a pas de restaurant italien au Watergate.

— Non, fit-il en lui reprenant la main et en la guidant vers la porte d'entrée.

Les soupçons d'Olivia s'accrurent.

— Tu as dit que nous irions dans un restaurant italien.

— Non, j'ai dit que nous allions manger des spaghettis.

Ils traversèrent le vestibule et Thorpe appuya sur le bouton de l'ascenseur.

— Où ça ? fit-elle, de plus en plus inquiète.

— Chez moi, répondit-il tout en la poussant dans l'ascenseur.

— Oh, non, protesta-t-elle trop tard, la cabine commençant à s'élever. J'ai accepté de dîner avec toi pour pouvoir discuter mais je...

— C'est difficile de parler sérieusement dans le brouhaha d'un restaurant, tu ne trouves pas ? remarqua-t-il comme la porte s'ouvrait. Et j'ai l'impression que tu as beaucoup de choses à dire.

Il ouvrit sa porte et lui fit signe d'entrer.

— Oui, mais...

L'odeur d'une sauce bien épicée l'accueillit. Elle franchit le seuil.

— Qui a fait la cuisine ?

— C'est moi.

Il la débarrassa de sa veste et ôta la sienne.

— Non, je ne te crois pas, dit-elle en lui jetant un regard soupçonneux.

Comment un homme aux paumes calleuses, au regard intelligent et à l'allure aussi distinguée, pouvait-il s'affairer autour de casseroles ?

— Que tu es sectaire !

Il lui vola un baiser rapide avant qu'elle ait pu s'écarter.

— Ce n'est pas ce que je voulais dire, balbutia-t-elle, troublée autant par le baiser que par l'odeur appétissante qui sortait de la cuisine. Je connais des tas d'hommes qui font la cuisine mais...

— Mais tu ne m'en croyais pas capable.

Il éclata de rire tout en gardant les mains sur les bras d'Olivia. Sa peau était trop douce pour qu'il pût résister.

— Je suis gourmand et j'en ai marre des restaurants. En outre, j'ai appris dès l'enfance. Ma mère travaillait et c'est moi qui préparais les repas.

Ses mains lui caressaient les bras ; elle sentit son pouls s'accélérer. Les paumes rêches sur cette peau satinée éveillaient des sensations érotiques chez l'un comme chez l'autre.

— Arrête, murmura-t-elle, effrayée à l'idée de ne pouvoir s'empêcher de franchir le pas suivant, se jeter dans ses bras.

— Arrêter quoi, Liv ?

La vue du désir qu'il voyait s'éveiller chez elle embrasait ses sens.

— Ne me touche pas comme ça.

Thorpe garda le silence trente secondes puis laissa retomber les bras.

— Tu es efficace dans une cuisine ?

Elle sentit le sol se raffermir sous ses pieds.

— Pas vraiment.

— Peux-tu préparer une salade ?

Pourquoi s'en tirait-il aussi facilement ? se demandait-elle, agacée. Il affichait un sourire serein tandis que les genoux d'Olivia tremblaient encore.

— Oui, si tu me donnes les instructions.

— Je vais tout t'expliquer, dit-il en lui prenant le bras amicalement, ce qui la fit néanmoins frémir. Viens me donner un coup de main.

— C'est ton habitude d'inviter des femmes pour les mettre au boulot à peine arrivées ?

S'accorder à son humeur badine l'aiderait à oublier cet instant de faiblesse.

— Toujours.

La cuisine fut une vraie surprise. Des petits paniers métalliques contenant ail, oignons et pommes de terre étaient suspendus près de la fenêtre et une rangée de crochets soutenaient des casseroles en cuivre. Une batterie d'ustensiles, dont certains lui étaient inconnus, étaient accrochés au mur, tous à portée de main, que l'on se trouvât devant le fourneau ou devant le plan de travail. Des bocaux en verre laissaient voir des légumes secs et des pâtes de couleurs et formes variées. En comparaison, la cuisine d'Olivia était désertique. Celle-ci était le royaume de quelqu'un qui non seulement savait préparer de bons petits plats mais en plus aimait cela.

— Je vois que tu cuisines vraiment, s'émerveilla-t-elle.

— Ça me détend, comme de ramer. Ces deux activités demandent efforts et concentration.

Il déboucha une bouteille de bourgogne pour laisser le vin s'aérer quelques instants. La cocotte d'où s'exhalait le parfum appétissant attira Olivia.

— Quand as-tu eu le temps de préparer ça ?

— Ce matin, avant de partir, dit-il en soulevant le couvercle.

— Tu es terriblement sûr de toi, remarqua-t-elle, agacée par son sourire satisfait.

Elle n'en revenait pas de constater comme il arrivait à l'irriter aussi souvent en si peu de temps. Thorpe plongea une cuillère en bois dans le liquide épais et frémissant.

— Tiens, goûte.

La faim l'emportant sur la colère, elle ouvrit la bouche.

— Oh, fit-elle comme la saveur délicieuse réveillait ses papilles. C'est immoral.

— Les meilleures choses le sont souvent, dit-il en remettant en place le couvercle. Je vais m'occuper des pâtes et du pain, et toi, de la salade.

Il remplissait déjà une casserole d'eau. Olivia hésita. Le goût épicé de la sauce comblait encore ses papilles. Rien, décida-t-elle, ne l'empêcherait de goûter à ces spaghettis fabuleux.

— Tout est dans le réfrigérateur, ajouta-t-il.

Elle repéra les légumes frais et alla les déposer dans l'évier.

— Il me faudrait un saladier.

— Second placard au-dessus de ta tête.

Il saupoudra l'eau de sel et alluma le brûleur sous la casserole.

Elle fouilla le placard tandis qu'il coupait le pain. Il s'arrêtait de temps à autre pour l'observer, dressée sur la pointe des pieds, la robe voletant au rythme de ses efforts. Puis en train d'éplucher un poivron vert sous le jet de l'évier, ses mains glissant sur la peau lisse du légume. Elle avait de jolis ongles, soignés, au vernis incolore. Son maquillage était toujours discret, de même que ses vêtements. Était-ce pour se démarquer de sa sœur et de ses tenues flamboyantes ou bien était-ce une question de goût personnel ?

Olivia posa les légumes lavés sur la planche à découper. Il lui tendit un verre de vin.

— Tout travail mérite sa récompense.

Le regard de Thorpe la fixait sans ciller. Elle ne put faire autrement que de tremper ses lèvres.

— Merci, balbutia-t-elle.

— Il te plaît ? D'habitude, tu prends du vin blanc.

Il leva le verre et but une gorgée.

— Il est bon, répondit-elle en examinant les couteaux que proposait un panneau de bois.

Il en choisit un pour elle et le détacha.

— Attention, il est bien aiguisé. Sois prudente.

— J'essaie, acquiesça-t-elle avant de se mettre au travail.

Elle l'entendait bouger derrière elle, verser les pâtes dans l'eau bouillante, disposer le pain dans le four. Sa proximité la troublait, réveillant tous ses sens. Le temps de préparer la salade, ses nerfs étaient à vif. Elle prit le verre de vin qu'il avait laissé à côté d'elle et but avidement. Calme-toi, s'ordonna-t-elle, sinon tu vas oublier pourquoi tu es venue.

— C'est prêt ? demanda-t-il en posant les mains sur ses épaules.

Elle se retint à grand-peine de sauter en l'air.

— Oui, tout est fait.

— Parfait. Eh bien, commençons.

Une petite table était dressée sur une estrade séparée du salon par quelques marches et une rambarde en fer forgé. Malgré la vue magnifique sur la ville qu'offrait la fenêtre, le coin avait un air intime. Des bougies de tailles et de formes différentes répandaient dans la pièce une lumière douce et frémissante. L'élégance du service en porcelaine anglaise surprit Olivia, qui s'efforça de ne pas succomber à cette atmosphère romantique. Elle était venue pour parler. Mais peut-être était-il préférable d'attendre un peu avant d'en venir au vif du sujet.

— Tu as un bel appartement, commença-t-elle. Ça fait longtemps que tu y habites ?

— Trois ans.

— Tu as choisi d'habiter dans l'immeuble du Watergate à cause de… de son passé coloré, acheva-t-elle avec un sourire.

— Non. C'était ce qu'il me fallait, c'est tout. J'étais en Israël quand l'affaire du Watergate a éclaté. J'ai toujours regretté de ne pas être là pour la couvrir.

Il lui tendit l'huile et le vinaigre et reprit :

— Je connais un chef de rédaction qui a écarté l'histoire lorsqu'on la lui a soumise. À son avis, ce n'était pas le moment et personne ne se soucierait de cette infraction minime à la déontologie. Maintenant, il vend des voitures d'occasion quelque part dans l'Idaho.

Olivia éclata de rire.

— Combien de temps es-tu resté au Moyen-Orient ?

— Trop longtemps.

Le regard interrogateur de la jeune femme le poussa à poursuivre :

— D'innombrables heures d'ennui et quelques moments de terreur. Ce n'est pas une façon saine de vivre. La guerre ouvre les yeux, sans doute trop, sur ce dont les êtres humains sont capables.

— Ça doit être difficile, murmura-t-elle. Couvrir une guerre, ce genre de guerre, dans un pays étranger…

— C'était une expérience, fit-il en haussant les épaules. Le problème, c'est que, lorsque tu fais un reportage, tu as tendance à oublier que, toi aussi, tu es un être humain. Pendant un instant, là-haut, précisa-t-il en se tapotant la tempe, tu te crois indestructible. Protégé par la caméra, le micro, les gens qui vont t'écouter. Ce qui est une illusion que ni les grenades ni les balles ne respectent.

Elle comprit ce qu'il voulait dire. Il lui était arrivé de suivre étourdiment une équipe de démineurs dans un immeuble dont on craignait l'explosion imminente. Elle ne pensait alors qu'à faire son métier. La gravité de ce qu'elle avait fait ne lui était apparue que beaucoup plus tard.

— C'est étrange, n'est-ce pas ? remarqua-t-elle. Et il n'y a pas que les journalistes à se comporter comme ça. Les cameramen font probablement pire. À quoi est-ce dû, à ton avis ?

— D'aucuns disent qu'informer le public est une mission, un devoir sacré, et que cela explique la témérité. Moi, je crois tout simplement qu'on est pris par l'action. On ne réfléchit pas. On ne pense qu'à l'événement qu'on doit couvrir et à faire son métier.

Elle se rappela le reproche qu'il lui avait fait quelque temps auparavant.

— Le petit bout de la lorgnette. Ce n'est pas aussi romantique qu'une mission sacrée.

Les yeux fixés sur le jeu des flammes sur la peau d'Olivia, il sourit.

— C'est le romantisme que tu cherches dans ton travail, Liv ?

La question la fit sursauter et la ramena à son propos. Le moment était venu, se dit-elle.

— Non, pas du tout. D'ailleurs, c'est pour parler de ça que j'ai accepté de dîner avec toi ce soir.

— Tu veux garder bien séparés le boulot et le romantisme ?

Elle fronça les sourcils. Pourquoi cela semblait-il si puéril quand c'était lui qui l'énonçait ?

— Oui… heu, non.

— Je vais chercher les spaghettis pendant que tu te décides.

Furieuse contre elle-même, Olivia déchiqueta un croûton aillé. Pourquoi donc, à peine se trouvait-elle à côté de lui, les choses ne se conformaient-elles pas à ce qu'elle avait prévu ? Et pourquoi semblait-il toujours dominer la situation ? Elle se redressa et prit son verre. Bon. Inutile de s'affoler. Elle allait tout simplement recommencer à zéro.

— Et voilà.

Thorpe déposa sur la table le plat de spaghettis surmontés d'une sauce épaisse. L'arôme irrésistible poussa Olivia à se servir sans attendre.

— Thorpe, attaqua-t-elle, je croyais que tu avais compris ce que je t'ai dit l'autre jour.

— J'ai parfaitement compris, Olivia. Tu t'exprimes très clairement.

Il se servit à son tour.

— Alors tu devrais sentir que tu me rends les choses difficiles...

— En t'envoyant des fleurs, acheva-t-il tout en lui tendant le bol de fromage râpé.

— Heu, oui...

Évidemment, dit de cette façon, ça semblait complètement idiot. Avec application, elle enroula les spaghettis autour de sa fourchette.

— C'est très gentil... mais je ne veux pas que toi ou quelqu'un d'autre en tire des conclusions.

— Bien sûr, fit-il tout en la regardant prendre sa première bouchée. C'est comment ?

— Fabuleux. Absolument fabuleux.

S'abandonnant à ce plaisir purement sensuel, elle se tut.

— Je n'ai jamais rien mangé de meilleur, dit-elle enfin. En tout cas, ce n'est pas le genre de choses qui vient à l'esprit quand on pense à toi.

— De quoi parles-tu ?

Il éprouvait une grande satisfaction à la voir apprécier sa cuisine et lécher sa fourchette avec délectation.

— Aux envois de fleurs. Surtout quand il y a une sorte de rivalité. Les informations régionales et les informations nationales appartiennent à la même famille. J'en connais un bout sur la rivalité dans une famille.

— Tu penses à ta sœur.

La flamme de la bougie éveillait des petits éclats dorés dans les yeux d'Olivia, si nets qu'il aurait presque pu les compter.

— Hum… Avec une sœur comme Mélinda, je sais ce que c'est que d'avoir la plus petite part. Ça m'était égal. Ce genre de situation oblige à être plus inventive. Il se passe la même chose quand on s'occupe des nouvelles régionales.

— C'est ton opinion ?

Il lui prit la main et examina les ongles, que mettait délicatement en valeur un vernis incolore.

— Tu as vraiment l'impression d'avoir la plus petite part ? insista-t-il.

— Vous avez le plus gros budget. Plus de temps, plus de publicités. Mais nous pouvons prétendre à la même qualité, sur une plus petite échelle.

Elle sentit le cal de son pouce sur ses phalanges. Un frisson inattendu lui parcourut le dos. Elle retira prudemment la main et prit son verre.

— Mais ce n'est pas de cela que je voulais parler.

— Vas-y.

Thorpe lui décocha un sourire, lent et intime, qui lui fit pratiquement perdre la tête. Elle se ressaisit en hâte.

— Tu sais comme les ragots fleurissent dans une salle de rédaction. Il est difficile d'y protéger sa vie privée. Et, pour moi, la protéger est très important.

— Oui, sûrement. Cela fait bien dix ans qu'on ne parle plus de toi dans aucun magazine. Alors que les Carmichael font toujours de bons articles.

— Je ne rentrais pas dans le moule, dit-elle à sa grande surprise. Ce que j'essaie de dire, c'est que dès que quelqu'un de ta rédaction ou de la mienne lance une idée en l'air, ça devient aussitôt un fait avéré. Tu sais aussi bien que moi qu'au troisième récit une simple conversation devant un café devient un déjeuner d'amoureux.

— Est-ce très grave ?

— Peut-être pas pour toi, dit-elle avec un soupir las. Mais pour moi, si. J'ai encore à endurer le fait d'être une nouvelle venue dans la boîte, et, qui pis est, une femme. C'est toujours difficile. Quoi que je fasse, on scrute mon comportement avec plus d'attention que les faits et gestes de n'importe qui d'autre. Par exemple, si Carmichael sort avec Thorpe, est-ce par ambition, parce qu'elle veut passer dans l'équipe des informations nationales ?

Il la regarda un moment.

— Tu n'es pas assez sûre de toi, lâcha-t-il enfin.

— Je sais que je suis un bon reporter, répliqua-t-elle, piquée au vif.

— Je parlais de toi en tant que femme.

Il vit le bouclier se dresser aussitôt et regretta sa remarque.

— Cela ne te regarde pas.

— Ce n'est pas de ça que nous parlions ? C'est à une femme que j'ai envoyé une rose, pas à un reporter.

— Je suis un reporter.

— C'est ta profession, pas ta nature.

Refoulant son exaspération, il leva son verre. Ce n'était pas en s'emportant qu'il percerait ses défenses.

— Il ne faut pas avoir la peau trop sensible dans ce métier, Liv. Si les ragots d'une salle de rédaction te font souffrir, tu ne tarderas pas à être couverte de bleus. Regarde-toi dans une glace. Avec un visage comme le tien, les gens ne peuvent s'empêcher de t'épier et de parler de toi.

— Il n'y a pas que ça.

Olivia se ressaisit. C'était elle qui avait voulu cette conversation. S'irriter ne mènerait à rien.

— Je ne veux me lier à personne. Ni à toi, ni à personne.

Il la scruta en silence par-dessus le bord de son verre.

— On t'a fait si mal que ça ?

Elle ne s'était pas attendue à cette question, ni à cet accent de compassion. Il lui fallut faire appel à toute sa volonté pour ne pas se détourner et garder un visage serein.

— Oui.

Il n'insista pas. Qu'elle l'ait admis au lieu de se recroqueviller dans un silence glacial était déjà beaucoup. Pour le reste, il attendrait.

— Pourquoi es-tu venue à Washington ?

Elle le regarda un instant, surprise qu'il ne poussât pas plus loin son interrogatoire. Le changement de sujet la fit se détendre.

— La politique m'a toujours intéressée. C'était mon fort à Austin, quoique la plupart du temps ça se soit limité à lire des informations collectées par d'autres. Aussi, quand WWBW m'a fait cette proposition, je l'ai saisie au vol... C'est une ville passionnante, enchaîna-t-elle après une nouvelle bouchée savoureuse. Surtout pour un reporter. Je voulais goûter à cette excitation.

— As-tu jamais pensé à faire les informations nationales ?

Elle eut un vague mouvement des épaules.

— Bien sûr, mais pour l'instant je suis contente là où je suis. Carl est le meilleur rédacteur en chef que j'aie jamais eu.

— Il a une certaine tendance à s'emporter, fit remarquer Thorpe avec un sourire.

Elle haussa les sourcils tout en jouant avec ses derniers spaghettis.

— Surtout quand l'un des petits péteux des étages supérieurs cherche à lui piquer un sujet, dit-elle. Comme l'a tenté l'un de tes associés cet après-midi, à l'issue de la conférence de presse du maire.

— Ah bon ? Lequel ?

— Thompson. Le type aux grandes oreilles et aux cravates criardes.

— Flatteuse description.

— Exacte, en tout cas, répliqua Olivia avec un petit sourire. Je m'étais donné beaucoup de mal pour obtenir une rapide interview après la conférence et voilà que ce type essaie de me prendre ma place.

— Tu l'as envoyé paître, j'imagine.

Olivia sourit au souvenir de la façon dont elle avait envoyé promener le trop entreprenant Thompson.

— C'est ce que j'ai fait. Je lui ai dit de faire son propre boulot, à défaut de quoi il allait se retrouver pendu par sa cravate dans le sous-sol de l'immeuble Rayburn… J'ai l'impression qu'il m'a crue sur parole.

Thorpe plongea son regard dans les yeux bleus et froids d'Olivia.

— Moi aussi, je te crois. Pourquoi ne lui as-tu pas lâché ton cameraman aux trousses ?

— Je ne voulais pas déclencher un esclandre devant le maire, répondit-elle en terminant son assiette.

— Tu en veux encore ?

— Tu plaisantes ? fit-elle avec un soupir repu.

— Du dessert ?

Elle écarquilla les yeux.

— Tu as vraiment préparé un dessert ?

— Bois ton vin, fit-il en lui remplissant son verre. Je reviens tout de suite.

Il emporta les assiettes sales. Olivia renonça à lui donner un coup de main. Elle se sentait trop bien pour bouger. Il aurait été stupide de prétendre qu'elle n'appréciait pas sa compagnie, qu'elle n'aimait pas bavarder, discuter avec lui. Elle avait quasiment oublié combien discuter pouvait être stimulant. Avec lui, elle se sentait vivante, importante. Et même ce sentiment d'insécurité était excitant.

À la vue du plat de fraises et de la jatte de crème qu'il apportait, elle ne put retenir un petit cri de joie.

— Elles ont l'air merveilleuses ! Comment as-tu fait pour trouver des fraises de cette taille et aussi rouges si tôt dans la saison ?

— Un bon reporter ne révèle jamais ses sources.

— Elles ont l'air merveilleuses, répéta-t-elle avec un soupir. Mais je ne crois pas pouvoir y arriver.

— Goûtes-en une, insista-t-il en trempant une fraise dans la crème épaisse.

— Une seule alors.

Elle ouvrit la bouche. Une giclée de crème lui barbouilla la joue.

— Thorpe ! s'écria-t-elle en riant.

— Pardon, fit-il. Laisse-moi faire.

Il l'empêcha de prendre sa serviette et, lui soulevant le menton d'une main, se mit à picorer la crème sur sa joue.

Le rire d'Olivia s'effaça. Incapable de bouger, de protester, elle sentait sa peau s'éveiller sous la langue de Thorpe.

— Elle était bonne ? demanda-t-il en lui effleurant les lèvres.

Elle ne répondit pas. Ses yeux étaient rivés aux siens. Thorpe observait le désir s'éveiller dans le regard de la jeune femme.

Il trempa une seconde fraise dans la crème et la tendit.

— Une autre ?

Elle fit non de la tête et le regarda mordre dans le fruit rouge. Se levant, elle fit quelques pas dans la pièce pour tenter de se calmer. D'ici à deux minutes, elle aurait recouvré son calme ; ses tremblements auraient cessé et le feu se serait éteint en elle. Un petit cri lui échappa lorsque les bras de Thorpe l'emprisonnèrent et la firent pivoter face à lui.

— Tu veux danser ?

— Danser ? Mais il n'y a pas de musique.

Et pourtant déjà elle se laissait entraîner et posait la tête sur l'épaule de Thorpe.

— Tu ne l'entends pas ?

Le parfum d'Olivia lui montait à la tête et ses seins se pressaient doucement contre lui.

Avec un soupir, elle ferma les yeux. La lumière des bougies vacillait sous ses paupières. Son corps lui semblait à la fois lourd et beaucoup trop confortablement soutenu. Appuyé contre Thorpe, elle tenta d'attribuer cet abandon à un excès de vin. Mais c'était un mensonge, elle le savait bien. Lorsqu'il lui embrassa l'oreille, elle soupira de nouveau en frémissant.

Il faut que je m'en aille, tout de suite, se dit-elle tout en laissant ses doigts se promener dans les cheveux de Thorpe. Rester est une folie.

Le désir montait en elle tandis qu'il la serrait contre lui sur le rythme lent d'une musique imaginaire. Une main montait et descendait le long de sa colonne vertébrale. Lorsqu'elle sentit les lèvres de Thorpe lui effleurer le cou, elle émit un petit bruit indistinct de plaisir.

— Je ne peux pas rester, murmura-t-elle, bien qu'elle ne fît aucun effort pour se dégager.

— Non, fit-il en revenant lentement s'emparer de sa bouche.

— Je dois partir, reprit-elle avant de lui rendre son baiser.

— Oui.

Les lèvres de Thorpe se faisant plus insistantes, elle sentit la tête lui tourner et ses os se dissoudre.

— Il faut que je parte.

— Hum.

La fermeture à glissière de sa robe s'abaissa et une main se glissa sur son dos.

— Il n'y aura rien entre nous, Thorpe, balbutia-t-elle.

— Oui, je sais. Tu me l'as déjà dit.

La robe glissa sur le sol.

Elle se pressa contre lui et lui abandonna de nouveau sa bouche. Elle se noyait, mais l'eau était si douce, si chaude que c'en était délicieux. Et le désir prenait tant de force qu'elle se sentait prisonnière des caresses de Thorpe, des caresses étonnamment tendres et persuasives. Lorsqu'il la souleva dans ses bras, elle ne protesta pas.

Le clair de lune jetait dans la chambre une lumière argentée, tachée d'ombres diffuses. Olivia faillit reprendre pied.

— Thorpe...

Puis il l'embrassa de nouveau et, égarée, elle se cramponna à lui comme il la déposait sur le lit. Il la déshabilla sans hâte, entrecoupant ses gestes de baisers et de caresses qui lui firent définitivement perdre la tête.

Lorsqu'il fut torse nu, elle promena ses mains sur les muscles noueux. Un homme fort. Ce qu'elle désirait. Ce dont elle avait besoin.

De rêveur, le désir devint brusquement désespéré. Olivia gémit. Les lèvres de Thorpe descendirent sur ses seins. Elle se souleva pour qu'il achevât de la dévêtir. Une main se glissa entre ses cuisses, éveillant un feu qui la surprit elle-même.

Elle planta les ongles dans ses épaules. Rien, ni personne, ne lui avait procuré de telles sensations, douleur, désir, embrasement. Elle aurait voulu qu'il la prît tout de suite mais Thorpe avait d'autres plaisirs à lui offrir.

Les baisers s'égarèrent le long du torse, autour des seins, s'attardèrent un instant à la taille puis descendirent encore. Elle poussa un cri.

L'ardeur d'Olivia le comblait, lui faisant presque oublier ses propres besoins. Il voulait qu'elle goûtât à chaque onde de plaisir qu'il pouvait lui procurer. Et la sentir aussi sensible à toute caresse, toute initiative, le transportait. La lune donnait à sa peau l'aspect du marbre mais c'était du feu liquide qu'il sentait sous ses mains. Chaque fois qu'elle murmurait son nom dans un gémissement, chaque fois qu'elle se cambrait sous lui, il en était bouleversé jusqu'à l'âme. Se sentir désiré avec autant d'ardeur l'amenait au bord de la folie.

Sa bouche s'écrasa sur celle d'Olivia qui y répondit avec fièvre. Toute réserve avait disparu ; toute barrière s'était écroulée. Elle n'éprouvait plus qu'un désir urgent que lui seul pouvait combler.

Elle poussa un cri étouffé lorsqu'il céda enfin à sa supplique et la pénétra, l'emmenant au-delà de ce dont elle se souvenait, bien au-delà de ce dont elle avait rêvé. Elle s'abandonna complètement et le suivit jusqu'au paroxysme.

Thorpe continuait d'étreindre Olivia, refusant de quitter sa chaleur, sa douceur. Pour lui, le monde s'était réduit à ce lit, à cette femme. Malgré la pénombre, il détaillait chaque courbe de son corps, chaque angle et méplat de son visage. Il ne se souvenait pas d'avoir jamais vécu une telle fusion. La peau d'Olivia était douce et ses seins se dressaient encore contre sa poitrine. Sa respiration s'apaisait lentement. Il avait toujours su que la froideur qu'elle affichait cachait un tempérament passionné mais sans en évaluer la profondeur ni l'effet que cela produirait sur lui. Pour la première fois de sa vie, il se sentait vulnérable, presque sans défense.

Olivia sentait le plaisir physique se muer en béatitude. Cette sorte d'abandon du corps et de l'esprit était une découverte. Elle avait donc ignoré cela toute sa vie ? La réponse lui fit peur. En tout cas, grâce à lui, elle s'était sentie femme à nouveau, complètement femme. Ses lèvres avaient gardé le goût de leurs baisers. Goût qu'elle ne voulait pas perdre, ni la chaude sécurité dans laquelle la maintenaient les bras de Thorpe.

Mais qui était-il ? Qui était cet homme qui avait obtenu d'elle ce qu'elle n'avait pu, ni voulu, donner à personne depuis plus de cinq ans ?

— Je m'étais promis que ça n'arriverait pas, murmura-t-elle en enfouissant le visage dans le cou de Thorpe.

Ces mots le tirèrent de sa léthargie bienheureuse.

— Tu regrettes ?

La réponse mit une éternité à venir.

— Non, fit-elle enfin dans un soupir. Je ne regrette pas. Je ne m'attendais pas à me retrouver ici, comme ça, avec toi. Mais je ne regrette rien.

Il se détendit et l'étreignit plus étroitement, troublé par cette déclaration.

— Olivia, quelle femme compliquée tu es !

— C'est vrai ? dit-elle en fermant les yeux avec un petit sourire. Je ne m'imaginais pas comme ça. Trop simple au contraire, et un peu bornée. Mais pas compliquée.

— Ça fait un an et demi que j'essaie de te comprendre. Ce n'est pas facile.

— N'essaie pas.

Elle laissa sa main lui caresser à nouveau les épaules. Sachant combien cette force pouvait se muer en tendresse, elle aimait sentir les muscles puissants jouer sous ses paumes.

— Tu as eu beaucoup de maîtresses, Thorpe ?

Il lâcha un rire étouffé.

— C'est une question délicate, Carmichael. Crois-tu le moment bien choisi ?

— Je ne te demandais ni le nombre ni les noms, répliqua-t-elle, troublée par la main qui descendait le long de son dos. C'est seulement que, moi, je n'ai pas beaucoup d'expérience. Je ne suis pas très bonne pour ça.

— Bonne pour quoi ? demanda-t-il sans cesser d'explorer le corps délicieux qui lui était offert.

Gênée tout à coup, elle chercha les mots adéquats.

— Pour… faire plaisir à mon partenaire.

La main de Thorpe s'immobilisa. Il se redressa pour la regarder dans la pénombre.

— Tu plaisantes ?

— Heu, non, fit-elle, carrément embarrassée à présent.

Si elle ne s'était pas sentie aussi détendue, elle ne se serait pas mise dans cette situation.

— Je sais que je ne suis pas très… excitante au lit, mais… marmonna-t-elle.

— Qui t'a mis ça dans la tête ?

La surprise non déguisée de Thorpe l'étonna. *Mon mari,* faillit-elle dire.

— C'est quelque chose que j'ai toujours su…

Il grommela un juron avant de demander d'une voix irritée :

— Tu crois que j'ai joué la comédie ?

— Non, fit-elle, de plus en plus penaude. Tu jouais la comédie ?

En colère, il la cloua furieusement sur le lit.

— Dès la première minute où je t'ai vue, je t'ai désirée. Tu savais ça ?

Incapable de répondre, elle fit non de la tête. Au contact de son corps pressé contre le sien, un nouvel accès de désir la parcourut.

— Tu étais froide et distante mais ça ne m'a pas empêché de deviner ce qui couvait en toi. Dès le début, je t'ai voulue comme ça, nue, dans mon lit.

Sa bouche s'empara de celle d'Olivia avec une avidité à laquelle elle répondit ardemment.

— Je voulais ôter une à une toutes les défenses derrière lesquelles tu t'abritais, dit-il en la caressant. Je voulais te posséder, faire fondre la glace apparente.

Sa main descendit, s'insinua entre les cuisses tendres.

— Mais il n'y a eu ni glace ni comédie quand je te tenais dans mes bras. Si quelqu'un d'autre n'a pas éprouvé de plaisir avec toi, c'était sa faute. C'est lui qui a perdu beaucoup. Souviens-toi de ça.

Elle s'embrasait déjà. Ses mains erraient fiévreusement tandis que ses lèvres dévoraient celles de Thorpe. Les savouraient. Un tremblement commun les secoua.

Puis le baiser devint sauvage et elle comprit qu'il l'emmenait au-delà des normes civilisées. Il n'y avait pas de comédie. Il était totalement perdu en elle, en ce qu'ils faisaient ensemble. Elle le sentait, s'en émerveillait et elle se laissa emporter dans un tourbillon de sensations d'où fut exclue toute pensée cohérente.

Pantelante, épuisée et comblée, Olivia ne bougeait plus, les mains inertes sur le dos trempé de sueur de Thorpe. Ils restèrent ainsi, un temps indéterminé, dans un bonheur partagé.

— Tu as peut-être raison, dit-il enfin. C'était pas très excitant.

Malgré son épuisement, Olivia éclata de rire. Il avait su trouver quoi dire au bon moment. Rire au lit était une sensation nouvelle et merveilleuse. Il releva la tête et lui sourit.

— Idiote, murmura-t-il avant de l'embrasser.

Il se glissa sur le côté et la regarda s'endormir, blottie dans ses bras.

11

Le son strident du réveil se déclencha. La main d'Olivia se tendit machinalement pour l'arrêter et buta contre Thorpe. Elle ouvrit les yeux et regarda l'homme qui s'éveillait à côté d'elle, tandis que la sonnerie continuait à tinter stupidement. Le cerveau encore embrumé, elle remarqua son menton ombré d'un début de barbe et ses paupières lourdes de sommeil.

J'ai dormi avec lui. J'ai fait l'amour avec lui et j'ai passé la nuit dans son lit. Lentement, sa tête enregistrait ces faits qui, à la lumière du jour, lui semblaient incroyables ; elle avait beau chercher, elle ne trouvait aucune trace de regret. Elle avait reçu passion, douceur, tendresse. Pourquoi y aurait-il eu des regrets ?

Thorpe tendit le bras et interrompit la sonnerie du réveil. Un silence complet se fit. Sans mot dire, il prit Olivia dans ses bras. Son air étonné ne lui avait pas échappé, ni la compréhension et enfin l'acceptation qui avaient suivi. Réaction qui l'enchantait. Cette femme n'avait manifestement pas pour habitude de se réveiller dans le lit d'un homme.

Les gestes tendres du matin étaient une nouveauté à laquelle Olivia s'abandonna avec délices. Intimité sans exigences. Blottie contre lui, elle explora ses sentiments, ne sachant comment les nommer. Satisfaction ? Bonheur ? Ou simple plaisir du contact physique ?

Quelque chose avait changé. Une porte avait été ouverte. Qui d'elle ou de Thorpe en avait tourné la clé ? Elle l'ignorait. Mais c'était fait. Son souffle chaud lui caressait la joue, ses bras se refermaient sur elle dans un geste possessif. Elle n'était plus seule. Le voulait-elle encore ? La veille, elle était convaincue que la solitude était ce qui lui convenait le mieux. Mais à présent…

Elle avait fait l'amour avec lui. Elle s'était donnée. Et l'avait reçu. Ce n'était pas le genre de chose qu'elle prenait avec désinvolture. L'intimité physique n'était pas insignifiante pour elle. Elle impliquait un engagement moral. Pour Olivia, les deux allaient de pair et il en serait toujours ainsi. Et pourtant, elle s'était promis de ne plus jamais se lier à personne. Son passé lui rappelait les risques encourus. Thorpe prenait trop d'importance. Et elle-même devenait trop vulnérable. La tentation de rester ainsi, blottie contre lui, était forte. Y céder était facile mais comment éviter la déception qui s'ensuivait immanquablement ?

Elle s'écarta, de peur que le lien ne devînt trop fort.

— Il faut que je me lève. Je dois être au bureau à 9 h 30.

Sans mot dire, Thorpe la retint et posa sa bouche sur la sienne. Elle était si douce, si tendre. Et son parfum l'enveloppait encore. Il avait tant attendu cet instant, le réveil à côté d'elle, qu'il voulait en profiter longuement. Il voulait se soûler du spectacle de son visage reposé, et de ce regard encore embrumé de sommeil. Maintenant qu'il avait obtenu de dormir à côté d'elle, de se réveiller à côté d'elle, il ne voulait plus en être privé.

Olivia réagit avec tendresse à ses caresses langoureuses. Pendant un instant, elle put croire que rien n'exigeait qu'elle s'engageât avec cet homme ni que le passé pesât sur elle. Il n'y avait qu'eux au monde. En fermant les yeux, on pouvait imaginer qu'il faisait encore nuit et qu'il leur restait des heures pour s'étreindre. Mais le temps s'écoulait inexorablement. La lueur jaune pâle du soleil perçait déjà les rideaux.

— Il faut qu'on se lève, murmura-t-elle, en espérant vaguement qu'il trouve une bonne raison pour ne pas le faire.

Il souleva la tête et regarda le réveil.

— Peut-être bien, fit-il avant de l'embrasser une dernière fois sur la gorge. Ta conscience ne te permettrait pas une subite laryngite accompagnée d'une grosse fièvre ?

— Et la tienne ?

— En ce moment, je n'ai pas de conscience.

— J'aimerais pouvoir en dire autant.

Elle s'écarta de lui et, se redressant, tira le drap sur ses seins.

— Il va me falloir une robe de chambre.

— Dommage !

Avec un gémissement déçu, il roula sur le côté et se leva.

— Je vais te chercher une robe de chambre... Et le petit déjeuner, ajouta-t-il en ouvrant la penderie. À condition que tu t'occupes du café.

Le voir debout, complètement nu, devant la penderie la laissa bouche bée. Elle se reprocha aussitôt sa stupidité. Elle venait de passer la nuit avec lui ; son corps n'avait plus de secret pour elle, à présent. Mais le spectacle de ce corps splendide était une découverte. Ces épaules et ce torse musclés, ces hanches étroites, ces jambes longues l'émouvaient. Habillé, il semblait bâti comme un athlète. La nudité confirmait cette impression.

— D'accord ? demanda-t-il en sortant un kimono bleu du placard.

Perdue dans ses réflexions, elle croisa son regard avec effarement.

— Comment ?... Pardon, qu'est-ce que tu disais ?

— Peux-tu t'occuper du café, Liv ? répéta-t-il, amusé.

— Tu as un pot de Nescafé et une cuillère ?

— Tu plaisantes, j'espère ?

— Je craignais effectivement que tu n'en aies pas. Bon, je vais me débrouiller, soupira-t-elle en enfilant le kimono.

— La cafetière est sur le plan de travail et le café sur le second rayonnage au-dessus de la cuisinière, expliqua-t-il en ouvrant la porte de la salle de bains. Montre-nous ce que tu sais faire.

Elle fronça le nez d'un air dubitatif et se leva.

La cuisine était si bien rangée qu'elle trouva les choses exactement où il l'avait dit. Elle versa l'eau et dosa le café. Le bruit de la douche perçait discrètement la cloison.

Farfouiller dans la cuisine de Thorpe, enveloppée dans son kimono, lui procurait une sensation étrange. J'ai une liaison, se dit-elle, les yeux dans le vide, le couvercle de la cafetière à la main. Elle avait fait l'amour avec lui, elle avait passé la nuit dans son lit et maintenant elle préparait le café dans sa cuisine.

Elle secoua la tête et remit en place le couvercle de la cafetière. Bon sang, j'ai vingt-huit ans. J'ai été mariée, je suis divorcée. Je suis journaliste et je suis restée seule pendant des années. Pourquoi n'aurais-je pas une liaison ? Plein de gens en ont. Cela fait partie de la vie. C'est très simple et sans grande importance. Il serait stupide d'en faire une montagne. Nous sommes deux adultes qui viennent de passer la nuit ensemble, voilà tout.

Tandis qu'elle tentait de se raisonner, Thorpe entra dans la cuisine. Olivia se retourna pour jeter une remarque ironique sur ses propres compétences en matière de café et se retrouva dans ses bras.

La bouche de Thorpe l'embrassa doucement une fois, deux fois. La troisième, ses lèvres s'attardèrent avec avidité. Elle leva les bras pour l'étreindre. Les propos raisonnables qu'elle venait de se tenir étaient oubliés. Ses doigts plongèrent dans les cheveux humides. Le parfum de savon et de crème à raser l'enivra. Tout semblait frais et nouveau, comme un premier amour.

Les mains de Thorpe se posèrent sur ses seins puis descendirent sur ses hanches. Le baiser doux et serein faisait revivre à Olivia la nuit passée. Il l'écarta légèrement pour la regarder.

— Tu me plais comme ça, pieds nus, dans un kimono trois fois trop grand pour toi, et les cheveux un peu hirsutes.

Il en profita pour y accroître le désordre.

— La prochaine fois que je verrai à l'écran la froide et distinguée Mlle Carmichael, c'est cette image qui me reviendra à l'esprit.

— Heureusement pour l'Audimat, les téléspectateurs ne la verront pas.

— Quel dommage pour eux !

— Tout le monde n'apprécie pas l'aspect hagard de quelqu'un qui sort de son lit, Thorpe.

Le café frémissait dans la cafetière. Olivia se dégagea des bras de Thorpe, décrocha deux des bols suspendus sous les placards et les remplit.

— Mais j'aime beaucoup aussi ton air calme et sophistiqué, dit-il en lui tendant un petit carton de crème. En fait, je n'ai rien trouvé chez toi qui me déplaise.

Olivia lui jeta un coup d'œil ironique.

— Tu es toujours aussi aimable avant le café du matin ? demanda-t-elle en lui tendant son bol. Je ferais mieux de prendre ma douche pendant que tu bois ça. Ce café de ma confection pourrait gâter ton humeur… Mais avant de le goûter, rappelle-toi que tu m'as promis un petit déjeuner, ajouta-t-elle comme il s'apprêtait à boire.

Emportant son bol avec elle, elle quitta la cuisine.

Thorpe jeta un coup d'œil inquiet au breuvage avant d'y tremper les lèvres. Ce n'était pas aussi mauvais qu'elle semblait le craindre. Manifestement, la cuisine n'était pas son domaine. Tant pis. Ce serait le sien, conclut-il philosophiquement en ouvrant le réfrigérateur. Le bruit de la douche lui fit plaisir. La savoir si proche, à quelques mètres de lui seulement, l'enchantait. Il sortit le bacon et mit à chauffer une poêle.

Thorpe n'était pas homme à se monter la tête. Ils avaient fait l'amour, ils le feraient à nouveau, mais les sentiments d'Olivia n'étaient pas aussi assurés que les siens. Se retrouver dans le rôle de celui qui aime le plus était inconfortable. Elle y viendrait aussi, pensa-t-il, tandis que le bacon commençait à grésiller. Elle avait beau résister, elle l'aimerait autant qu'il l'aimait. Il en était sûr. La façon dont elle s'était donnée la nuit passée, cette première hésitation suivie très vite d'une passion qu'elle ne semblait plus pouvoir contrôler le prouvait. Quoi qu'elle dît, c'était une femme au caractère complexe, pleine de contradictions. Il ne s'en plaignait pas. Puisqu'il était tombé amoureux, autant que ce fût d'une femme riche de remous et de courants sous-jacents. Le destin aurait pu le lier à quelqu'un de plus docile.

Olivia Carmichael était la femme qu'il lui fallait et il était l'homme qu'il lui fallait. Il aurait peut-être à patienter encore un bout de temps avant de l'en convaincre mais il y arriverait. Avec un sourire, il cassa un œuf au-dessus d'un bol.

Comme la veille au soir, Olivia ne put résister à l'odeur qui venait de la cuisine. Du seuil, elle regarda Thorpe disposer sur un plat les tranches de bacon grillé, les œufs dorés et les toasts légèrement brunis.

— Thorpe, tu es étonnant.

— Tu viens seulement de le remarquer ? Attrape deux assiettes dans ce placard et mangeons avant que ça ne refroidisse.

Elle obéit et le suivit dans le coin-salle à manger.

— Je dois reconnaître que je suis époustouflée. Arriver à ce que tout soit prêt en même temps, ça m'épate.

— Que manges-tu chez toi ?

— Peu de chose, répondit-elle en se servant. La plupart du temps, je me contente de ces petites boîtes qui portent la mention « Repas complet ». Et parfois, c'est vrai.

— Olivia, sais-tu seulement ce qu'ils fourrent dans ces petites boîtes ?

— S'il te plaît, pas pendant que je mange.

Il éclata de rire.

— Tu n'as jamais appris à faire la cuisine ?

Au souvenir des repas qu'elle préparait du temps de son mariage, elle prit un air dégoûté. Toujours pressés, Doug et elle avalaient rapidement n'importe quoi avant de se ruer à un cours ou à une permanence de nuit. À de rares occasions, elle s'était donné le mal de préparer quelque chose de correct. Mais trop peu de temps et trop d'obligations l'avaient empêchée d'y prendre plaisir. Elle écarta ces souvenirs pour répondre à la question de Thorpe.

— Lorsque j'étais enfant, ma mère disait que ce n'était pas important. Plus exactement, elle n'appréciait pas que je m'aventure dans la cuisine. Elle trouvait que ce n'était pas ma place.

Tout en se beurrant un toast, Thorpe songeait à leurs passés si différents. Sa mère et lui avaient toujours été très proches, alors qu'Olivia et sa mère étaient restées distantes, peut-être simplement par manque de compréhension.

— Tu retournes souvent dans le Connecticut ?

— Non.

Il perçut le signal d'alarme qu'envoyait ce seul mot. *N'insiste pas*. Il changea de sujet.

— Tu as un programme pour la journée ?

— Oui. Bourré à craquer. La femme du Président inaugure un centre pour enfants à 11 heures. Dell est attendu à l'aéroport à 13 heures, bien que je doute que nous puissions l'approcher. Et puis je dois essayer d'interviewer quelqu'un du conseil de l'enseignement élémentaire cet après-midi.

Elle acheva ses œufs.

— Enfin, je dois enregistrer une publicité. Notre directeur général s'inquiète de l'Audimat.

— Comme tous les autres… En tout cas, tu as pris des forces, ajouta-t-il en regardant l'assiette d'Olivia.

— Façon élégante de dire que je me suis goinfrée ; je ne relèverai pas.

Elle se leva et rassembla les assiettes.

— Puisque tu as fait la cuisine, je vais faire la vaisselle pendant que tu t'habilleras.

— Très démocratique.

Gardant les yeux baissés sur les assiettes, elle reprit :

— Il faut que je retourne chez moi me changer avant d'aller au bureau. Je vais prendre un taxi.

— Ne sois pas ridicule.

Elle souleva gauchement les assiettes et les bols empilés.

— Ce qui est ridicule, c'est que tu traverses la ville avant de repartir dans l'autre sens. Ça serait plus simple si…

Il la débarrassa de la vaisselle qu'il reposa sur la table. Puis il la prit par les épaules et la regarda dans les yeux. Son regard intense la sonda.

— Liv, cette nuit compte beaucoup pour moi. Chaque minute passée avec toi est importante pour moi.

Il nota l'éclair d'émotion qui illumina brièvement ses yeux.

— Pas de taxi, décréta-t-il.

— Pas de taxi, répéta-t-elle en l'enlaçant.

Ce geste spontané le surprit et l'émut. Elle ferma les yeux et resserra son étreinte. Elle avait craint qu'il n'accepte et s'était consolée d'avance en se disant que conserver un mode léger était préférable : d'accord, prends un taxi et à une autre fois. Mais son cœur désirait plus. Et son cœur commençait à l'emporter sur la raison.

— Tu m'attendras ce soir ? murmura-t-il contre ses cheveux. Après mon émission de la soirée ?

Elle releva le visage.

— Oui.

Comme leurs lèvres se rejoignaient, elle pensa qu'elle s'aventurait une fois de plus sur un terrain miné mais, jamais, depuis des années, elle ne s'était sentie aussi vivante.

Il était 5 h 32 lorsque Thorpe entra dans la salle de contrôle pour regarder Olivia. Il prêta peu d'attention à son reportage sur un cambriolage dans un grand magasin local, et encore moins aux faits et gestes des techniciens autour de lui. Elle n'avait pas cessé de le hanter de la journée et il désirait la voir avant de passer lui-même à l'antenne.

— Caméra un, ordonna Carl de son siège.

Elle était là, reproduite en huit exemplaires sur les écrans alignés sur le mur. Sa voix sortait des haut-parleurs. À gauche de Thorpe, un technicien réglait le son.

— Caméra deux.

Brian remplaça Olivia. Sur un signe de Carl, le logo de la chaîne apparut derrière lui.

— Dans trente secondes, la pub.

Brian continua jusqu'à l'interruption.

Carl tira sur sa cigarette et jeta un coup d'œil à Thorpe.

— On te voit plus souvent que lorsque tu travaillais ici.

— J'y trouve un nouvel intérêt.

Carl grommela un acquiescement. Il avait toujours apprécié les qualités de journaliste de Thorpe et regrettait de n'avoir pu le garder dans son équipe. Avec un soupir, il écrasa sa cigarette. Et Carmichael, il ne la garderait pas plus de deux ans, c'était sûr. Il avait trop longtemps fait ce métier pour espérer plus.

— Trente secondes.

Thorpe se tourna vers la fenêtre. Olivia bavardait avec Brian. Quelque chose la fit rire en secouant la tête. Était-ce un effet de son imagination ou bien avait-elle l'air vraiment plus détendue, plus libre ? Il se passerait encore une bonne heure avant qu'il pût la toucher à nouveau.

La caméra un était braquée sur elle et, au signal, elle entama la seconde partie des informations. La voix d'Olivia résonnant toujours dans sa tête, Thorpe quitta la salle de contrôle.

L'émission achevée, Olivia regagna la salle de rédaction. Après avoir pesé le pour et le contre, elle avait décidé de regagner son bureau pour attendre Thorpe. Cela susciterait moins de curiosité et moins de ragots que si elle montait le rejoindre. Révéler sa vie privée n'était pas encore à l'ordre du jour.

Il lui manquait. C'était surprenant mais indéniable. Elle avait passé une journée bien remplie et, par moments, frénétique ; néanmoins elle n'avait cessé de penser à lui.

Elle s'assit à son bureau et examina le programme du lendemain, tout en gardant un œil rivé sur l'horloge. Pourquoi, après une journée qui s'était écoulée à toute allure, une heure semblait-elle durer une éternité ?

— Cette dame a l'air d'avoir envie d'un café.

Levant les yeux, Olivia sourit à Bob et prit la tasse.

— J'ai toujours admiré ton intuition.

— J'aurais préféré que ce soit mon sex-appeal, dit-il en s'asseyant sur le coin du bureau.

— Mais tu en as beaucoup, protesta-t-elle en riant. Je dois constamment me retenir !

— C'est vrai ? Je peux le dire à ma femme ?

— À toi de décider.

— J'ai travaillé avec Prye, aujourd'hui, reprit-il. Tu sais, le petit reportage de trente secondes qu'il a fait devant Kennedy Center.

— Hum…

Sachant ce qui allait suivre, elle s'installa plus confortablement.

— Quatorze prises. Tu n'imagines pas combien de fois ce type a pu cafouiller dans son texte. Et quand je lui ai demandé s'il voulait qu'on lui installe un téléprompteur, il s'est mis en colère. Nous aurions dû respecter son talent… le talent, je doute qu'il sache ce que c'est, ajouta-t-il avec un reniflement méprisant.

Connaissant les démêlés de Prye avec les techniciens, Olivia opta pour la diplomatie.

— En tout cas, à l'écran, le reportage était bon.

— Il a de la chance de ne pas travailler en direct. Si j'avais le choix, ajouta-t-il en décochant un clin d'œil à Olivia, je ne travaillerais qu'avec quelqu'un doté de belles jambes.

Il inclina la tête pour l'examiner attentivement.

— Tu sais, reprit-il, tu as l'air différente.

Elle prit un air perplexe. Était-il possible que cette nuit d'amour eût laissé des traces visibles ?

— Si tu essaies d'éviter Prye pour demain, dit-elle d'un ton badin, ne t'inquiète pas. J'ai demandé que tu travailles avec moi.

Il sourit d'un air avantageux.

— Merci, mais je préférerais un week-end échevelé à Acapulco.

— Acapulco, répéta-t-elle en faisant mine d'étudier la proposition.

— On mettra ça sur tes notes de frais.

— Liv a déjà un programme pour le week-end, intervint Thorpe.

Bob et Olivia se retournèrent. Il la regarda avant d'expliquer au cameraman :

— Elle va ramer.

— Sans blague ? fit Bob qui parut trouver cette nouvelle désopilante. Bon, je devrai donc me contenter du déjeuner dominical chez mes beaux-parents.

Il se leva et, saluant Olivia de la main, s'éloigna.

— Thorpe, protesta-t-elle comme il l'entraînait vers la sortie. Je n'ai aucun projet pour le week-end.

— Moi si, répondit-il aimablement. Et tu en fais partie.

— J'ai une petite manie qui consiste à établir mes projets moi-même.

— Je suis très souple, fit-il en ouvrant la portière de sa voiture. Et, si tu préfères Acapulco, je peux arranger ça.

Il était difficile de s'emporter lorsqu'il lui adressait ce sourire.

— Bon, je peux envisager d'aller ramer, dit-elle en cédant au désir de l'embrasser. Si c'est toi qui tiens les avirons.

12

Tant de choses pouvaient changer en une seule semaine… Olivia en avait presque oublié ce que c'était que d'être seule. Les nuits ne s'écoulaient plus dans un silence absolu. Ne dépendre que de soi-même était déjà de l'histoire ancienne. Il y avait de nouveau quelqu'un dans sa vie et elle ne cherchait plus à s'y opposer.

De plus en plus, elle comptait sur la compagnie de Thorpe et tirait plaisir de leur intimité. Et de plus en plus elle avait besoin de lui.

Au fil des jours, elle découvrit qu'elle aimait non seulement leurs conversations, mais aussi leurs conflits. Il la stimulait et l'obligeait à penser vite pour défendre son point de vue. Intellectuellement, ils se complétaient parfaitement. Et, certaines fois, c'était lui qui aiguisait son esprit sur elle.

Il était fort, ce qu'elle appréciait particulièrement. Solide comme un roc. Jadis, elle avait cherché à s'appuyer sur un homme et avait été déçue. Elle ne demandait pas à être protégée. L'expérience lui avait appris qu'elle était capable d'affronter tous les pièges que la vie pouvait lui présenter. Quand on a survécu au pire, rien ne peut plus vous blesser autant. Mais, tant qu'à se choisir un partenaire, un compagnon, un amant, autant qu'il soit fort.

Elle restait prudente. Des résistances s'élevaient encore pour protéger son cœur mais elles s'amenuisaient de jour en jour.

Ainsi qu'il l'avait promis, Thorpe l'emmena à un match de base-ball en nocturne.

— Je te le dis, il ferait mieux de changer de métier, déclara-t-elle au retour en ouvrant la porte de son appartement.

Elle ôta sa veste tout en continuant à vitupérer contre les fautes de l'arbitre.

— Il faut faire une école avant de devenir arbitre ?

L'indignation d'Olivia amusait beaucoup Thorpe.

— Eh bien, il n'a pas dû avoir de bonnes notes. À mon avis, c'est un sale type qui donne des coups de pied à son chien.

— Avis que doit partager un certain nombre de joueurs, dit-il en envoyant sa veste rejoindre celle d'Olivia. En tout cas, d'ici peu, tu seras capable d'assurer la chronique sportive.

— Je m'en tirerais très bien, j'en suis sûre. Encore quelques matchs, et je pourrais les couvrir aussi bien que les événements politiques. Tu veux un cognac ?

— Volontiers.

Un sourire sur les lèvres, il la regarda tandis qu'elle préparait les verres.

— À propos d'événements politiques, penses-tu que Donahue va réussir à empêcher ce vote ?

— Ses chances sont minces, dit-elle en lui tendant son verre.

Thorpe le prit et attira Olivia à côté de lui sur le canapé.

— Je lui ai parlé aujourd'hui, dit-il. Juste avant qu'il ne prenne la parole. Il venait de se goinfrer avec cinq sandwiches au jambon et une demi-douzaine de beignets.

Olivia éclata de rire.

— Eh bien, comme ça il ne mourra pas de faim. Ça devrait lui donner la force de parler longtemps, à condition qu'il n'ait pas une extinction de voix.

— Il est déterminé. Il compte garder la parole jusqu'à épuiser ou convaincre ses adversaires. Si ce n'est qu'une question de volonté, Donahue y arrivera. Les tribunes sont restées bondées quasiment toute la journée.

Olivia s'appuya contre son épaule et le bras de Thorpe l'enlaça spontanément.

— On a interrogé des gens qui attendaient dans la rue, dit-elle, à moitié assoupie. La plupart étaient venus, poussés plus par la curiosité que par un intérêt réel pour le problème. Mais une tribune pleine et une tentative d'obstruction attirent toujours la presse. Ce qui devrait aider Donahue à tenir quelques jours de plus.

— Il a déjà tenu cinq jours.

— J'aimerais bien qu'il gagne.

Elle soupira de satisfaction. Comment avait-elle pu se sentir bien sans ce bras autour d'elle ?

— Je sais que c'est utopiste et que cette loi a de fortes chances d'être votée, mais quand même...

Il écoutait cette voix paisible et grave. On pouvait établir un parallèle entre Donahue et lui-même.

Thorpe faisait le siège d'Olivia et il était aussi résolu que le sénateur à remporter une victoire complète. La tenir dans ses bras ne lui suffisait pas. Il la voulait, il avait besoin d'elle et il s'irritait parfois de devoir procéder avec autant de prudence.

Il posa son verre et débarrassa Olivia du sien. Elle releva la tête, en quête d'un baiser. Celui-ci la surprit. La bouche de Thorpe l'écrasait avec une sorte de sauvagerie. Il la pressait contre les coussins de tout son corps tandis que ses mains s'impatientaient sur ses vêtements. Voilà qui était totalement nouveau. Il avait toujours plus ou moins contrôlé ses ardeurs comme s'il voulait compenser la supériorité de sa force physique par la douceur. Mais, ce soir, il déboutonnait son chemisier avec une curieuse impatience.

La bouche de Thorpe rivée à la sienne l'empêchait de parler, ou de gémir tandis qu'il lui ôtait son blue-jean. Collée contre lui, elle tâtonna sans succès pour lui enlever son chandail. Avec un long gémissement, il s'en débarrassa lui-même et le jeta à terre.

Sa bouche était partout, avide, exigeante. Olivia se faisait souple, consentante et se laissait guider, étonnée par cette brutalité qu'elle avait pourtant déjà pressentie. Il la poussa soudain sur le canapé et se jeta sur elle comme si leurs derniers ébats remontaient à plusieurs années.

Olivia émit un petit cri, autant de protestation que d'incrédulité. Mais les caresses de Thorpe l'enfiévraient malgré elle et peu à peu le désir la submergea. Un besoin urgent de le sentir en elle la précipita à sa rencontre. Membres enchevêtrés, ils roulèrent sur le sol.

Sans qu'elle s'en rendît compte, elle frissonnait de tout son corps. La respiration haletante de Thorpe grondait à son oreille comme elle refermait les jambes autour de sa taille. Une jouissance inouïe explosa au centre de ses reins et elle se retrouva pantelante et soumise. Thorpe se glissa à côté d'elle, apaisé autant qu'épuisé.

Pourtant, il ne pouvait s'empêcher de toucher la peau douce d'Olivia, le creux de la taille, le ventre plat. Ses mains se faisaient tendres à présent. Il embrassa la courbe de ses épaules, la ligne délicate de sa mâchoire. Il l'entendit soupirer d'aise tandis qu'elle se blottissait contre lui.

Aussi brutalement que le désir quelques instants plus tôt, l'amour l'envahit et le tortura.

— Je t'aime.

Elle se figea instantanément et il s'aperçut qu'il avait parlé à voix haute. Il lui prit le menton et tourna son visage vers le sien.

— Je t'aime, répéta-t-il.

Il n'avait pas prévu de le lui dire de cette façon mais, maintenant que c'était fait, il soutint son regard sans ciller. Il voulait qu'elle comprît combien il était sincère.

Un combat obscur se déchaîna en elle, la poussant vers lui et l'en écartant tout à la fois.

— Non, fit-elle en secouant la tête. Il ne faut pas. Je ne veux pas.

— Tu n'as pas le choix, répondit-il calmement malgré la blessure que lui causait la réaction d'Olivia. Et, semble-t-il, moi non plus.

— Non.

S'écartant de lui, elle s'assit et se prit la tête dans les mains. De vieux doutes, de vieilles peurs, de vieilles résolutions l'envahissaient à nouveau.

— Je ne peux pas... Tu ne peux pas...

L'amour… ce mot dangereux qui vous dépouillait de tout, vous laissait nu et privé de bon sens. L'accepter était un gros risque, y céder un désastre. Pourquoi se laisser piéger à nouveau ?

Irrité par sa réaction, Thorpe la prit par les épaules et la força à le regarder. Le regard misérable d'Olivia ne fit qu'empirer les choses.

— Mais je t'aime, répéta-t-il. Que tu ne le veuilles pas n'y change rien. Je t'aime, et depuis longtemps. Si tu en avais pris la peine, tu aurais vu que…

— Thorpe, je t'en prie…

Comment pourrait-elle lui expliquer ? Et que voulait-elle expliquer au juste ? Elle voulait qu'il la prît dans ses bras jusqu'à ce qu'elle pût à nouveau réfléchir. L'amour. Quel effet cela lui ferait-il de se savoir aimée ? Si elle pouvait réfléchir un instant… si seulement son cœur pouvait s'arrêter de cogner furieusement…

— Ton corps ne me suffit pas, Olivia.

La colère et la déception qu'elle perçut dans sa voix la firent se crisper. Non, elle ne se laisserait pas manœuvrer. Elle ne perdrait pas le contrôle de sa propre vie. Il sentit le changement et ses doigts se crispèrent avec une sorte de fureur sur la peau douce d'Olivia.

— Qu'est-ce que tu veux ? demanda-t-elle.

— Beaucoup plus que tu ne veux me donner. Et, pour commencer, ta confiance.

Dieu qu'il eût été facile de s'abandonner aux larmes et de se cramponner à lui… mais non, il ne le fallait pas. Elle soutint son regard.

— Je ne peux donner que ce que j'ai. Je ne t'aime pas. Je ne veux pas que tu m'aimes.

Ces mots et ce ton glacé leur firent mal à tous les deux. Une lueur fauve dans le regard de Thorpe trahit sa fureur. Un homme plus fruste l'aurait frappée et elle regretta presque qu'il se contrôlât aussi bien. À cet instant, elle aurait volontiers échangé la douleur morale contre la douleur physique.

Il la lâcha lentement, assommé par cette souffrance inattendue. Comprenant qu'il valait mieux s'en aller avant de commettre quelque chose qu'il se reprocherait toute sa vie, il s'habilla en silence. Elle ne le pousserait pas à un geste violent. Ni par ses rebuffades, ni par sa foutue froideur. Il la laisserait tranquille et seule, puisque c'était ça qu'elle voulait. Et plus vite elle serait hors de sa vue, plus vite il pourrait s'efforcer de l'oublier. Furieux autant contre lui-même que contre Olivia, il claqua la porte derrière lui.

Le bruit la fit sursauter. Durant une longue minute, elle fixa le battant fermé. Le silence l'enveloppa. Se roulant en boule, elle s'écroula sur la moquette et pleura, sur elle, sur lui, sur eux deux.

La journée ressemblait à une course d'obstacles. Se lever, s'habiller, conduire dans les embouteillages. Olivia trouvait toutes ces tâches plus difficiles, plus compliquées que jamais. Elle traversa la matinée dans un mélange de nervosité et de sourde fatigue, sans cesser de penser à Thorpe. Elle venait tout juste de goûter à nouveau au bonheur et voilà que…

Tout s'était passé tellement vite ! Cette déclaration l'avait prise au dépourvu. Elle en savait assez sur lui pour comprendre qu'il n'était pas homme à aimer à la légère. Il y mettait toute son énergie et sa force. Peut-être était-ce de cela, de cet absolu, qu'elle avait le plus peur.

Pourtant, ce qu'elle éprouvait à présent, tandis qu'elle achevait une interview, ce n'était pas de la peur, mais un sentiment de vide dont elle n'avait jamais souffert auparavant. L'ambition et le travail suffisaient à remplir son existence. Maintenant, ce n'était plus possible. En une matinée, il lui était déjà arrivé une douzaine de choses qu'elle aurait aimé partager avec lui. Mais Thorpe n'était plus là ; elle l'avait repoussé...

Que faire à présent ? Comment lui faire comprendre qu'une partie d'elle-même voulait l'aimer et se laisser aimer, tandis que l'autre était terrorisée par cette perspective.

Comment pouvait-elle espérer qu'il comprît ? Elle-même n'était plus sûre de comprendre. Mets ça de côté pour le moment, se dit-elle. Profite de ton déjeuner avec Mme Ditmyer pour te détendre et tu réfléchiras ensuite.

Excellent conseil, bien sûr, mais allait-elle être capable de le suivre ? Elle se gara au parking du restaurant. En tout cas, ce déjeuner ne pouvait lui faire que du bien. Joindre l'utile à l'agréable, rien de tel pour vous détendre tout en vous donnant bonne conscience. Un coup d'œil à sa montre lui apprit qu'elle n'avait que cinq minutes de retard. Rien de dramatique. Faire attendre Myra Ditmyer eût été un impair.

Je l'aime bien, pensa Olivia en entrant dans le restaurant. Elle est si... vivante. Et si solide ! Greg a de la chance de l'avoir pour tante. Quel dommage de n'avoir pas quelqu'un comme elle dans la famille ! N'y pensons plus, je n'ai pas eu cette chance.

Mais il restait que Myra Ditmyer jouissait d'une excellente position dans les milieux mondains et politiques de Washington et, puisqu'elle avait décidé de s'intéresser à Olivia, autant en profiter.

— La table de Mme Ditmyer, dit-elle au maître d'hôtel.

— Madame Carmichael ?

Elle hocha la tête et lui sourit aimablement.

— Par ici, s'il vous plaît.

Amusée, elle le suivit. L'héritière des Carmichael avait reconnu le traitement plein de déférence dont, en tant que journaliste, elle était habituée à se passer.

— Olivia ! s'écria Myra avec chaleur. Comme vous êtes élégante ! Et comme c'est agréable de voir à nouveau les hommes se retourner ! Même si c'est pour se demander si je suis votre mère ou votre vieille tante célibataire d'Albuquerque.

Olivia éclata de rire en s'asseyant sur la chaise que lui proposait le maître d'hôtel. La compagnie de cette femme procurait à la fois une sensation de détente et d'euphorie.

— Madame Ditmyer, je savais que déjeuner avec vous serait le point fort de ma journée.

— Comme c'est gentil ! fit Myra avec un sourire enchanté. Paul, faites apporter un sherry à Mme Carmichael.

— Tout de suite, madame Ditmyer.

Myra croisa les mains sur la table et regarda Olivia avec un intérêt non déguisé.

— Bon, maintenant, racontez-moi tout ce que vous avez fait de passionnant ces jours-ci. Enquêter sur la corruption ou les manœuvres politiciennes dans notre ville doit maintenir dans un état d'exaltation constant.

— J'ai honte de vous décevoir, madame Ditmyer, mais mon travail consiste la plupart du temps à attendre dans un aéroport, ou devant la Maison-Blanche. À moins que je ne sois pendue au téléphone pour découvrir où je dois aller attendre dans l'heure suivante.

— Oh, ma chère, ne brisez pas mes illusions ! Je serais très contente que vous inventiez quelque chose, n'importe quoi du moment que c'est amusant. Et appelez-moi Myra ; j'ai décidé que nous allions nous entendre à merveille.

— Eh bien, moi aussi, je le crois… Malheureusement, nous ne pouvons tous être de grands journalistes, comme Woodwards ou Bernsteins. Mais j'imagine qu'à un moment ou à un autre chacun de nous tombe sur une histoire intéressante. Pour l'instant, nous tentons tous d'en apprendre davantage sur l'obstruction que projette le sénateur Donahue.

— Ah, Michael ! s'exclama Myra, tandis qu'un jeune garçon déposait un verre de sherry devant Olivia. Un bon vivant. Je l'ai toujours apprécié. Personne ne danse la rumba comme Michael Donahue.

Olivia faillit s'étrangler avec une gorgée de sherry.

— C'est vrai ?

— Je vous le présenterai le mois prochain, lors de mon bal du printemps. Vous dansez la rumba, n'est-ce pas, ma chère ?

— J'apprendrai.

Myra lui décocha un sourire éblouissant avant de faire signe au maître d'hôtel.

— Il faudra malheureusement que je me contente d'une salade de fruits. Ces derniers temps, ma couturière me fait trop de reproches.

Le coup d'œil qu'elle jeta à Olivia tenait autant de la nostalgie que de l'envie.

— Ici, les scampi sont délicieux.

— La salade de fruits me convient parfaitement, répliqua Olivia. Pouvoir s'asseoir pour déjeuner est déjà un luxe et je vous remercie de m'avoir invitée... Il est rare que je dispose d'une heure de détente aussi agréable en plein milieu de la journée, ajouta-t-elle lorsque le maître d'hôtel se fut éloigné.

— Mais vous pourrez justifier cette escapade en la baptisant « déjeuner d'affaires ».

L'expression d'Olivia la fit éclater de rire.

— Oh, non, ma chère, ne croyez pas que cela m'offense. Pas du tout. Cela fait d'ailleurs partie de mes intentions. Voyons...

Elle s'inclina vers Olivia avec l'air d'un général dressant le plan de sa prochaine offensive.

— Il faut que vous m'expliquiez quel projet précis vous avez en tête. Je sais que vous en avez un ; c'est dans votre caractère.

Olivia s'appuya contre le dossier de sa chaise, subjuguée par la femme qui lui faisait face.

— Myra, je suis sûre que vous auriez fait un reporter fantastique.

Les joues de Mme Ditmyer rosirent de plaisir.

— Vous croyez vraiment ? C'est merveilleux. C'est vrai que j'aime mettre mon nez un peu partout. Vous le savez, n'est-ce pas ?

— Oui, fit Olivia.

— Bon, dites-moi ce que vous avez en tête.

Olivia sourit franchement.

— D'accord. Mon idée est de faire une émission, tard dans la soirée, sur les femmes et la politique. Pas seulement celles qui font de la politique, mais aussi celles qui ont épousé des hommes politiques. Comment elles font face au stress de ce métier, comment elles mènent leur vie familiale, comment elles affrontent le regard du public, comment elles supportent les voyages, les réceptions officielles, etc. Je voudrais montrer l'envers de la médaille.

— Oui… dit Myra qui réfléchissait intensément. Ça pourrait être très intéressant. Ce métier pèse lourd sur un mariage, vous savez. Les campagnes électorales, les dîners avec les collaborateurs, les innombrables réceptions, le protocole. Une course interminable.

Elle finit son sherry et conclut :

— Oui, vraiment, ça pourrait être intéressant.

— Ça fait deux mois que je harcèle Carl avec cette idée. C'est notre chef de rédaction. Je crois qu'il me donnera le feu vert si je parviens à lui fournir les grandes lignes et quelques noms précis. C'est en voyant Amelia Thaxter au cocktail de l'ambassade du Canada que j'ai décidé de mettre sur pied ce projet.

— Une femme remarquable, commenta Myra.

Elle adressa un regard mélancolique à la salade de fruits qu'on déposait devant elle. Pas de doute : Myra Ditmyer n'était guère encline à la modération, pas même en gastronomie.

— Amelia est passionnée par son métier et extrêmement dévouée à ses électeurs. Elle se consacre à eux de tout son cœur. Il y a longtemps, elle a choisi entre le mariage et sa carrière. Certaines femmes ne peuvent mélanger les deux.

Elle planta sa fourchette dans un morceau d'ananas qu'elle examina avec commisération avant de le porter à sa bouche.

— Ce n'est pas un secret que je vous dis là. Si on lui posait la question, elle le dirait elle-même. Je crois que votre projet l'intéresserait beaucoup. Et il y a Margaret Lewellyn. Elle adore parler d'elle-même. Et puis Barbara Carp...

Trop captivée pour toucher à son déjeuner, Olivia écoutait Myra énumérer les femmes exerçant une fonction politique ou ayant épousé de hauts personnages de Washington. Elle n'avait pas osé en espérer autant. Plus Myra parlait, plus elle s'enthousiasmait pour ce projet.

— Je suis sûre que vous allez en faire quelque chose de très réussi. Et, dès que je serai rentrée, je vais passer quelques coups de téléphone.

— Merci infiniment, dit Olivia, à court de mots pour exprimer sa gratitude. Je ne sais comment...

— Oh, c'est une bricole, répliqua Myra en agitant sa fourchette. C'est beaucoup plus amusant que d'organiser un dîner. D'ailleurs, ajouta-t-elle en décochant à Olivia son sourire rayonnant, j'espère bien être interviewée moi-même.

— C'est quelque chose que je ne voudrais rater pour rien au monde. Myra, vous êtes épatante.

Sur ces mots sincères, elle entama son déjeuner.

— J'essaie, répondit modestement Mme Ditmyer. Bon, voilà une affaire conclue.

Elle lâcha un soupir de satisfaction. Elle appréciait les qualités de cette jeune femme. Oh, oui ! Et lorsque Myra Ditmyer se faisait une opinion sur quelqu'un, elle n'en changeait pas davantage que son époux ne changeait un jugement de la Cour suprême.

— Je dois vous dire que, lorsque j'ai organisé ce bridge, j'ignorais complètement que Greg et vous vous connaissiez déjà. J'adore qu'on me surprenne.

— C'était un ami très proche, dit Olivia en tripotant sa fourchette. Le revoir m'a fait grand plaisir.

Myra l'observa attentivement.

— J'ai dit que j'avais été surprise mais...

Le regard d'Olivia se souda au sien.

— ... il ne m'a pas fallu longtemps pour assembler les pièces du puzzle. Lorsqu'il était à l'université, Greg m'a souvent écrit au sujet d'une Livvy. J'espérais qu'il était en train de vivre une délicieuse histoire d'amour. Cette jeune fille le fascinait.

— Myra, je...

— Non, non, laissez-moi finir. Greg m'a toujours écrit régulièrement. Venant d'un très jeune homme, c'était touchant. Lorsqu'il m'a écrit que cette Livvy s'intéressait plus à son camarade de chambre qu'à lui, j'ai été très chagrinée.

— C'était il y a si longtemps...

— Ma chère, dit Myra en posant une main sur celle d'Olivia, excusez-moi mais Greg ne m'a rien caché de ses sentiments. Je suppose qu'écrire lui permettait de les sonder. Il était désespérément amoureux de vous et en même temps très proche de Doug. Se trouver entre vous deux lui a été très pénible et c'est sans doute parce que j'étais loin qu'il m'écrivait aussi sincèrement. Il m'a tout raconté. Tout.

Son regard et la pression de sa main firent comprendre à Olivia que ce « tout » n'était pas exagéré. Myra ne devait rien ignorer de ces années. Olivia la regarda d'un air accablé.

— Reprenez un peu de vin, ma chère. Je m'en voudrais de vous replonger dans la souffrance. Nous apprenons tous à faire face, à endurer, non ? poursuivit-elle d'une voix si calme qu'Olivia lui obéit. Le deuil, le chagrin, la déception... on n'atteint pas mon grand âge sans avoir eu droit à toute la gamme. Ça a dû être affreux pour vous. Vous avez dû penser que vous n'y survivriez pas.

— C'est vrai, murmura Olivia. J'étais même sûre de ne pas y survivre.

— Et pourtant vous y êtes parvenue. C'est l'essentiel.

Myra lui tapota la main, se renfonça dans son fauteuil et attendit.

Que ce fût dû à un talent particulier de Myra ou à l'intérêt sincère qu'elle lui portait, Olivia répondit plus librement qu'elle ne l'aurait fait en d'autres circonstances.

— Pendant un certain temps, j'ai pensé qu'il serait préférable de mourir, plutôt que de vivre avec cette souffrance. Il n'y avait personne… Enfin, si, il y avait ma famille, corrigea-t-elle avec un soupir. J'imagine qu'ils ont fait de leur mieux ; à leur façon, ils se sont montrés compatissants mais…

Un second soupir toucha Myra jusqu'au cœur.

— J'avais envie de hurler. De déchirer quelque chose. N'importe quoi. Mais ils ne comprenaient pas ce genre de besoin. Le chagrin, le chagrin privé devait rester privé. On devait le supporter avec dignité.

— Inepties, jeta Myra. Quand on souffre, on pleure et tant pis pour ceux qui n'aiment pas voir les larmes couler.

Olivia rit de bon cœur.

— Vous m'auriez été d'un grand secours à l'époque. Je n'aurais pas fait un tel gâchis.

— C'est votre opinion, répliqua Myra avec sévérité. Il est temps que vous repreniez confiance en vous. Mais, comme je le disais, vous y avez survécu et c'est le passé. Parlez-moi plutôt de vous et de T. C.

— Oh… fit Olivia en baissant les yeux sur sa salade.

Qu'y avait-il à dire à ce sujet ? Là encore, elle était responsable d'un beau gâchis.

— Je ne peux quasiment rien espérer entre Greg et vous. Mais, comme j'aime beaucoup T. C., je m'en contenterai.

— Je ne me remarierai jamais.

— Quelle sottise ! s'exclama Myra en riant. On vous a beaucoup vus ensemble ces derniers temps, non ?

— Oui, mais…

Olivia se renfrogna. Myra avait vraiment manqué sa vocation.

— C'est un homme beaucoup trop intelligent pour vous laisser échapper. Je parierais les trophées de golf de Herbert qu'il vous a déjà demandé de l'épouser.

— Heu, non. Plus exactement, il m'a annoncé que j'allais l'épouser mais…

— C'est beaucoup plus conforme à son caractère, remarqua Myra, enchantée. Et, bien sûr, ça vous a hérissée.

— Il est d'une arrogance insupportable.

— Et il vous aime terriblement.

Cette affirmation pétrifia Olivia.

— Olivia, un aveugle l'aurait remarqué, le soir de mon bridge. Et j'ai une bonne vue. Qu'allez-vous faire ?

Olivia eut l'impression de se dégonfler comme un ballon qu'on vient de percer avec une épingle.

— J'ai… j'ai tout gâché. La nuit dernière.

Myra la dévisagea un instant sans parler. Cette enfant était manifestement en pleine confusion. C'était une honte, tous ces gens qui pensaient trop et agissaient si peu. Tout ça pour se faire du mal.

— Vous savez, contrairement à la maxime, la vie n'est pas courte. Elle est terriblement longue, dit-elle en tapotant la main de la jeune femme.

Le regard sérieux d'Olivia la fit sourire avec tendresse.

— Mais pas tout à fait assez longue cependant. Cela fait trente-cinq ans que je vis avec Herbert. Si j'avais écouté mes parents – que Dieu les bénisse –, je n'aurais jamais épousé un homme qui paraissait si sérieux, qui était beaucoup plus âgé que moi et qui ne pensait qu'à son travail. Pensez à tout ce que j'aurais manqué. La vie mérite qu'on prenne quelques risques. Et pour prouver ce que je dis, ajouta-t-elle, je vais prendre un peu de cette mousse au citron…

Des heures plus tard, tout en se préparant pour son émission, Olivia repensait encore aux propos de Myra. Il est temps de faire quelque chose, décida-t-elle en plein milieu de la page sportive. Il est temps de cesser de ruminer sans rien faire.

Son émission à peine achevée, elle monta l'escalier. La voyant approcher, la réceptionniste lâcha un soupir résigné.

— Il n'est pas là, dit-elle tout en ramassant ses affaires pour partir. Il fait un reportage.

— Je vais l'attendre dans son bureau, jeta Olivia en la contournant sans s'arrêter.

Que vais-je lui dire ? se demanda-t-elle en refermant la porte derrière elle. *Que puis-je dire ?* Elle se mit à marcher de long en large tout en réfléchissant.

Cela faisait une drôle d'impression de se trouver là en l'absence de Thorpe. La pièce lui ressemblait. Accrochées au mur, des photos le montraient en compagnie de différents chefs d'État et personnalités de Washington. Sur chacune, il avait un air détendu, ni crispé, ni obséquieux. Il était lui-même, T. C. Thorpe, et cela suffisait. Des notes griffonnées parsemaient son bureau et un presse-papiers maintenait une grosse pile de documents. Elle s'approcha de la fenêtre pour voir quelle vue il avait de la ville.

Elle aperçut le dôme du Capitole qui, au soleil couchant, prenait une teinte rosée, presque féerique. La circulation était dense mais les vitres épaisses isolaient du bruit. Elle regarda les lignes et les méandres des rues, les vieux bâtiments pleins de majesté, les cerisiers qui commençaient à fleurir. Ce n'était pas l'agitation frénétique de New York mais le spectacle ne manquait pas de grandeur. Absorbée dans sa contemplation, elle n'entendit pas Thorpe entrer.

Surpris, il resta un instant immobile, la main sur la poignée de la porte.

— Liv ?

Elle pivota et il vit son expression passer de l'étonnement à la joie puis à une inquiétude contenue. Il eut très envie de la prendre dans ses bras et de faire comme si la soirée de la veille n'avait pas eu lieu.

— Thorpe...

Olivia avait brusquement oublié tous ses discours soigneusement concoctés. Elle resta plantée sur place, le dos à la fenêtre, les bras ballants.

— J'espère que ça ne t'ennuie pas que je sois entrée chez toi.

Il prit aussitôt l'air amusé, un peu ironique, qu'elle lui connaissait.

— Bien sûr que non. Tu veux un café ?

Il s'approcha de la cafetière d'une démarche si désinvolte qu'elle en vint à se demander si elle n'avait pas imaginé sa déclaration d'amour, moins de vingt-quatre heures plus tôt.

— Non, je... Je suis venue te demander si tu pouvais dîner chez moi ce soir.

Cette proposition avait jailli impulsivement. Pressentant un refus, elle enchaîna rapidement :

— Évidemment, je ne peux te promettre un repas comme celui que tu m'as préparé mais je ne t'empoisonnerai pas.

Renonçant à préparer du café, il se tourna vers la jeune femme.

— Liv, je doute que ce soit une bonne idée.

— Thorpe...

Elle se détourna un instant pour rassembler son courage. Ce qu'elle aurait voulu, c'était pleurer, et pleurer sur son épaule. Ce qui ne les aiderait ni l'un ni l'autre.

— Il y a beaucoup de choses que tu ne sais pas, que tu ne peux pas comprendre. Mais je veux que tu saches que je t'aime bien, peut-être plus que ce que je peux supporter.

Elle avait les nerfs à vif et sa voix la trahissait. Elle fit un pas vers lui.

— Je sais que c'est beaucoup demander mais ce qu'il me faudrait, c'est seulement un peu de temps.

Prière qui lui coûtait visiblement. Et, la connaissant, il savait que venir le trouver de cette façon lui avait aussi beaucoup coûté. Ne s'était-il pas exhorté à la patience ?

— J'ai quelques petites choses à régler ici, répondit-il. Ça te va si j'arrive dans une heure environ ?

— Très bien, lâcha-t-elle avec un soupir de soulagement.

Une heure plus tard, les nerfs d'Olivia étaient tendus à craquer. Elle essayait de se concentrer sur la préparation du repas mais ses yeux revenaient sans cesse à la pendule.

Je devrais peut-être me changer, se dit-elle en jetant un regard inquiet sur son tailleur gris très strict. Elle retournait à la cuisine lorsque la sonnette de l'entrée la fit sursauter. Oh, arrête, tu es ridicule, se sermonna-t-elle. Le cœur battant, elle ouvrit la porte.

— Bonsoir, fit-elle, avec un sourire légèrement crispé. Tu arrives à l'heure dite. Je vais mettre les steaks à griller dans une minute.

Elle referma la porte puis se demanda que faire de ses mains.

— Les steaks, c'est ce qu'il y a de plus sûr. Je ne risque pas de les rater. Tu veux un verre ?

Quelle conversation idiote ! songea-t-elle. Seigneur… Il dardait à nouveau sur elle son regard calme et insistant. Sans attendre sa réponse, elle s'approcha du bar. Un petit verre serait le bienvenu.

— Tu veux un whisky ? demanda-t-elle en se servant un martini.

Elle sentit les mains de Thorpe se poser sur ses épaules.

Lorsqu'il la fit se retourner, elle ne résista pas et se laissa étreindre. Toute tension nerveuse la quitta aussitôt.

— Oh, Thorpe, j'ai failli devenir folle ! J'ai besoin de toi.

Aveu lourd de sens. Elle releva le visage pour le regarder dans les yeux.

— Ne t'en va pas, murmura-t-elle. Ne t'en va pas ce soir.

Elle pressa ses lèvres contre celles de Thorpe et le monde reprit vie.

— Fais-moi l'amour, Thorpe, murmura-t-elle. Maintenant. Tout de suite.

Sans cesser de l'embrasser, il la fit s'allonger sur le canapé. Il la caressa doucement, retrouvant la forme de son corps sous les vêtements. Haletante, elle se prêta à ses explorations. Avec une douceur à la limite du supportable, il l'embrassa encore et encore jusqu'à ce qu'Olivia capitulât totalement, cœur, corps et esprit. Une reddition délicieuse.

Il la déshabilla lentement, laissant ses doigts s'attarder sur la pointe d'un sein, dans le creux de la taille. Avec un soupir, Olivia s'abandonna totalement.

Il la caressait légèrement avec une sorte de révérence et, lorsqu'elle se mit à frissonner et à se cambrer, il prit encore son temps.

Il taquina de la langue la pointe d'un sein et Olivia sentit le désir la creuser. Mais, refusant de se hâter, il poursuivit baisers et caresses.

Elle s'entendit l'appeler d'une voix qu'elle ne reconnut pas, chargée de passion et d'urgence. Son corps n'était plus passif mais réclamait ardemment d'être possédé. Par lui. Seulement lui. Il la prit lentement et l'entraîna au paradis.

13

— Hé, fit Thorpe en embrassant Olivia dans le cou pour la réveiller. Tu comptes dormir toute la journée ?

Gardant les yeux fermés, elle se blottit contre lui.

— Hum.

Sentir son corps contre le sien était tout ce qu'elle désirait. Qu'on fût le matin, la nuit ou l'après-midi, peu importait.

— Il est 9 heures passées, reprit-il en lui caressant lentement le dos, ce qui la fit soupirer de plaisir. Nous allons passer la journée en bateau, tu te rappelles ?

Elle entrouvrit les yeux. C'était le matin. Samedi matin. Elle lui adressa un sourire ensommeillé.

— Passons-la plutôt au lit, suggéra-t-elle.

— Quelle femme paresseuse…

Et belle, songea-t-il en lui repoussant les cheveux du visage. Belle à faire mal.

— Paresseuse ? répéta Olivia en haussant les sourcils. J'ai des quantités d'énergie en réserve… Des quantités, répéta-t-elle d'une voix assoupie avant de refermer les yeux avec un bâillement.

— Oh, oui, je vois ça. On commence par un petit jogging ?

Elle rouvrit les yeux.

— J'ai une bien meilleure idée.

Il fut surpris par l'ardeur de son baiser et la promptitude avec laquelle elle se hissa sur lui. Un soupir lui échappa et son pouls s'accéléra aussitôt. Les mains d'Olivia se firent entreprenantes, presque agressives, et sa bouche avide. Elle le prit avant qu'il ait pu bien comprendre qui dirigeait les opérations cette fois.

La réaction de Thorpe donna à Olivia un sentiment de puissance. Elle l'embrassa avec passion, puis le picora de baisers pressants sur le cou, les épaules, la gorge. Sa langue dessina le contour de ses seins.

Quand était-elle devenue si forte ? se demanda-t-il, stupéfait. Ou bien était-ce lui qui était devenu faible ? Il eut besoin de la prendre maintenant. Tout de suite. Son cœur battait furieusement ; le désir le torturait.

Mais lorsqu'il tenta de la faire basculer, elle le maintint sous elle et l'embrassa de nouveau. Au bord de l'asphyxie, il l'étreignit. Elle était dans ses poumons, dans ses pores. Elle l'habitait. Ses mouvements sur lui le rendaient fou.

Puis il fut en elle et toute pensée claire disparut. Le monde explosa. Il entendit le tonnerre rugir dans sa tête, effacer tout le reste. Puis ce fut le souffle d'Olivia, court, haletant. Frémissant de tous ses membres, il la berça contre lui.

Ma femme, se dit-il avec véhémence tandis que, encore tremblante, elle se reposait dans ses bras.

Il s'interdit de prononcer le mot et attendit. Il lui fallait encore être prudent.

— Je suppose que tu veux des excuses, dit-il.

— Hum ?

— Pour t'avoir traitée de paresseuse.

Avec un petit rire, elle se laissa glisser sur le côté.

— Ça me paraît équitable, fit-elle en fermant les yeux. Fais-le quand je me réveillerai.

— Oh, non !

Il se leva et la tira hors du lit.

— On va faire du bateau, voyons.

— Tu es obsédé, soupira-t-elle.

— Absolument... Je te laisse prendre la douche en premier, ajouta-t-il en l'embrassant sur le nez.

— Merci, fit-elle d'un ton acerbe.

Il sourit et la regarda disparaître dans la salle de bains. Après avoir enfilé un pantalon, il joua deux secondes avec l'idée de préparer du café puis prit une cigarette. Rien ne pressait. Olivia s'était mise à chantonner sous sa douche.

Le briquet lâcha une étincelle mais pas de flamme. En quête d'allumettes, il regarda autour de lui et, n'en voyant pas, ouvrit le tiroir de la table.

La photographie attira immédiatement son attention. D'abord parce que l'appartement d'Olivia en était totalement dépourvu, et ensuite parce que l'enfant qui souriait sur le papier glacé était d'une beauté frappante. Il prit le cadre en argent et examina la photo.

Le petit garçon n'avait pas plus d'un an ; les joues rondes, il souriait de tout son cœur. Ses épais cheveux noirs bouclaient avec exubérance et ses yeux, bleu sombre, brillaient de joie malicieuse. C'était un enfant auquel les gens croisés dans la rue devaient sourire spontanément et que ses oncles et tantes devaient gâter. On pouvait presque entendre son rire prêt à jaillir.

Gardant la photo dans ses mains, Thorpe s'assit sur le lit.

— J'espère avoir utilisé toute l'eau chaude, dit Olivia de la salle de bains. Ça t'apprendra à me tirer du lit un samedi matin dès l'aube.

Ouvrant la porte, elle s'arrêta pour nouer la ceinture de sa robe de chambre.

— Je ne sens pas l'odeur du café. Tu aurais pu au moins...

Découvrant ce que Thorpe tenait à la main, elle s'interrompit. Il vit son visage blêmir et son expression joyeuse s'effacer instantanément.

— Liv... commença-t-il.

Lui expliquer qu'il cherchait des allumettes était inutile. Les mots ne comptaient pas ; d'ailleurs, elle n'était sans doute pas en état de les entendre.

— Qui est-ce ?

Dix secondes au moins s'écoulèrent avant qu'elle ne relevât les yeux jusqu'aux siens. Il la vit déglutir et remarqua le tremblement de ses lèvres mais, lorsqu'elle parla, ce fut d'une voix assurée.

— Mon fils.

Il n'en fut pas surpris. La ressemblance était indéniable. Pourtant, la réponse d'Olivia lui causa un choc qu'il dissimula de son mieux.

— Où est-il ?

Elle était livide à présent. Il n'avait jamais vu de regard aussi sombre, aussi chargé de pensées, de secrets et de chagrin. Elle frissonna.

— Il est mort.

Elle se hâta de se détourner et ouvrit la penderie. Ne voyant plus qu'un brouillard de couleurs, elle prit une tenue au hasard. Et lorsqu'elle sentit les mains de Thorpe se poser sur ses épaules, elle continua à fourrager entre les cintres.

— Liv…

Il lui fallut insister pour la faire se retourner.

— Il faut que je m'habille si nous voulons sortir.

Elle tenta de se dégager, mais il tint bon.

— Arrête.

L'ordre la fit souffler un grand coup comme si elle avait reçu un coup de poing.

— Non, ne fais pas ça. Pas maintenant. Plus jamais. Pas avec moi.

Et avant qu'elle ait pu dire un mot, il l'attira à lui et l'étreignit.

Elle aurait pu résister à l'ordre. Mais pas à cette force, à ce réconfort, qu'il lui offrait. Les barrières dressées autour de son âme s'effondrèrent.

— Viens t'asseoir et raconte-moi, dit-il en la guidant vers le lit.

Elle s'assit à côté de lui, prit la photographie et la posa sur ses genoux. Sentant qu'elle avait besoin de se recueillir, il attendit. Lorsqu'elle commença à parler, ce fut d'une voix hésitante que ses fidèles téléspectateurs n'auraient pas reconnue.

— J'avais dix-neuf ans quand j'ai rencontré Doug. Il avait reçu une bourse pour étudier le droit. C'était un jeune homme brillant et gai, ce qui ne l'empêchait pas d'avoir une très nette idée de ce qu'il voulait devenir : le meilleur avocat du pays. Il allait changer notre système juridique de l'intérieur, défier les moulins à vent, combattre les dragons.

Un mélange de Don Quichotte et de saint Georges, voilà qui était Doug.

Thorpe gardant le silence, elle inspira profondément et reprit d'une voix plus ferme :

— Nous venions de milieux totalement opposés mais nous avions tous deux des idéaux très élevés. Nous nous sommes éblouis l'un l'autre. Il faut dire que nous étions très jeunes.

Elle soupira et reprit :

— Nous nous sommes mariés moins de trois mois après notre première rencontre. Ma famille… disons qu'ils ont été très surpris. Parfois je me dis que c'est aussi une des raisons qui m'ont poussée à l'épouser. Cette idée ne me plaît pas.

Les yeux dans le vide, elle semblait contempler ses souvenirs. Un bref instant, Thorpe se sentit brusquement rejeté. Il écarta ce sentiment et attendit la suite.

— Mariage un peu bancal. Nous étions jeunes et les difficultés étaient nombreuses. Doug potassait ses examens ; je travaillais comme stagiaire dans une chaîne locale tout en étudiant dès que j'avais une minute. L'argent ne comptait pas pour nous ; heureusement, car il se faisait rare. Nous avons eu de bons moments mais Doug était…

Elle chercha les mots adéquats.

— Il ne savait pas résister aux femmes. Il m'aimait vraiment, je le crois, mais il avait du mal à être fidèle. Il n'accordait guère d'importance à ses… écarts, et mon expérience amoureuse était limitée.

Thorpe se retint à grand-peine. Il ne voulait pas l'interrompre alors qu'elle se livrait enfin mais il avait envie de maudire l'imbécile qu'elle avait épousé. Il se souvenait des craintes qu'Olivia avait exprimées dès leur première nuit, quant à son incapacité prétendue à offrir du plaisir. Au moins comprenait-il à présent d'où lui venait cette idée. Il garda le silence.

— Nous n'avions qu'un an de mariage lorsque Joshua est né. Ma famille nous a trouvés complètement fous de nous lancer dans une pareille aventure avec un revenu très inférieur à ce qu'ils considéraient comme le minimum vital. Mais nous voulions un bébé. Nous voulions tous les deux cet enfant. Josh est devenu tout de suite le centre de notre vie. Un enfant exceptionnel...

Ses yeux se fixèrent sur la photo qui reposait sur ses genoux.

— Je sais bien que toutes les mères pensent la même chose de leur bébé. Mais il était si beau et si gai. Il n'a quasiment jamais pleuré.

Elle vit la larme s'écraser sur le cadre en argent et ferma les yeux.

— Nous l'adorions. Impossible de faire autrement. Durant près d'une année, nous avons été heureux. Vraiment, vraiment heureux. Doug était un père formidable. Aucune tâche ne le rebutait. Je me souviens d'un matin où il m'a réveillée, fier comme Artaban, parce que Josh venait de percer sa première dent.

Olivia garda le silence une minute. Comprenant qu'il lui fallait respecter son rythme, Thorpe attendait, un bras autour de ses épaules.

— J'ai obtenu mon diplôme et nous sommes partis nous installer dans le New Jersey. Doug avait été embauché dans un petit cabinet juridique et, moi, j'avais déniché un travail à WTRL. Au début, j'assumais la permanence de nuit. Ce n'était facile ni pour lui ni pour moi. Nous démarrions nos carrières, en acceptant ce que les autres ne voulaient pas, en travaillant à des heures indues et en nous partageant l'éducation et les soins de notre enfant. Je ne crois pas que Josh en ait souffert. En tout cas, ça ne se voyait pas ; c'était un bébé joyeux. Je passais la journée avec lui ; Doug prenait la suite dans la soirée et le mettait au lit. Puis il y a eu un incident avec une employée du cabinet où travaillait Doug ; il n'a pas su lui résister. Un petit écart. Cela faisait un an qu'il n'en avait pas commis. J'ai fermé les yeux… Du moins, j'ai essayé, corrigea-t-elle avec un haussement d'épaules. En tout cas, il s'est repenti abondamment. Nous avons essayé de ressouder nos liens. Nous devions penser au bébé. Rien ne comptait plus pour nous que Josh. Finalement, j'ai pu quitter la permanence de nuit et travailler de jour. On m'a confié la météo et quelques reportages mineurs. Nous avons passé un temps fou à dénicher une baby-sitter qui nous convînt. Déjà, nous nous heurtions. Doug voulait que j'arrête de travailler pour m'occuper de Josh et moi, je ne voulais pas.

Elle pressa les doigts sur ses paupières puis les reposa sur ses genoux.

— Il était si équilibré, si joyeux. Je l'aimais plus que tout au monde mais il ne m'a pas paru nécessaire, ni raisonnable, d'arrêter de travailler, de renoncer à ma carrière pour rester avec lui chaque minute. Il fallait tenir compte de nos besoins financiers et de mes propres besoins. En outre, je ne voulais pas l'étouffer.

Sa voix perdit de sa fermeté et se mit à hésiter.

— C'était très tentant de rester avec lui et de le gâter. Doug disait que, si j'en avais eu le pouvoir, je l'aurais maintenu à l'état de bébé éternellement. Moi, je trouvais qu'il poussait Josh à grandir trop vite. C'était touchant de le voir offrir à ce tout petit homme encore trébuchant un ballon de football et envisager l'achat d'un vélo alors que Josh atteignait tout juste ses dix-huit mois. Pour ses deux ans, il a acheté un énorme portique, avec balançoire, trapèze, corde à nœuds, qui me terrifiait par sa taille. Nous nous sommes un peu disputés à ce sujet, mais pas gravement. Doug riait et me reprochait d'être trop protectrice. Je riais en lui rappelant qu'il avait passé trois semaines à chercher le siège-auto idéal. Si j'avais... si j'avais écouté mon intuition, tout aurait été différent.

Olivia fixa la photographie puis la pressa sur sa poitrine.

— La baby-sitter m'a appelée au bureau pour me dire que Josh était tombé de la balançoire. Il n'avait qu'une bosse sur le crâne mais j'ai tout lâché ; j'ai appelé Doug et suis rentrée en hâte. Doug était déjà là. Josh semblait aller bien mais nous étions paniqués et nous l'avons emmené aux urgences de l'hôpital le plus proche. Je me souviens de notre attente tandis qu'on lui radiographiait la tête. Je revois cette grande salle avec ces chaises en plastique noir, ces cendriers métalliques et ces lampes au plafond. Le carrelage était noir, avec des points blancs. Je ne cessais de les compter et de les recompter tandis que Doug marchait de long en large. Le médecin nous a rejoints et nous a emmenés dans son bureau. Sa voix douce m'a terrifiée. J'ai tout compris avant qu'il ne l'ait dit. Mais y croire, c'était impossible.

Elle pressa les mains sur sa bouche pour refouler les sanglots qui lui montaient à la gorge. Chaque détail revenait avec une précision insupportable, ramenant la souffrance et l'horreur.

— Lorsqu'il nous a dit que Josh avait succombé à une embolie, j'ai dit : « Non, ce n'est pas vrai ! » Partir, comme ça, c'était impossible.

Elle se balançait d'avant en arrière, la photo pressée sur son sein tandis que les sanglots commençaient à lui déchirer la gorge.

— Je ne sais plus ce qui s'est passé ensuite. J'ai hurlé, je me suis débattue et on m'a donné un sédatif. Ensuite, je me revois à la maison. Doug était anéanti. Nous ne sommes pas arrivés à nous réconforter mutuellement. Au contraire, nous nous sommes emportés l'un contre l'autre. Des choses horribles ont été prononcées. Il m'a reproché de ne pas être restée à la maison pour m'occuper de notre enfant, pour veiller sur lui. Si j'avais été là, peut-être que… Et je lui rendais coup pour coup. C'était lui qui avait acheté ce portique trop grand pour un bébé de deux ans. Ce foutu truc métallique qui avait tué mon enfant.

— Liv…

Il aurait voulu pouvoir tout effacer, la souffrance, le deuil, les souvenirs. Elle continuait à presser la photo sur elle comme si son cœur pouvait lui insuffler la vie. Quel réconfort pouvait-il lui offrir ? Aucun mot ne serait efficace. Il ne pouvait que l'étreindre.

Elle essuya ses yeux d'un geste brusque. L'histoire était loin d'être finie. Olivia ne pouvait s'arrêter. Il lui fallait aller jusqu'au bout.

— Greg est arrivé. C'était le parrain de Josh et notre meilleur ami. Dieu sait que nous avions besoin d'un ami. Notre monde venait de s'écrouler. Il s'interposa et nous empêcha de continuer à nous faire du mal. Mais le pire avait eu lieu. Josh était mort.

Elle lâcha un soupir qui la secoua tout entière.

— Il était mort et rien ne pouvait annuler ce fait, ni le modifier. Il n'y avait pas de coupable. C'était un accident. Un simple accident.

Elle se tut un long moment. Il comprit qu'elle rassemblait ses forces pour affronter la suite. Il aurait voulu qu'elle cessât de souffrir, qu'elle refoulât à jamais cette souffrance dans son passé. Mais avant qu'il eût pu trouver les mots adéquats, elle avait repris :

— Greg s'est occupé de tout... pour l'enterrement. Je n'étais pas en état de le faire. On me donnait quelque chose, je ne sais pas quoi exactement mais, cette première semaine, Doug et moi, nous étions comme des zombies. Ma famille est venue mais ils me connaissaient mal et ils avaient peu vu Josh. Chaque jour, je tendais l'oreille en passant devant sa chambre et espérais l'entendre jouer et gazouiller. J'ai repris mon travail parce que je ne pouvais plus supporter de rester à la maison et d'attendre qu'il se réveille.

Les larmes jaillissaient à présent. Sa voix était rauque de sanglots. Thorpe était bouleversé. Ce n'était pas ce drame affreux qu'il s'était attendu à trouver derrière les défenses d'Olivia. Aveuglée par sa souffrance, elle ne devait même plus être consciente de sa présence ni du bras qui l'enlaçait.

— Notre mariage était fini. Nous le savions sans pouvoir le formuler. C'était comme si nous espérions qu'en restant ensemble Josh allait avoir pitié de nous et revenir. Nous nous montrions polis l'un envers l'autre, tout en nous évitant autant que possible.

Je voulais quelqu'un sur qui m'appuyer, quelqu'un pour me dire... J'ignore quels mots j'avais besoin d'entendre mais en tout cas Doug ne les connaissait pas. Et moi, je ne connaissais pas non plus ceux dont il avait besoin. Nous partagions le même lit en prenant soin de ne pas nous toucher. Cette existence sinistre s'est prolongée près d'un mois. Un jour je... je lui ai demandé de m'accompagner dans la chambre de Josh pour m'aider à trier ses affaires. Je n'avais pas la force de le faire seule et il fallait que ce soit fait. Doug a quitté la maison et n'est pas revenu de toute la nuit. Il ne pouvait affronter ça, et moi, toute seule, je n'y arrivais pas non plus. J'ai dû appeler Greg au secours et nous avons...

Appuyant la paume de sa main sur son front, elle tenta de ne pas s'étrangler sur les mots qui restaient à prononcer.

— Doug et moi n'en avons plus reparlé. Ensuite ma sœur Mélinda est venue. Elle avait beaucoup aimé Josh, mais à sa façon. Par exemple, elle n'avait pas cessé de lui envoyer quantité de jouets hors de prix et trop sophistiqués pour intéresser un bébé. Sa présence a paru nous aider un peu. C'était une distraction. Elle nous obligeait à sortir de la maison, à lui trouver des activités amusantes et à ne plus penser à... à tout. Je crois que ça m'a aidée ; j'ai commencé à comprendre qu'en faisant semblant d'être encore mariés, Doug et moi, nous nous faisions du mal. Il fallait s'arrêter. J'ai décidé de demander le divorce avant que lui ou moi ne commette quelque chose d'impardonnable. Ce n'était pas facile. J'y ai réfléchi pendant des jours. Un après-midi, je suis rentrée plus tôt que d'habitude pour avoir le temps de préparer ce que je devais dire à

Doug. J'avais pris la décision d'aborder le sujet le soir même. Sa voiture était garée devant la maison. J'ai supposé qu'il était malade et avait dû rentrer se coucher. Il était effectivement au lit, mais pas tout seul. Avec ma sœur.

Très doucement, elle reposa la photo sur ses genoux.

— Ce fut le coup décisif. Ma sœur, ma maison, mon lit. Je suis partie avant qu'ils aient pu dire quoi que ce soit. Je ne voulais rien entendre. Et je ne voulais pas m'entendre dire les choses horribles qui m'auraient sûrement échappé si j'étais restée. Je suis allée dans un motel. C'est là que j'ai compris que mes parents avaient raison. Si on vit calmement, sans bouleverser sa vie par des attachements trop forts, on ne risque pas de souffrir. C'était comme cela que j'allais vivre désormais. Personne ni rien ne me ramènerait à ce point de vulnérabilité. J'avais eu mon compte de souffrance. J'ai demandé le divorce. Doug a chargé Greg de s'en occuper. Je ne lui ai plus jamais parlé, sinon par l'intermédiaire de Greg. Au bout d'un certain temps, j'ai compris qu'il s'était contenté de me devancer sur une voie que, moi aussi, j'avais choisie. Il avait utilisé Mélinda pour mettre le point final à quelque chose qui nous démolissait. Cette idée m'a aidée à lui pardonner. Et aussi le fait que nous avions eu et perdu ensemble quelque chose d'extraordinaire.

Sur ce dernier mot, elle fut prise de sanglots incontrôlables. Thorpe la serra contre lui jusqu'à ce que la douleur se dissipât.

14

Une légère brise ridait l'eau du Potomac et caressait les cheveux d'Olivia. À présent qu'ils étaient là, étendus au soleil, Thorpe se félicitait d'avoir convaincu Olivia de sortir. Le soleil et un peu d'activité physique lui feraient du bien. Une autre femme aurait préféré se reposer. Pas Olivia.

Elle avait encore le teint pâle et les yeux rouges. Mais une force indéniable émanait d'elle, provoquant l'admiration de Thorpe. Maintenant, il savait pourquoi elle s'était réfugiée sous cet air glacé et lointain. Il avait bien regardé le visage du petit garçon, un visage plein de vie et de joie, et il souffrait pour elle de cette perte incommensurable. Imaginer Olivia mariée, avec un fils, bâtissant une vie avec un autre homme, lui était difficile. Une petite maison dans la banlieue, un jardin clos, des jouets sous le canapé, tout cela lui semblait bien éloigné de cette femme. Et pourtant, peu de temps auparavant, ç'avait été sa vie. Et cela pourrait être de nouveau sa vie, mais avec lui cette fois-ci. C'est ce que voulait Thorpe, pour elle comme pour lui.

Plus que jamais, il comprenait qu'il lui faudrait procéder prudemment. Elle était forte, oui, mais elle avait terriblement souffert.

Doug... La colère le prit en pensant à cet homme. Il ne pouvait pardonner aussi aisément qu'Olivia. Ce type avait brisé Olivia par sa propre faiblesse et de plus il lui avait inoculé la peur. À Thorpe, à présent, de la rassurer, de la convaincre qu'il ne se déroberait pas, qu'il resterait toujours à ses côtés.

Olivia regardait Thorpe ramer. Ses muscles jouaient avec aisance et il semblait guider le bateau sans effort. Pour prouver sa force et sa virilité, il n'avait pas besoin de faire saillir ses biceps. Il se connaissait bien et son assurance venait de là.

Ainsi donc, elle lui avait tout raconté. Cela faisait des années qu'elle ne s'était livrée aussi complètement. Thorpe n'ignorait plus rien d'elle à présent. Pourquoi lui avait-elle tout raconté ? Peut-être parce qu'elle avait su, ou espéré, qu'il serait toujours là à la fin du récit. Et il était là. Ne prodiguant ni questions ni conseils, mais seulement un soutien. Il avait compris ce dont elle avait besoin. C'était un homme exceptionnel. Pourquoi lui avait-il fallu autant de temps pour le découvrir ? Jamais elle ne s'était sentie aussi détendue, en sécurité et réconciliée avec elle-même, comme purgée de son chagrin. Pendant un instant, elle ferma les yeux pour savourer sa nouvelle sérénité.

— Je ne t'ai pas remercié, dit-elle tranquillement.

— De quoi ?

Il manœuvrait les avirons à coups réguliers.

— De ta présence et de ne pas avoir prononcé toutes ces petites banalités lénifiantes que les gens se croient obligés de dire quand quelqu'un s'effondre devant eux.

— Tu souffrais, dit-il en la regardant dans les yeux. Rien de ce que j'aurais pu dire n'aurait effacé ce qui s'est passé ni ne l'aurait rendu plus facile à encaisser. Mais je suis là, maintenant.

— Je sais, soupira-t-elle en s'allongeant de nouveau. Je sais.

Ils gardèrent le silence un instant. D'autres bateaux circulaient sur la rivière mais ils en restaient assez loin pour n'être pas troublés dans leur intimité. Comme s'ils naviguaient sur leur rivière privée dans leur monde à eux.

— Il est encore trop tôt dans la saison pour que la rivière soit bondée, remarqua Thorpe. L'été, j'aime venir à l'aube, lorsque les premiers rayons de soleil apparaissent. La ville paraît alors incroyablement calme. Il n'y a encore aucun touriste et on oublie ce qui se passe au Pentagone ou au Capitole. Ce ne sont que des bâtiments, plutôt exceptionnels, parfois splendides. Le samedi ou le dimanche, quand je n'ai pas d'article à boucler, je vais ramer et je les regarde d'une façon différente, comme si je n'y avais jamais mis les pieds.

— C'est drôle, fit Olivia. Il y a un mois ou deux, j'aurais été surprise de t'entendre parler comme ça. Je te voyais comme un homme poussé uniquement par l'ambition et complètement absorbé par son travail. Je n'aurais pas imaginé que tu puisses avoir besoin de t'en éloigner, de changer d'allure.

Il sourit tout en continuant à ramer régulièrement.

— Et maintenant ?

Elle se redressa et le vent se mit à jouer dans ses cheveux.

— Maintenant, je te connais. Quand as-tu découvert que ramer pouvait t'éviter un ulcère ?

À la fois amusé et content, il éclata de rire.

— Tu me connais vraiment ! Je l'ai découvert quand je suis revenu du Moyen-Orient. C'était dur là-bas. Et ça a été dur de revenir. Beaucoup de soldats éprouvent la même chose. Se réadapter à la vie normale n'est pas facile. Je me suis mis à lutter contre mes frustrations de cette façon et c'est vite devenu une habitude.

— Ça te va bien. Un sport qui demande de l'énergie mais sans esbroufe… Ce n'est sans doute pas aussi facile que ça en a l'air, ajouta-t-elle en le voyant sourire.

— Tu veux essayer ?

— Oh, c'est inutile, dit-elle en s'allongeant. En matière de sport, je suis meilleure spectatrice qu'actrice.

— Ça ne demande pas de talent particulier, insista-t-il. Après une semaine de camp d'été, n'importe quel gamin peut y arriver.

Désirant voir ses yeux s'éclairer devant un nouveau défi à relever, il la provoquait à dessein.

— Je suis sûre que j'y arriverais sans problème.

— Viens à ma place alors, dit-il en bloquant les avirons. Essaie.

Elle n'était pas sûre d'en avoir réellement envie mais se dérober lui parut impossible.

— Tu crois vraiment qu'il faut changer de place ? Je n'aimerais pas chavirer en plein milieu du Potomac.

— Le bateau est bien équilibré. Tout dépend si, toi, tu l'es aussi.

Ce qui la fit se mettre debout avec prudence.

— Très bien, laisse-moi ta place.

Thorpe s'assit sur le petit siège rembourré et regarda Olivia agripper les avirons.

— N'y mets pas trop de force, conseilla-t-il comme elle luttait pour les sortir de leurs logements. Vas-y avec légèreté et régularité.

— Je suis allée dans des camps d'été, dit-elle gentiment.

Ses bras refusant de se mouvoir au même rythme, elle fronça les sourcils.

— Mais, là, nous avions des canoës. Je suis très adroite avec une pagaie… Voilà, fit-elle en réussissant enfin une manœuvre à peu près correcte. Maintenant, je vais prendre le rythme. Arrête de ricaner, Thorpe.

Concentrée sur sa tâche, elle sentait des élancements parcourir des muscles qu'elle n'avait pas fait travailler depuis des années. Sensation agréable, purifiante. Peu à peu, elle parvint à allonger son geste ; ses épaules se raidissaient dans l'effort. La peau de ses mains commençait à s'enflammer.

Leur trajectoire était moins rectiligne qu'auparavant, mais ils progressaient grâce à ses propres efforts. Ni moteur, ni voile. Ils ne dépendaient que de son corps, de sa volonté et des avirons. Oui, elle comprenait parfaitement ce qu'il éprouvait et se sentait prête à ramer encore des kilomètres et des kilomètres.

— O.K., Carmichael, ça ira comme ça.

— Tu plaisantes ? Je viens tout juste de commencer, protesta-t-elle en se cramponnant aux avirons.

— Dix minutes, ça suffit pour la première fois.

Il s'accroupit devant elle et l'obligea à s'arrêter.

— D'ailleurs, reprit-il, je ne veux pas que tu abîmes tes mains. Je les aime comme elles sont.

— J'aime les tiennes.

Prenant sa main, elle appliqua la paume sur sa joue.

— Liv...

Comment croire qu'il l'aimait encore plus que l'instant précédent ? Et, pourtant, c'était le cas. Bloquant les avirons, il l'enlaça étroitement.

Ils ne regagnèrent l'appartement d'Olivia qu'en fin d'après-midi. Chacun portait un sac empli de provisions.

— Je sais très bien faire rôtir un poulet, insista Olivia en appuyant sur le bouton de son étage. On le met dans le four, allumé au maximum, et on attend deux heures. Ce n'est pas difficile.

— S'il te plaît, tais-toi, fit-il en lui jetant un regard peiné. Il pourrait t'entendre.

D'un geste protecteur, il serra contre lui le sac contenant le poulet.

— La cuisine est un art, Liv. L'assaisonnement, le calcul du temps de cuisson, le choix des légumes d'accompagnement, le découpage. Un poulet qui renonce à la vie pour te nourrir mérite un peu de respect.

— C'est inquiétant ce que tu dis, fit-elle en jetant un regard dubitatif au sac. Pourquoi ne commandons-nous pas plutôt une pizza ?

— Je vais te montrer ce qu'on peut faire d'une belle volaille.

Il attendit qu'ils soient sortis de l'ascenseur et ajouta :

— Et ensuite je te ferai l'amour jusqu'à dimanche matin.

— Oh... seulement ? demanda-t-elle en retenant un sourire.

— Jusque très tard dimanche matin, corrigea-t-il en lui volant un baiser tandis qu'elle cherchait ses clés. À moins que ce ne soit jusqu'au début de l'après-midi.

— Du coup, l'idée de cette leçon de cuisine commence à me séduire.

Il laissa ses lèvres errer jusqu'à l'oreille d'Olivia.

— Et, moi, je commence à apprécier l'idée de commander une pizza. Plus tard.

Sa bouche revint s'emparer de celle de la jeune femme.

— Beaucoup plus tard.

— Entrons et mettons ça aux voix.

— Hum, j'aime ta façon de régler les litiges.

— C'est l'influence de Washington. Il n'existe aucun litige qu'on ne puisse régler à l'aide d'un vote.

— Raconte ça aux sénateurs qui piaffent pendant que Donahue continue à parler pour s'opposer à leur loi.

Elle éclata de rire et ouvrit la porte de son appartement.

— Je vais te dire quelque chose, Thorpe. Je n'ai pas envie de penser aux sénateurs ni à cette tentative d'obstruction. Je ne veux même pas penser à cette volaille qui te fait saliver.

— Non ? fit-il en l'enlaçant de son bras libre. Dis-moi à quoi tu veux penser ?

Un sourire sur les lèvres, elle commença à lui déboutonner sa chemise.

— Je pourrais plutôt te le montrer, non ? Un bon reporter sait que l'action remplace aisément un million de mots.

Sentant ses longs doigts frais se promener sur sa poitrine, il posa son sac et la débarrassa du sien.

— Comme je l'ai toujours dit, Carmichael, tu es un sacré bon reporter.

La journée s'achevait. Thorpe et Olivia étaient blottis l'un contre l'autre sur le canapé. Le week-end entier, se disait-elle, avait été un rêve. Elle avait partagé avec lui plus qu'elle n'avait pensé partager avec quiconque. Mais il était vrai que personne n'avait autant compté pour elle depuis des années. Elle avait oublié les résolutions prises dans le passé.

Le dîner du samedi avait été follement gai. Il était facile de rire avec Thorpe. Et très facile aussi d'oublier les mauvais souvenirs. Il l'aimait. Elle n'en revenait toujours pas. Cet homme coriace et impitoyable l'aimait. Et pas seulement avec fougue mais aussi avec gentillesse et compréhension, qualités dont elle avait tant besoin mais qu'elle n'aurait pas imaginé trouver chez lui. Comme sa vie aurait été différente si elle avait fait sa connaissance plus tôt…

Olivia ferma les yeux. Non. Ce serait comme ôter à Joshua le peu de vie qu'il avait eue. Si douloureuse qu'ait été la conclusion, elle ne voulait pas effacer de sa vie ces deux années. Il avait été le centre de son univers. Son enfant. Chacun de ses gestes, chacune de ses expressions restaient gravés dans la mémoire d'Olivia. L'amour maternel était l'expérience la plus merveilleuse que pouvait vivre une femme. Et aussi la plus dangereuse. Elle s'était promis de ne pas la renouveler.

Et maintenant, il y avait Thorpe. Quelle sorte de vie mènerait-elle avec lui ? Et sans lui ? Ces questions l'effrayaient.

Déjà, se disait-elle, la tête confortablement calée sur son épaule, il m'est devenu si proche que cela me fait peur. Je ne suis pas certaine de pouvoir faire demi-tour… ni de pouvoir aller de l'avant. Si seulement la situation pouvait se prolonger indéfiniment…

Mais bientôt il lui faudrait décider dans un sens ou dans l'autre.

Lui, il sait ce qu'il veut, poursuivit-elle en son for intérieur. Il n'y a aucun doute dans sa tête. J'aimerais pouvoir y voir aussi clair que lui.

— Te voilà bien silencieuse, murmura-t-il.

— Oui.

— Tu penses à hier matin.

Il avait envie de la serrer dans ses bras, de lui faire oublier son passé mais il savait que l'oubli ne résoudrait rien. Ni pour elle ni pour lui.

— Ça n'a pas dû être facile de tout raconter, de tout revivre.

— Non, ça n'a pas été facile.

Elle tourna la tête vers lui. Malgré la pénombre qui noyait son visage, elle croisa son regard franc et direct.

— Mais je ne regrette pas. Je suis contente que tu sois au courant. Thorpe…

Elle lâcha un bref soupir. Thorpe devait tout savoir.

— À un moment donné, juste après la mort de Josh, j'ai voulu mourir, moi aussi. Je ne voulais pas vivre sans lui. Si je n'ai pas tenté de me suicider, c'est par manque d'énergie, uniquement. Mais s'il avait suffi de s'allonger, de fermer les yeux pour que la mort survienne, je ne serais plus là.

Il leva la main pour lui caresser tendrement la joue.

— Liv... Je ne prétends pas comprendre la souffrance que provoque la mort d'un enfant. Seuls ceux qui sont passés par là peuvent comprendre.

— Je ne suis pas morte, reprit-elle. J'ai continué à manger, à dormir, mon corps a fonctionné normalement, ou à peu près. Mais j'avais enterré une partie de moi avec Josh. Ce qui restait, je l'ai étouffé en divorçant d'avec Doug. Cela m'a paru la seule façon de survivre. J'ai vécu ainsi longtemps, sans envisager de changements.

— Mais tu n'es pas morte, Liv. Et les changements font partie de la vie.

— As-tu déjà aimé totalement ?

— Seulement toi.

— Oh, Thorpe...

Elle enfouit son visage dans le creux de son épaule. L'émotion lui étreignait le cœur. Il semblait n'éprouver aucune difficulté à aimer et exprimer ses sentiments. Mais elle doutait d'être assez forte pour les accepter avec simplicité.

— J'ai besoin de toi. Et cela me fait une peur mortelle.

Relevant la tête, elle lui jeta un regard éloquent.

— Je sais ce que c'est que de perdre. Je n'y survivrais pas une seconde fois.

Thorpe se sentait enfin proche de son but. S'il prenait Olivia dans ses bras, s'il l'embrassait, il parviendrait sans doute à lui faire prononcer les mots qu'il attendait depuis si longtemps. Il les lisait déjà dans ses yeux. Pas aujourd'hui, se dit-il pourtant. Elle lui avait assez donné pour le week-end.

— Ce n'est pas parce que tu as besoin de quelqu'un que tu vas le perdre, dit-il en pesant ses mots.

— J'essaie de le croire. Pour la première fois, depuis cinq ans, je veux le croire.

Il laissa s'écouler une minute puis prit sa main et déposa un baiser sur la paume.

— Combien de temps désires-tu ?

Les larmes affluèrent immédiatement, en silence. Elle n'avait pas eu à demander. Il avait compris de lui-même. Il lui offrait ce répit indispensable sans poser de questions ni imposer de conditions.

— Je ne te mérite pas, dit-elle en secouant la tête. Non, vraiment pas.

— C'est à mes risques et périls, non ? dit-il avec un sourire. À mon avis, moi, je te mérite complètement, ce qui rééquilibre la situation.

— Il faut que je réfléchisse. Et il faut que je sois seule parce que, avec toi, j'ai du mal à réfléchir.

— C'est vrai ?

Il l'embrassa puis se leva en l'attirant à lui.

— Très bien. Mais alors réfléchis vite.

— Demain, dit-elle en se pressant contre lui. Seulement jusqu'à demain.

Les bras de Thorpe se refermèrent sur elle avec une puissance et une générosité qui la bouleversèrent.

— Ô mon Dieu ! Je suis vraiment sotte, n'est-ce pas ?

— Pour ça, oui. Un parti comme moi, ça ne se refuse pas, Carmichael. N'oublie pas ça.

— Promis, murmura-t-elle comme il s'éloignait.

Il s'arrêta et, la main sur la poignée de la porte, se retourna.

— Demain.

— Demain, répéta-t-elle, une fois seule.

15

Les choses n'étaient pas aussi limpides que l'aurait souhaité Olivia. Il lui était déjà arrivé de se croire amoureuse et ç'avait été une erreur. Ses sentiments envers Doug n'étaient dus qu'aux impulsions et aux rêves de la jeunesse. À présent, elle était plus âgée et plus prudente. Peut-être trop prudente, se dit-elle en s'installant devant son bureau. Mais si elle en venait à dire à Thorpe qu'elle l'aimait, il fallait que ce soit sincère. Il le méritait.

Elle ne voulait pas le perdre. Ça, en tout cas, c'était sûr. En très peu de temps, il était devenu le centre de sa vie. Elle ne pouvait nier le sentiment de dépendance qui la liait à lui. Mais était-ce de l'amour ?

Était-ce de l'amour quand un homme ne cessait de hanter vos pensées ? Quand on se mettait à l'associer aux plus infimes détails de la journée ? Quand on les emmagasinait afin de les partager avec lui ensuite ?

Olivia se souvenait des instants privilégiés du petit matin, lorsqu'elle était couchée à côté de lui ; du silence, de la chaleur, de l'intimité sereine. Elle se souvenait aussi de l'embrasement quasi immédiat de ses sens lorsqu'elle croisait son regard dans la foule.

Elle était amoureuse de lui. Pourquoi chercher d'autres mots ? Cela faisait plusieurs jours déjà qu'elle détenait la vérité au fond d'elle-même. Il était temps de l'admettre. Thorpe avait pris un risque ; il fallait en faire autant. L'amour impliquait la vulnérabilité. Il pouvait lui faire du mal et cela arriverait probablement de temps à autre. Le bouclier dont elle s'était protégée durant de longues années avait disparu. Elle ne pourrait plus s'en servir pour se défendre. Et, tout à coup, elle s'aperçut qu'elle ne le souhaitait pas. Un seul mot désignait ce qu'elle désirait réellement : Thorpe.

— Liv !

Elle adressa un sourire rayonnant au chef de rédaction adjoint, survolté comme à l'accoutumée. La journée allait être magnifique.

— Oui, Chester ?

— Prends une équipe et foncez au Sénat. Un type non identifié retient trois otages dans le bureau du sénateur Wyatt, dont le sénateur lui-même.

— Seigneur, s'exclama-t-elle en ramassant un bloc de papier et son sac. Il y a des blessés ?

— Pas encore. Pour ce qu'on sait du moins, répondit-il en s'élançant vers le bureau de Carl. Il peut y avoir des coups de feu. Sois prudente. Il nous faut un flash le plus vite possible.

Lorsque Olivia arriva sur les lieux, la police du Capitole avait déjà encerclé le bâtiment. Elle chercha des yeux les agents des services secrets du FBI, qu'elle identifia immédiatement. Des reflets sur les toits des immeubles voisins indiquaient que des tireurs d'élite y prenaient place. En bas, d'autres hommes armés discutaient tactique dans leurs radios. La zone réservée à la presse était déjà délimitée et encombrée de reporters et de techniciens. Tous parlaient en même temps, posant mille questions et tentant de se faufiler sous les barrières pour se rapprocher de l'immeuble.

Olivia se fraya un chemin et parvint à tendre un micro sous le nez d'un policier en civil.

— Olivia Carmichael, de WWBW. Pouvez-vous nous faire un résumé des événements ? Sait-on le nom de l'homme qui retient le sénateur Wyatt ? Et connaît-on ses exigences.

— C'est un ancien collaborateur du sénateur, c'est tout ce que je peux vous dire.

C'est tout ce que tu *veux* me dire, corrigea mentalement Olivia qui avait remarqué le regard narquois du policier.

— Pour le moment, il n'a rien réclamé, précisa-t-il.

— De combien d'armes dispose-t-il ? insista-t-elle. Comment est-il entré à l'intérieur du bâtiment ?

— Nous ne le savons pas. Il a un revolver, ça c'est sûr. Mais, jusqu'à présent, il a refusé de décrocher le téléphone.

Puis il tourna le dos, la laissant au milieu d'une foule de reporters avides. Olivia se mit en quête d'un interlocuteur un peu plus bavard. Elle avait de quoi faire un bref bulletin mais, pour fournir quelque chose de plus consistant ultérieurement, il lui fallait trouver d'autres informateurs.

Le sénateur Wyatt… Olivia se souvenait très bien de leur rencontre à l'ambassade du Canada. Un homme jovial, aux joues roses, qui avait plaisanté avec Thorpe et elle, et les avait incités à danser. Elle regarda les fenêtres de l'immeuble qui se dressait de l'autre côté de la rue. Difficile de croire que le sénateur se trouvait dans l'une de ces pièces, avec un revolver sur la tempe.

Elle repéra un visage familier dans la foule : la réceptionniste qui l'avait fait poireauter quelques jours plus tôt dans son bureau, deux étages en dessous de celui du sénateur Wyatt.

— Madame Bingham ? Vous me reconnaissez ? Olivia Carmichael, de WWBW.

— Oh, madame Carmichael... C'est affreux, n'est-ce pas ? On vient d'évacuer l'immeuble. Je n'arrive pas à y croire ! Pauvre sénateur Wyatt.

— Vous savez qui le retient prisonnier ?

— C'est Ed Morrow. Qui aurait pu l'imaginer ? J'ai entendu dire que le sénateur avait dû se séparer de lui la semaine dernière mais...

— Pourquoi ?

Le micro coincé sous le bras, Olivia se mit à griffonner sur son bloc. La femme ne parut pas le remarquer.

— Je ne sais pas exactement. Il paraît qu'Ed s'est fourré dans des histoires de jeu, quelque chose d'illégal. Un homme si poli ! Qui aurait pu l'imaginer ?

— Le sénateur l'a renvoyé ?

— La semaine dernière.

Elle secoua la tête avec un regard effaré.

— Il était censé débarrasser son bureau aujourd'hui. Il a dû perdre la tête. Sally dit qu'il a tiré deux fois dès son arrivée.

— Sally ?

— La secrétaire du sénateur. Elle était dans le couloir quand c'est arrivé. Si elle s'était trouvée dans le bureau... Mon Dieu ! Et, depuis que je suis là, il a tiré deux fois par la fenêtre. Vous croyez que le sénateur va s'en sortir ?

— Je suis sûre que oui.

Elle n'avait pas achevé sa phrase que deux détonations retentirent, sèches et effrayantes.

— Ô mon Dieu ! s'écria la réceptionniste en agrippant le bras d'Olivia. Il doit être en train de les tuer !

— Non, non, protesta Olivia malgré la peur qui l'envahissait. Il se contente de tirer par la fenêtre. Tout va s'arranger.

Avant de répéter à l'antenne les propos de la réceptionniste, il fallait en trouver confirmation.

— La secrétaire du sénateur est dans le coin ?

— Elle a dû raconter à la police ce qu'elle savait. Mais maintenant elle doit être de retour. Quelque part, là-bas.

— Très bien, je vous remercie.

Repérant Dutch, elle fendit la foule dans sa direction. Si quelqu'un pouvait lui fournir quelques détails, c'était lui.

Un peu plus tard, Olivia transmit un flash en direct, accompagné d'images de policiers et de foule inquiète. Le bâtiment de l'autre côté de la rue était silencieux, trop silencieux à son goût. C'était angoissant.

— Quand diable va-t-il faire quelque chose ? marmonna Bob à côté d'elle.

Tous attendaient la suite, sans savoir quelle forme elle prendrait.

— Et voici les champions, s'écria-t-il. T. C. en tête.

— Je reviens tout de suite, dit Olivia. Vérifie que le technicien pourra nous raccorder dès qu'il se produira quelque chose.

Elle se rua vers Thorpe comme un pigeon voyageur vers son nid.

— Thorpe...

— Liv, j'étais sûr que tu serais là, dit-il en lui effleurant la joue.

— Il y a quelque chose de nouveau ?

Cette fois-ci, il ne s'agissait pas d'un sujet comme un autre. Tous deux connaissaient l'homme retenu en otage.

— On a enfin pu établir une communication avec Morrow. Wyatt n'est pas blessé. Aucun de ses collaborateurs non plus. Pour le moment, du moins. Mais Morrow n'est pas cohérent. Tantôt il réclame un demi-million en liquide et un avion, tantôt de l'or et une voiture blindée. Chaque fois qu'on lui parle, il change d'avis.

— Comment a-t-il fait pour pénétrer là-dedans avec une arme ?

Thorpe lâcha un rire désabusé.

— Les agents de la sécurité ont l'habitude de le voir entrer et sortir ; ils ne lui ont rien demandé. À mon avis, il portait son revolver sous sa veste, à moins qu'il ne l'ait caché d'avance dans son bureau.

Thorpe semblait impatient et ses yeux revenaient sans cesse sur l'immeuble à l'intérieur duquel se déroulait la tragédie.

— Ce type est totalement imprévisible. Dans l'état où il est, il risque de commettre une folie et d'entraîner ses otages avec lui.

— Tu ne crois pas qu'il cherche uniquement à faire parler de lui ?

Thorpe secoua la tête en prenant une cigarette.

— Je l'ai rencontré plusieurs fois. C'est un petit homme très tendu, très émotif. Intelligent, certainement, mais les nerfs à fleur de peau.

— Il jouait, d'après ce qu'on m'a dit.

— Il paraît.

Thorpe tira sur sa cigarette et exhala une longue bouffée.

— C'est trop silencieux, murmura-t-il. Bougrement trop silencieux.

La tension s'accroissait au fil des minutes qui passaient. Combien de temps l'individu qu'avait décrit Thorpe pourrait-il tenir ? En prenant des otages, dont le sénateur, il avait franchi une étape irréversible. Jusqu'où irait-il encore ?

Olivia reconnut un agent des services secrets qui s'approchait d'eux.

— Le commandant Daniels veut vous voir, Thorpe.

Celui-ci écrasa sa cigarette d'un coup de talon.

— D'accord. Elle vient aussi, dit-il en montrant Olivia. Nous formons équipe.

Olivia retint un sourire. Quel changement ! Sans mot dire, elle suivit les deux hommes.

Le camion était garé à l'écart de la zone réservée à la presse. Elle examina rapidement le matériel sophistiqué qui encombrait l'habitacle, radios, téléphone, magnétophone, caméras, etc. Qu'attendait-on de Thorpe ? Tous ces spécialistes n'avaient aucun besoin de l'aide de la presse.

Le commandant Daniels repoussa les lunettes sur son nez.

— Morrow demande à vous parler directement. Vous êtes d'accord, T. C. ?

— Bien sûr.

— On enregistrera la conversation du début à la fin. Mais faites attention : ne promettez rien, ne négociez rien. Laissez-nous cette partie du boulot.

Il parlait rapidement, d'une voix neutre, mais Olivia sentit que le tour des événements ne lui plaisait pas.

— Il sait très bien que vous n'avez pas le pouvoir de lui accorder ce qu'il réclame. Donc, quoi qu'il demande, vous dites que vous allez transmettre et que vous lui donnerez la réponse. Compris ?

— Compris.

Daniels remarqua soudain la présence d'Olivia ; son badge de journaliste lui fit froncer les sourcils.

— Elle est avec moi, expliqua Thorpe, d'un ton désinvolte.

— Rien ne doit être divulgué sans mon autorisation, déclara le commandant en jetant à Olivia un regard à la limite de l'hostilité. Nous n'avons pas l'intention de lui offrir une conférence de presse gratuite.

— Compris, dit Olivia tandis qu'on donnait à Thorpe un écouteur.

— Bon, maintenant, on va l'appeler, dit Daniels en faisant un signe à l'un de ses hommes. Faites-le parler aussi longtemps que vous pourrez. Si la situation vous échappe, nous prendrons la suite.

Thorpe acquiesça. Dès la première sonnerie, Morrow décrocha :

— T. C. ?

— Oui. Comment allez-vous, Ed ?

Morrow lâcha un rire nerveux.

— Fantastiquement bien. Vous allez faire un reportage sur moi ?

— Exactement. Dites-moi ce que vous faites là-haut et comment on pourrait vous faire redescendre parmi nous.

— Vous vous souvenez du jour où nous avons discuté des Birds dans mon bureau, pendant que Wyatt était retenu par une réunion.

Un sourire éclaira brièvement le visage sombre de Daniels qui, un casque sur la tête, écoutait la conversation.

— Bien sûr. C'était à la fin de l'été dernier. Les Orioles jouaient pour la première place… Vous avez vu quelques matchs, cette année ? demanda Thorpe en allumant une cigarette.

Un rire hystérique résonna dans l'écouteur.

— Et comment ! Depuis le début de l'année, j'y ai laissé près de vingt-cinq mille dollars.

— C'est beaucoup. Vous avez besoin d'argent ? demanda Thorpe, les yeux rivés sur Daniels. C'est ça que vous voulez en échange de Wyatt ?

— Je vous dirai tout, T. C. Mais seulement à vous. Montez. Je vous accorde l'exclusivité de l'interview.

Seules des bribes de la conversation parvenaient à Olivia, mais le peu qu'elle saisit la paniqua et lui fit agripper le bras de Thorpe. Celui-ci, les yeux rivés sur le commandant, ne semblait pas s'en apercevoir.

— Trop d'otages, murmura Daniels.

— Cela vous donnera un otage de plus, Ed, répondit Thorpe. Le marché ne me paraît pas très équitable.

— Oui, je vois ce que vous voulez dire, fit Morrow d'une voix tendue. Je vais en renvoyer deux, si vous me dites que vous montez. Vous êtes un homme de parole, T. C., non ?

— Deux pour un... marmonna Thorpe d'un ton songeur. Mais les employés ne comptent pas beaucoup, n'est-ce pas ?

Un long silence s'installa. Olivia sentit une sueur glacée ruisseler dans son dos. La voix du forcené s'éleva enfin, un peu trop aiguë.

— Vous venez seul. Sans personne pour vous couvrir. Et je renvoie Wyatt. Ça va ? Je ne répéterai pas ma proposition, T. C. Vous n'allez quand même pas refuser un tel scoop ?

— Il faut que je demande l'accord des huiles de CNC, Ed. Laissez-moi dix minutes. Je vous rappellerai.

— Dix minutes. D'accord, fit Morrow avant de raccrocher.

Agrippant la veste de Thorpe, Olivia l'obligea à se retourner.

— Non, s'écria-t-elle, affolée. Tu ne peux pas y aller. Ce n'est pas possible, c'est trop dangereux.

— Attends une minute, dit-il d'une voix calme.

Il la repoussa doucement et revint vers le commandant.

— Alors ?

— En premier lieu, nous n'avons pas le droit de vous demander cela.

— Donc, ne le demandez pas. Ensuite ?

— Avant de procéder à cet échange, il faut que j'en parle à différentes personnes.

Daniels se frottait les lèvres d'un geste qui trahissait son malaise. Cette histoire lui déplaisait. Mais un sénateur était impliqué. L'affaire était délicate.

— Alors, appelez-les, suggéra Thorpe.

Daniels lui jeta un regard lourd de sous-entendus.

— Et vous, réfléchissez pendant ce temps. Cette interview ne sera guère agréable.

— Thorpe, gémit Olivia. S'il te plaît, non.

Elle avait remarqué son expression et savait ce qu'elle signifiait. Il la prit doucement par les épaules.

— Liv...

— Non, non, écoute-moi, protesta-t-elle en empoignant les revers de sa veste. C'est de la folie. Tu ne peux pas te fourrer là-dedans. Tu n'es pas entraîné pour ce genre d'action. Et qui peut dire qu'il lâchera Wyatt quand tu seras à l'intérieur ? Il... il se sentira encore plus fort pour marchander. C'est évident.

— Ce qu'il veut, c'est parler, dit Thorpe en l'entraînant vers la sortie. Wyatt ne peut pas lui offrir une audience nationale. Moi, si.

— Mon Dieu, Thorpe, il n'a pas toute sa tête, gémit-elle, incapable de retenir ses larmes. Il te tuera et le sénateur aussi. Tu n'as pas à y aller. Ils ne peuvent pas t'y obliger.

— Personne ne m'y oblige.

Il fit signe à l'un des membres de son équipe d'approcher et lui parla à mi-voix.

— Appelle le bureau. Dis-leur que je vais interviewer Morrow en échange de la libération des otages. Place une caméra face au bâtiment d'ici dix minutes ; les collaborateurs du sénateur devraient en ressortir bientôt. Il me faut un magnétophone.

— *Non !*

La voix d'Olivia avait pris un son aigu, qui contrastait avec celui de Thorpe, calme et pragmatique. Elle se cramponnait à lui dans une tentative désespérée pour le retenir.

— Tu ne peux pas. Je t'en prie, écoute-moi.

— Liv, fit-il en lui caressant les cheveux. Tu ferais la même chose. Cela fait partie de notre métier.

— Ta vie vaut davantage qu'un prix Pulitzer.

— Tout le monde n'est peut-être pas de cet avis, répliqua-t-il en haussant les sourcils.

Elle s'efforça de réfléchir vite ; il lui fallait se montrer cohérente et logique, sinon il ne l'écouterait pas.

— Bon sang, Thorpe, ce n'est probablement qu'un piège. Il laissera partir les deux collaborateurs, ça oui, mais avec Wyatt et toi il détiendra encore les deux personnes les plus importantes et il pense qu'alors CNC et les autorités accepteront ses conditions. Tu lui apportes exactement ce qu'il cherche sur un plateau.

— Peut-être que oui, peut-être que non.

Il l'embrassa, autant parce qu'il en avait besoin que pour l'apaiser. Un baiser d'adieu, se dit Olivia. Elle avait perdu, elle le savait mais n'était pas encore capable de l'admettre.

— Oh, je t'en prie, n'y va pas... Je t'aime.

D'un geste lent, il la prit par les épaules et regarda son visage désespéré sillonné de larmes.

— Je t'aime, répéta-t-elle. On est demain, Thorpe. Reste avec moi.

— Seigneur...

Il appuya son front sur celui d'Olivia et laissa la joie l'envahir. Puis il l'étreignit avec ferveur.

— Carmichael, tu es d'une exactitude incroyable.

Les lèvres de la jeune femme frémirent sous les siennes.

— Nous en parlerons un peu plus tard. Et longtemps sans doute... Maintenant, tu ferais mieux de transmettre les derniers développements à ta chaîne. Sinon, tu vas te faire coiffer au poteau.

Olivia se sentait à présent aussi irritée que désespérée. Sa déclaration d'amour ne l'avait même pas ébranlé.

— Pourquoi ne veux-tu pas m'écouter ? Tu ne peux pas risquer ta vie. J'ai besoin de toi.

Tant pis si elle se montrait injuste, du moment qu'il ne franchissait pas cette rue.

— Moi aussi, j'ai besoin de toi, Liv. Mais ça n'a rien à voir avec mon boulot, ni avec le tien.

Elle se fichait bien de la logique ; c'était lui qu'elle voulait. Elle l'agrippa dans un sursaut de désespoir.

— Je vais t'épouser.

Il sourit de nouveau et déposa un baiser sur son nez.

— Je le sais depuis des mois. Tu es juste un peu lente.

Remarquant la caméra qui les filmait, il ajouta :

— Et maintenant des centaines de milliers de personnes vont le savoir aussi.

— Je m'en fiche.

Son souci de garder sa vie privée secrète lui parut soudain absurde.

— Thorpe, supplia-t-elle en s'agrippant à lui, ne me demande pas de risquer de te perdre. Bon sang, je ne peux pas prendre ce risque ! Je ne peux plus !

La poigne de Thorpe se fit plus ferme et son regard intense.

— Écoute-moi. Je t'aime plus que tout. Ne l'oublie pas. Nous courons des risques tous les jours. Sinon, c'est que nous sommes morts. Vivre fait mal, Liv.

Elle se ressaisit, le visage livide.

— Si tu fais ça, je ne te le pardonnerai jamais. Je n'ai pas voulu t'aimer. Tu sais comme je me suis débattue. Et maintenant que je t'aime, tu me demandes de rester tranquillement à attendre de te perdre. Je ne te le pardonnerai pas.

Sa panique et sa souffrance étaient visibles. La faire souffrir était odieux et Thorpe aurait fait n'importe quoi pour effacer cette expression du visage d'Olivia. Mais il n'était pas en son pouvoir de changer de caractère ni de métier.

— Olivia, tu devrais réfléchir et comprendre de qui tu es tombée amoureuse. Je n'ai pas changé. Je suis toujours l'homme que j'étais et celui que je serai demain. Dans l'immédiat, j'ai une tâche à accomplir. Et toi aussi.

— Thorpe...

— Viens. Daniels doit en avoir terminé.

Elle resta à l'écart tandis que Thorpe, Daniels et Morrow mettaient au point l'échange. Plus rien de ce qu'elle pourrait dire ou faire ne le ferait se raviser. Il avait souligné qu'en des circonstances semblables elle ferait la même chose. C'était possible mais cela n'avait pas d'importance. Il était devenu son amour, sa vie. Et, du coup, lui seul comptait.

Ce n'est pas juste ! se dit-elle dans un nouvel accès de désespoir. Elle avait eu une seconde chance. Mais maintenant son nouveau bonheur était en péril. Les mots de Myra lui revinrent à l'esprit : la vie n'est pas courte ; elle est longue mais pas tout à fait assez. *Thorpe !* Tout son être le réclamait à grands cris qu'elle refoulait en se mordant les lèvres. *N'y va pas ! J'ai tant de choses à te dire. Tant de temps à rattraper.* Elle voulait lui dire ce qu'il signifiait pour elle et comment il avait libéré son âme et l'amour qu'elle avait verrouillé au plus profond d'elle-même.

Tout en écoutant les instructions de Daniels, Thorpe vérifiait le fonctionnement du magnétophone. Les yeux aveuglés par les larmes, Olivia observait les deux hommes. Oh, Thorpe, gémissait-elle en son for intérieur, je ne pourrai plus supporter d'être vide et seule, maintenant que je sais ce que c'est que de vivre à côté de toi. J'ai besoin de savoir que tu es là. Je veux aimer à nouveau, porter ton enfant dans mes bras. Oh, je t'en prie, ne me rejette pas alors que je viens tout juste de me réveiller.

Un soupir profond la secoua ; elle s'essuya les yeux puis regarda à nouveau la silhouette élancée, le visage aux traits nets, le regard intense. Est-ce qu'il a peur ? Que se passe-t-il dans sa tête ? Se rappelle-t-il qu'aucun d'entre nous n'est indestructible ? Mais il faut que tu le sois, Thorpe. Pour moi. Pour nous.

Qu'attend-il de moi ? Pas ça, en tout cas, comprit-elle soudain. Il a besoin d'être soutenu et non de se faire importuner par une femme hystérique qui le supplie de penser à elle. Il a besoin de garder les idées claires... Si seulement je pouvais l'accompagner. Mais ce n'est pas possible. Je ne peux pas *aller* avec lui mais je peux lui *donner* quelque chose.

Les deux collaborateurs retenus en otage jaillirent soudain du bâtiment. Morrow avait respecté la première partie du marché. Il ne restait plus que Wyatt. Thorpe contre Wyatt.

Rassemblant tout son courage, elle s'approcha de lui.

— Thorpe ?

Il se tourna vers elle. Les joues d'Olivia étaient toujours humides mais elle semblait avoir recouvré son calme.

— Tu as toujours réussi à me piquer un sujet, dit-elle d'une voix à peu près assurée. J'espère que celui-ci en vaut la peine. Tu as intérêt à faire du bon boulot. J'ai besoin d'informations pour mon émission.

Il l'embrassa en souriant.

— Bon, mais ne t'aventure pas sur mon terrain, Carmichael.

Elle s'accrocha à lui pour un dernier instant.

— Tâche de regarder mon reportage, à 5 h 30.

Le commandant Daniels les rejoignit.

— Je vous ai toujours apprécié, T. C., dit-il. Et, apparemment, cette dame aussi. Vous pouvez encore vous désister.

— Thorpe, refuser une exclusivité ? s'écria Olivia. Vous le connaissez mal.

Il la reprit dans ses bras.

— Pendant ce temps, toi, réfléchis à l'endroit où tu veux passer ta lune de miel. Paris ne me déplairait pas.

— Tu m'avais bien dit que tu étais un romantique.

Il s'éloignait déjà et s'apprêtait à traverser la rue.

— Thorpe ! cria-t-elle malgré ses résolutions.

Lorsqu'il se retourna, elle ravala courageusement sa supplique et lui sourit.

— Si tu te fais tuer, le marché est rompu.

— Ce soir, nous commanderons une pizza, répliqua-t-il avec une grimace malicieuse. Je serai là.

Il franchit la porte du bâtiment et l'attente commença.

Thorpe avait une assez nette idée de ce qu'il devait faire. Tandis que l'ascenseur l'emmenait, accompagné d'un gardien armé, il préparait déjà ses questions. L'essentiel était d'apaiser Morrow, de le mettre à l'aise. De le faire parler. Thorpe avait bien l'intention d'en ressortir indemne. Son séjour au Liban lui avait enseigné deux ou trois choses qu'il n'avait pas oubliées.

Il avait pris cet ascenseur des quantités de fois. Pas pour le même genre de boulot mais Alex Haley n'avait-il pas interviewé Rockwell, le chef du parti nazi américain, tandis que celui-ci faisait des moulinets avec son revolver ? Et cela avait donné une interview du tonnerre de Dieu. Les reporters ne pouvaient toujours se limiter au raisonnable et au sensé.

La porte de l'ascenseur s'ouvrit. Il suivit le couloir. Des chatouillements sur sa nuque lui firent deviner la proximité d'autres armes. Il les ignora et frappa à la porte de l'antichambre de Wyatt.

— T. C. ?

Il reconnut la voix tendue de Morrow.

— Oui. Je suis seul.

— Entrez lentement. De là où je suis, je vois parfaitement la porte.

Thorpe obéit. Morrow se tenait sur le seuil du bureau, son revolver appuyé contre la tête du sénateur. Celui-ci avait perdu ses couleurs habituelles.

— T. C., s'exclama-t-il. Vous êtes fou !

— Comment allez-vous, sénateur ?

— Il va bien, jeta Morrow en examinant le couloir derrière Thorpe. Fermez la porte et avancez.

Thorpe s'exécuta.

— Maintenant, posez le magnétophone sur le bureau. Et enlevez votre veste.

— Je n'ai pas d'armes, Ed, dit Thorpe en ôtant sa veste. Uniquement le magnétophone. Nous avons fait un marché... Veuillez nous excuser, sénateur, ajouta-t-il en adressant à Wyatt un sourire confus. Ed et moi avons à nous entretenir en privé.

— Oui, approuva Morrow.

Il parut jauger Thorpe quelques secondes puis écarta son revolver de la tête de Wyatt.

— Oui, répéta-t-il. Vous pouvez partir, sénateur.

— T. C...

— Je vous ai dit de partir, insista Morrow d'une voix plus aiguë. C'est moi qu'il vient voir cette fois-ci.

— Désolé, sénateur.

Thorpe avait pris un ton calme bien que la vue du revolver tremblant dans la main de Morrow l'inquiétât.

— Ed et moi avons beaucoup de choses à nous dire. Nous nous reverrons une autre fois, sénateur.

Hochant la tête, Wyatt fit un pas en avant.

— Non, jeta Morrow. En reculant, jusqu'au bout.

Il se lécha les lèvres avant de les essuyer du dos de la main.

Wyatt suivit les instructions de Morrow. L'odeur de peur qui régnait dans la pièce demeura après le départ de Wyatt. Morrow resta un instant immobile, les yeux fixés sur la porte fermée. Thorpe jugea préférable de ne pas le laisser réfléchir trop longtemps.

— Eh bien, nous y voilà, fit-il en prenant un siège. Commençons.

Il tendit la main vers le magnétophone et le mit en route.

Du trottoir opposé, Olivia observait l'immeuble, pétrifiée. Elle ne sentait plus ni ses mains ni ses pieds. Elle savait qu'autour d'elle tout le monde s'agitait. Un brouhaha affairé l'entourait mais elle ne pensait qu'à Thorpe.

Thorpe avait décidé de poser des questions brèves et d'éviter tout épanchement d'émotion.

— Ed, ce serait plus confortable pour nous deux si vous...

D'un geste de la main, il désigna le revolver. Morrow baissa les yeux sur son arme et consentit à la dévier de la poitrine de Thorpe.

— Merci, reprit celui-ci. Vous avez choisi le bureau de Wyatt parce que c'est là que vous travailliez. Trouvez-vous que le sénateur a commis une injustice en se séparant de vous ?

— Il est innocent comme l'agneau qui vient de naître, vous savez, murmura Morrow. Je n'ai même pas pu le faire chanter. Dieu sait pourtant que j'avais besoin de ce fric. J'ai voulu jongler avec les fonds publics, mais j'ai manqué de temps. Il a découvert que j'avais joué, il a découvert les gens avec qui je traitais. Pas le genre de gens qu'il fréquente.

Il lâcha un petit rire nerveux et, machinalement, pointa à nouveau son revolver sur Thorpe.

— J'ai cru que j'obtiendrais quelque chose en le prenant en otage mais je crois pas qu'ils céderont, hein ?

Son regard avait pris une expression fataliste.

— Je serai mort avant d'avoir mis la main sur le fric.

Thorpe préféra changer de conversation.

— Combien avez-vous perdu ?

— Soixante-dix mille dollars.

La sonnerie du téléphone fit sursauter Morrow et son revolver se braqua sur la tête de Thorpe.

— Quinze minutes, Ed, lui rappela celui-ci. Nous nous étions mis d'accord pour qu'on m'appelle toutes les quinze minutes. Vous vous souvenez ?

Quelqu'un mit une tasse de café dans la main d'Olivia. Elle n'eut pas le temps d'y tremper les lèvres. La voix de Thorpe, calme, assurée, sortit du camion derrière elle. Sursautant, elle lâcha la tasse et s'inonda les chevilles de café brûlant. *Tu ne peux pas rester là à ne rien faire,* se dit-elle en se ressaisissant. Fais ton boulot. Elle s'écarta et rejoignit son équipe pour délivrer son dernier flash.

Trente minutes s'écoulèrent lentement, puis soixante. L'atmosphère du bureau était devenue étouffante. Thorpe prolongeait à dessein l'interview. Tout avait été dit. Mais son instinct lui disait que Morrow n'était pas encore prêt à se rendre. Les yeux troubles, l'homme restait vautré dans son fauteuil. La sueur perlait au-dessus de ses lèvres et un nerf battait sporadiquement dans sa joue. Mais sa main n'avait pas lâché le revolver.

— Vous n'êtes pas marié, T. C. ?

— Non.

Il sortit prudemment son paquet de cigarettes de sa poche et en proposa une à Morrow qui refusa d'un signe de tête.

— Vous avez une amie ?

Thorpe alluma sa cigarette tout en pensant à Olivia.

— Oui, dit-il d'une voix paisible. J'ai une amie.

— J'avais une femme et des gosses, dit Morrow tandis que ses yeux s'emplissaient de larmes. Elle a fait ses valises la semaine dernière. Au bout de dix ans de mariage. Elle a dit que dix ans auraient dû me suffire pour tenir mes promesses. Je lui ai juré que je ne jouerais plus.

Les larmes se mêlaient à la sueur de ses joues. Il ne prit même pas le soin de les essuyer.

— Combien de fois j'ai juré que je ne jouerais plus... Mais il fallait bien que je paie mes dettes. Vous savez ce qu'ils font quand on ne paie pas ses dettes.

Un frisson le secoua tout entier.

— Il y a des gens qui peuvent vous aider, Ed. Sortons d'ici. Je connais des gens qui ne vous laisseront pas tomber.

— M'aider ? répéta Morrow d'un ton qui fit frémir Thorpe. Plus personne ne m'aidera maintenant. Je suis allé trop loin.

Il releva la tête et planta son regard dans celui de Thorpe.

— Un homme doit savoir ce qui l'attend quand il a dépassé un certain point.

Il leva son arme à nouveau. Le cœur de Thorpe s'arrêta de battre.

— Faites seulement en sorte que je passe à l'antenne, sanglota Morrow.

Avant que Thorpe ait pu faire un geste, Morrow se tira une balle dans la tête.

Un coup. Un seul. Olivia sentit ses jambes se dérober sous elle. Le bâtiment en granite s'estompa. Des bras l'agrippèrent au moment où elle allait s'effondrer.

— Liv, viens t'asseoir.

La voix de Bob perça le brouillard et sa main se resserra autour de son bras.

— Non.

Elle se dégagea. Elle n'allait pas s'évanouir. Elle n'allait pas céder. Dans une sorte de rage, elle se redressa et se fraya un chemin dans la foule. Elle serait là lorsqu'il franchirait la porte. Prête à l'accueillir.

Seigneur, faites qu'il ne soit pas blessé. Ô mon Dieu, faites qu'il ne soit pas… La peur lui serrait la gorge. Pas de crise d'hystérie, s'exhorta-t-elle en écartant de son chemin un journaliste de la presse écrite et deux cameramen. D'une minute à l'autre, il allait traverser la rue de sa démarche nonchalante. Nous avons toute une vie commune à commencer. Aujourd'hui. Des risques ? Nous en prendrons des centaines. Mais ensemble, Thorpe. Ensemble.

Jouant des coudes, elle se rapprocha du bâtiment.

Puis elle le vit. Vivant, apparemment indemne, et marchant vers elle. Elle courut, bouscula une barrière, sortit de la foule.

— Oh, Thorpe, je te déteste, je te déteste !

Elle se jeta en pleurant dans ses bras. Plus elle tremblait, plus elle le maudissait, plus il l'étreignait.

Puis elle se mit à rire. C'était finalement une belle journée.

— Espèce de salaud, tu vas me piquer mon scoop ! Oh, Thorpe !

Elle s'empara de sa bouche et resserra son étreinte. Ni l'un ni l'autre ne prêtèrent attention aux caméras qui les filmaient.

Il la repoussa enfin. Il souriait mais ses yeux gardaient encore trace de ce qu'il venait d'affronter.

— M'aimes-tu ? demanda-t-il.

— Oui, oui, oui.

Lorsqu'elle voulut le presser contre elle, il résista et haussa les sourcils.

— Tu vas m'épouser ?

— Dès que les papiers seront faits. Nous ne perdrons pas une minute.

Il lui effleura les lèvres puis la prit par le bras.

— À propos, Carmichael, fit-il comme ils s'éloignaient du bâtiment, tu me dois deux cents dollars.

Du même auteur aux Éditions J'ai lu

Les illusionnistes (n° 3608)
Un secret trop précieux (n° 3932)
Ennemies (n° 4080)
L'impossible mensonge (n° 4275)
Meurtres au Montana (n° 4374)
Question de choix (n° 5053)
La rivale (n° 5438)
Ce soir et à jamais (n° 5532)
Comme une ombre dans la nuit (n° 6224)
La villa (n° 6449)
Par une nuit sans mémoire (n° 6640)
La fortune des Sullivan (n° 6664)
Bayou (n° 7394)
Un dangereux secret (n° 7808)
Les diamants du passé (n° 8058)
Les lumières du Nord (n° 8162)
Coup de cœur (n° 8332)
Douce revanche (n° 8638)
Les feux de la vengeance (n° 8822)
Le refuge de l'ange (n° 9067)
Si tu m'abandonnes (n° 9136)
La maison aux souvenirs (n° 9497)
Les collines de la chance (n° 9595)
Si je te retrouvais (n° 9966)
Un cœur en flammes (n° 10363)
Une femme dans la tourmente (n° 10381)
Maléfice (n° 10399)
L'ultime refuge (n° 10464)
Et vos péchés seront pardonnés (n° 10579)
Une femme sous la menace (n° 10745)
Le cercle brisé (n° 10856)
L'emprise du vice (n° 10978)
Un cœur naufragé (n° 11126)

Lieutenant Eve Dallas :
Lieutenant Eve Dallas (n° 4428)
Crimes pour l'exemple (n° 4454)
Au bénéfice du crime (n° 4481)
Crimes en cascade (n° 4711)
Cérémonie du crime (n° 4756)
Au cœur du crime (n° 4918)
Les bijoux du crime (n° 5981)
Conspiration du crime (n° 6027)
Candidat au crime (n° 6855)
Témoin du crime (n° 7323)
La loi du crime (n° 7334)
Au nom du crime (n° 7393)
Fascination du crime (n° 7575)
Réunion du crime (n° 7606)
Pureté du crime (n° 7797)
Portrait du crime (n° 7953)
Imitation du crime (n° 8024)
Division du crime (n° 8128)
Visions du crime (n° 8172)
Sauvée du crime (n° 8259)
Aux sources du crime (n° 8441)
Souvenir du crime (n° 8471)
Naissance du crime (n° 8583)
Candeur du crime (n° 8685)
L'art du crime (n° 8871)
Scandale du crime (n° 9037)
L'autel du crime (n° 9183)
Promesses du crime (n° 9370)
Filiation du crime (n° 9496)
Fantaisie du crime (n° 9703)
Addiction au crime (n° 9853)
Perfidie du crime (n° 10096)
Crimes de New York à Dallas (n° 10271)
Célébrité du crime (n° 10489)
Démence du crime (n° 10687)
Préméditation du crime (n° 10838)
Insolence du crime (n° 11041)

De crime en crime (n° 11217)
Crime en fête (n° 11429)

Les trois sœurs :
Maggie la rebelle (n° 4102)
Douce Brianna (n° 4147)
Shannon apprivoisée (n° 4371)

Trois rêves :
Orgueilleuse Margo (n° 4560)
Kate l'indomptable (n° 4584)
La blessure de Laura (n° 4585)

Les frères Quinn :
Dans l'océan de tes yeux (n° 5106)
Sables mouvants (n° 5215)
À l'abri des tempêtes (n° 5306)
Les rivages de l'amour (n° 6444)

Magie irlandaise :
Les joyaux du soleil (n° 6144)
Les larmes de la lune (n° 6232)
Le cœur de la mer (n° 6357)

L'île des trois sœurs :
Nell (n° 6533)
Ripley (n° 6654)
Mia (n° 6727)

L'hôtel des souvenirs :
Un parfum de chèvrefeuille (n° 10958)
Comme par magie (n° 11051)
Sous le charme (n° 11209)

Les trois clés :
La quête de Malory (n° 7535)
La quête de Dana (n° 7617)
La quête de Zoé (n° 7855)

Le secret des fleurs :
Le dahlia bleu (n° 8388)
La rose noire (n° 8389)
Le lys pourpre (n° 8390)

Le cercle blanc :
La croix de Morrigan (n° 8905)
La danse des dieux (n° 8980)
La vallée du silence (n° 9014)

Le cycle des sept :
Le serment (n° 9211)
Le rituel (n° 9270)
La Pierre Païenne (n° 9317)

Quatre saisons de fiançailles :
Rêves en blanc (n° 10095)
Rêves en bleu (n° 10173)
Rêves en rose (n° 10211)
Rêves dorés (n° 10296)

Les héritiers de Sorcha :
À l'aube du grand amour (n° 11109)
À l'heure où les cœurs s'éveillent (n° 11406)

En grand format

Les héritiers de Sorcha :
À l'aube du grand amour
À l'heure où les cœurs s'éveillent
Au crépuscule des amants

Les étoiles de la fortune
Sasha

Intégrales
Le cycle des sept
Le secret des fleurs
Les frères Quinn
Les trois sœurs
Magie irlandaise
Affaires de cœurs
Quatre saisons de fiançailles

5438

Composition
PCA

Achevé d'imprimer en Espagne
par CPI *(Barcelone)*
le 27 mars 2016

Dépôt légal : mars 2016
EAN 9782290127810
OTP L21EPLN001901N001

ÉDITIONS J'AI LU
87, quai Panhard-et-Levassor, 75013 Paris

Diffusion France et étranger : Flammarion